Le vertige allemand

BRIGITTE SAUZAY

Le vertige allemand

essai

Olivier Orban

ISBN 2-85565-270-7

A Marc Sauzay

INTRODUCTION

Allemagne... mot évocateur, magique et maléfique pour des générations de Français; mot banal aujourd'hui.

Aucun roman ne s'appelle plus *Koenigsmark*; la grande-duchesse de Gerolstein a disparu; les gouvernantes allemandes n'éduquent plus les petits garçons de la grande bourgeoisie parisienne comme, au début du siècle, Cocteau; vampires, cadets prussiens, savants fous, Mabuse et Caligari sont rangés au magasin des accessoires. Les rares reprises de ces échos anciens, *Le Coup de grâce* de Marguerite Yourcenar et ses brumes baltes, ou *Le Roi des Aulnes* de Michel Tournier, font figure d'ultimes et solitaires références à une Allemagne mythique définitivement abolie.

En se « normalisant », après la Seconde Guerre mondiale, l'Allemagne a perdu sa puissance de fascination sur les esprits latins. Elle est devenue à nos yeux une démocratie à l'anglo-saxonne, un pays prosaïque, comme l'Angleterre ou la Suisse. Seule son organisation socio-économique nous a semblé digne d'intérêt : des années durant, nous nous sommes extasiés sur son fameux « consensus », en enfouissant tout le reste au plus profond de nos mémoires.

Et, des sentiments d'admiration-répulsion que nous éprouvions à son égard, nous en sommes venus à un mélange beaucoup plus tiède d'envie et de condescendance. Envie de cette réussite économique un peu écrasante, surtout dans l'est de la France, et condescendance puisque cette réussite ne pouvait qu'être le signe évident de l'incapacité absolue des Allemands à jouir intelligemment de la vie.

Pourtant, des années d'efforts de la part des responsables politiques ont laissé leurs traces. Pas un Français n'ignore que sans l'alliance entre Paris et Bonn, il n'y a pas d'Europe qui vaille. La réconciliation entre nos deux peuples est déjà un stade dépassé, une époque révolue. Le traité de l'Élysée de 1963, traité « d'amitié et de coopération », marque le début d'une ère nouvelle : l'Office franco-allemand pour la Jeunesse a fait se rencontrer plus de deux millions de jeunes, les échanges de fonctionnaires vont bon train, les hommes politiques se retrouvent si souvent dans les différentes enceintes franco-allemandes ou européennes que leurs réunions ont presque un air de famille. On pourrait croire que les deux peuples sont devenus intimes. Que Français et Allemands, ayant enterré leurs vieilles querelles, ont fait connaissance, qu'ils se comprennent.

Rien n'est moins vrai. Ils parlent d'ailleurs de moins en moins la langue de l'autre. Peut-être les Allemands ont-ils profité de ce grand mouvement volontariste, organisé « d'en haut » par les autorités, pour mieux connaître la France. Et encore, comme le disait déjà Goethe, préfèrent-ils vraisemblablement les vins français aux Français. Qui, eux, ne s'intéressent pas à l'Allemagne... et y trouvent l'été trop froid. Ce qui a changé, c'est l'opinion raisonnée des Français sur l'Allemagne. Selon les sondages, le peuple allemand leur est devenu (à 48 %) « le plus proche » et ils s'expriment (à 63 %) en faveur d'une « défense commune » aux deux pays.

Mais au niveau affectif et culturel, la très grande

majorité des Français continue d'ignorer les Allemands, et — pourquoi le taire ? — ne les aime guère. Les mauvais souvenirs laissés par l'histoire récente sont encore vivaces, voire attisés par une réussite allemande trop provocante.

Il faut reconnaître à notre décharge que l'Allemagne n'est pas d'un abord facile : elle se mérite. Pour les trop rares Français qui la connaissent, c'est certainement le pays le plus attachant et le plus stimulant en Europe, mais il faut faire des efforts pour percer la carapace rebutante dont elle s'entoure. De sorte que depuis la guerre, les Français n'ont vu d'elle que cette république économique, aseptisée et ennuyeuse.

Pourtant quelques rides ont agité les eaux calmes où semblait se complaire le peuple allemand, assagi, uniformisé, « ancré à l'Ouest ». Le terrorisme et ses remous traversaient les frontières : le cinéma allemand, avec Fassbinder, Wim Wenders, Herzog ou Schlöndorff, faisait revivre une autre Allemagne dans l'imaginaire des Français tandis que les noms de Grass ou Böll devenaient familiers.

D'où venaient ces frémissements ? Quels conflits renaissaient ? Quelles forces assoupies se réveillaient ? Frédéric Barberousse s'étirait-il dans sa caverne ?

Aujourd'hui, c'est évident : il se passe à nouveau quelque chose en Allemagne. Un voyage en République fédérale est devenu un voyage exotique. Dans les années 50 et 60, et même au début des années 70, la France et l'Allemagne avaient semblé se rapprocher insensiblement pour adopter peu à peu le mode de vie standard des démocraties occidentales. Les informations qui y circulaient, les préoccupations de l'opinion publique, les loisirs, la culture, tout s'uniformisait.

Dans les années 80, il suffit de comparer les grands titres des journaux : les deux pays ont tourné leur attention vers des soucis différents. Les problèmes qui agitent l'Allemagne ne sont plus du tout ceux de la France.

Que se passe-t-il ? Il se passe qu'en Allemagne, *History is on the move again*[1], l'histoire s'est remise en mouvement. L'expression inquiète. La dernière fois que l'histoire est venue tourmenter l'Allemagne, le monde n'en a pas gardé un excellent souvenir. Autant dire tout de suite qu'il ne s'agit pas de cela. Le nazisme n'est pas en train de renaître de ses cendres. Sous aucune forme. Mais nombre de thèmes qui nous étaient familiers par son intermédiaire sont en train, eux, de revoir le jour.

Comment peut-il se faire que les « nouveaux mouvements allemands », les Verts et les pacifistes, renouent avec ce passé ? se demandera-t-on. Pourquoi cette coïncidence ?

Hitler n'avait rien inventé. Le national-socialisme n'a fait que puiser dans le vivier d'idées générales qui irriguaient la société de son temps. Nietzsche avait déjà bousculé les valeurs bourgeoises, le libéral Max Weber avait prôné une société qui soit plutôt une communauté, une démocratie, à laquelle un chef charismatique rende son équilibre et son unité : le principe du Führer était là; le racisme, l'antisémitisme étaient des idées très répandues, depuis le socialiste Dühring jusqu'au gendre de Wagner, Chamberlain, intime de Guillaume II; et la notion de *Volk*, de peuple, était chère au père libéral de la Constitution de Weimar, Hugo Preuss.

Quant au pangermanisme, avec la revendication de l'Anschluss, il datait des tout débuts de la république. Hans Grimm avait remporté un énorme succès de librairie avec son ouvrage *Peuple sans espace*, et l'idéologie du *« Blut und Boden »* (des liens entre sang et sol), était vivante dans la littérature, dans le cercle des Agrariens, etc. Hitler a volontiers reconnu l'influence qu'eut sur lui un roman de ce style écrit en 1895.

Enfin, la brutalité et la violence choquaient moins dans un pays plongé en plein chaos, où des écrivains tels

1. Selon l'expression d'A. Toynbee.

Jünger et von Salomon chantaient la guerre comme expérience spirituelle, où sévissait le romantisme de la Légion, du soldat perdu, du nihilisme viril... Dans un tel climat, les SA et les SS, perdus dans le pullulement des corps francs de droite et de gauche, n'inquiétaient pas particulièrement.

Hitler n'a fait que rassembler ces grandes idées dominantes. Simplifiées, dévoyées, exacerbées, elles ont formé un credo explosif auquel a adhéré le peuple allemand en plein désarroi, courbant l'échine, fasciné, sous le génie opportuniste, cynique et brutal de son chef. Mais il s'agissait bien d'idées « allemandes », et non, comme nous avons tendance à le croire, d'idées « nazies ».

Il n'est donc pas étonnant de retrouver certaines d'entre elles à l'honneur aujourd'hui. Les nouveaux mouvements allemands se retournent vers le même fonds culturel qu'Hitler avant eux. Ils l'utilisent, certes, dans un tout autre sens; la combinaison qu'ils font de cet héritage est parfaitement inédite. Il n'en reste pas moins que l'effervescence qui a saisi la société allemande, l'ampleur du mouvement, son mode de propagation font irrésistiblement penser au phénomène nazi.

De quoi s'agit-il ?

En France l'on entend, dans un écho assourdi par la distance, parler de terrorisme, d'écologisme, de neutralisme, de pacifisme, de manifestations géantes, quelquefois de mouvements « alternatifs » qui se déploieraient en Allemagne. L'on y sent de nouvelles turbulences; on s'en inquiète un peu : ce qui est nouveau et vient d'Allemagne est traditionnellement dangereux. Mais ces rumeurs ne forment pas une image cohérente ou, du moins, nous ne percevons pas le lien qui existerait entre elles.

Toute société vit sur des idées reçues, un fonds commun de théories qui font l'objet d'un consensus tacite. Ces théories déterminent « l'air du temps » et elles se proposent avec l'évidence de la vérité. Si l'idéologie nazie a été si difficile à dénoncer au départ, c'est que les idées sur lesquelles elle était fondée étaient plus ou moins celles de « tout le monde »[1]; Seuls l'exacerbation du racisme et le recrutement très populaire distinguaient les nationaux-socialistes des courants politiques de droite concurrents.

Quelles sont les idées qui sont en passe de devenir les idées de tout le monde aujourd'hui ? Quels sont les nouveaux conformismes ? A quoi peuvent-ils insensiblement donner naissance ? Par quels glissements ?

Une idéologie « prend » bien moins par la persuasion raisonnée, que par la séduction qu'elle exerce de manière insidieuse. Le national-socialisme en est peut-être la meilleure illustration : ainsi de grands esprits allemands tels Gottfried Benn, Heidegger ou Ernst Jünger, ont vu, au moins jusqu'en 1934, se lever avec lui une aube nouvelle. Sans parler des Français comme Brasillach; et Raymond Aron ne raconte-t-il pas dans ses *Mémoires* qu'ayant en 1931 écrit un article sur le national-socialisme, il s'est vu reprocher de n'avoir pas été assez élogieux par son professeur à l'université de Cologne, Léo Spitzer, qui était juif.

Par sa nouveauté de principe, l'idéologie se pare de toutes les promesses du jamais vu; et bien entendu, elle ne prospère jamais mieux que dans un contexte de crise, de misère, d'angoisse où elle peut dispenser des consolations d'autant plus mirifiques. Les « misères » de la république de Weimar sont bien connues : peur du communisme, inflation et chômage, désir d'ordre d'une population qui ne supportait plus l'état de guerre civile larvée dans lequel elle vivait. Toutes ces raisons ont poussé les électeurs vers Hitler. Mais on a aussi, souvent,

1. L'art, par exemple, des années 20-30, de Brecht à Leni von Riefenstahl, du Bauhaus à Speer, de *Metropolis* aux parades de Nuremberg, relève de la même esthétique.

attribué l'échec de Weimar au fait que la république de Weimar ne disposait pas d'une idéologie propre cohérente, et surtout n'avait pas su répondre à la question fondamentale : « Qu'est-ce que l'Allemagne ? »

Or, qu'en est-il de la République fédérale ? Qu'offre-t-elle comme référence à ses citoyens ? Sait-elle mieux ce qu'est l'Allemagne ?

D'après les sondages, plus de la moitié des Allemands de l'Ouest estiment que le mot *Deutschland* englobe plus que l'État fédéral; un bon tiers a le sentiment que sont « allemands » la RFA, la RDA et les territoires au-delà de la ligne Oder-Neisse, et une petite minorité est même persuadée que toutes les régions où l'on parle allemand font partie *de jure* de la nation allemande.

En fait, le peuple allemand est toujours en mal de nation, en mal d'« Allemagne ». Dans l'esprit des Français eux-mêmes, le concept d'« allemand » est vague : Kafka[1] est un grand écrivain « allemand ». La langue et la nation se confondent.

Au XIXe siècle et au début du XXe, la culture allemande exerçait son influence sur toute l'Europe centrale. Ne serait-ce que par l'intermédiaire des Juifs de l'Est qui, parlant le yiddish, étaient à même de comprendre l'allemand. Des colonies allemandes s'étaient installées dans le monde entier : surtout en Europe centrale et orientale et en Amérique du Nord comme du Sud. Après les rapatriements brutaux de 1945, ces phénomènes ont beaucoup régressé en Europe, mais il subsiste des îlots de présence allemande, surtout en Roumanie et en URSS. Émigrées parfois depuis plusieurs siècles, ces communautés ne se sont jamais assimilées.[2]

1. Kafka est né à Prague.

2. De Roumanie, l'Allemagne fédérale récupère chaque année 11 000 « Allemands » qu'elle achète au prix fort. Le sort des Allemands de l'URSS est moins aisé à régler. Lors d'une visite de Gromyko à Bonn en janvier 1983, Genscher, le ministre des Affaires étrangères allemand, s'est plaint de la

Toute l'idéologie du début du siècle tournait autour de l'idée que le peuple allemand devait faire le bonheur des autres nations, qu'il avait une mission civilisatrice, surtout à l'est. Comme on l'a souvent remarqué[1], peuple allemand et peuple juif présentent de nombreuses similitudes : « l'Allemagne » est une culture plutôt qu'une nation, avec une importante diaspora, et qui est pénétrée de l'idée d'élection.

L'Allemagne fédérale aurait-elle totalement oublié ce passé ? La nation allemande peut-elle coïncider avec la République fédérale mieux qu'elle n'a coïncidé avec la république de Weimar ? L'incertitude de base est toujours là.

Comme à l'époque de Weimar, ce flou dans les esprits engendre un malaise sur lequel viennent se greffer toutes les questions qui troublent aujourd'hui les Allemands. Toute une série de circonstances concrètes influent aussi directement sur l'opinion publique. Quelles sont-elles justement ? Quelles sont les forces nouvelles qui veulent s'affirmer ? Comment se propagent les nouvelles idées dominantes ? Qui touchent-elles ? Peuvent-elles donner naissance à une véritable idéologie ? Si oui, de quelles promesses s'orne cette nouvelle foi ? Quelles craintes veut-elle calmer ? Quelles « misères » apaiser, consoler ?

C'est ce que cet ouvrage veut tenter d'établir.

difficulté qu'avaient ses compatriotes à émigrer. Gromyko répondit que 70 000 visas avaient déjà été accordés, ce qui lui paraissait considérable. Mais ils sont deux millions. Outre les fameux Allemands de la Volga, on trouve encore des populations allemandes au Kazakhstan, en Russie, en Kirghizie et au Tadjikistan.

1. Nahum Goldman : « Sommes-nous tous des Juifs allemands ? », in *Le Nouvel Observateur* du 19 février 1979.

Première partie

LE GRAND REFUS

I

LES PEURS ALLEMANDES

Depuis des années, la *Frankfurter Allgemeine Zeitung*, le quotidien le plus lu d'Allemagne par l'Establishment des affaires, soumet chaque semaine dans son supplément du vendredi le célèbre « questionnaire de Proust » à une personnalité du monde des arts, de la politique ou des affaires.

Connues pour leur « réussite », les personnes interrogées sont assez fidèlement représentatives de l'opinion publique. Sans prétendre à une statistique exacte, on peut relever la très forte récurrence de certaines réponses aux questions les plus révélatrices :

— A la question : « Quel serait pour vous le plus grand malheur ?[1] », la réponse est à 90 % : la guerre, une troisième guerre mondiale, une guerre nucléaire, une guerre qui entraînerait la disparition de notre civilisation, etc.

— « Quel est pour vous le bonheur terrestre complet ? », en majorité : la paix, l'amour, l'amour et la paix, la paix dans la liberté.

— « Quelles figures historiques admirez-vous le plus ? », la tendance générale est de louer Gandhi, mère

1. Dans le texte original : « quel est pour vous le comble de la misère ? »

Teresa et « tous ceux qui combattent pour le droit et la liberté ».

— « Quelles figures historiques méprisez-vous le plus ? », Hitler et Staline viennent en tête, mais en compagnie de « tous les despotes, tous les tyrans, tous les fanatiques ».

— « Quels exploits militaires admirez-vous le plus ? », là, on trouve presque à l'unanimité : « aucun » ou bien « l'utilisation des trompettes devant Jéricho, l'armistice, l'insoumission, la désertion, le cessez-le-feu, la trêve, tous ceux qui sont rendus inutiles par une sage politique »; « la libération de l'emprise des tyrans » figure quand même en assez bonne place, avec curieusement « la traversée des Alpes par Hannibal » et, s'il s'agit de gens de droite, « la campagne d'Afrique de Rommel ».

Manifestement, la vitalité n'éclate pas dans ces réponses; l'humeur générale ne reflète guère la joie de vivre et encore moins la frivolité. On est même étonné de trouver si souvent mentionnés, au fil des réponses, « la peur de la solitude », le désir d'un « sentiment d'appartenance » ou celui de « vivre dans une société plus humaine ».

Bien sûr, les questions qui prétendent cerner la personnalité ainsi mise sur la sellette relèvent presque toutes explicitement du chapitre « craintes et angoisses », mais c'est ce qui confère au questionnaire son intérêt. Rien n'est plus révélateur que la crainte. Savoir ce dont un peuple a peur, c'est déjà savoir quels sont ses points de fragilité, comprendre comment il se perçoit et comment il perçoit l'avenir. C'est savoir quels sont les maux auxquels les nouveaux prophètes prétendront porter remède.

APOCALYPSE NOW

Qu'est-ce qui empêche les Allemands d'aujourd'hui de dormir ? Tout simplement, serait-on tenté de dire, un sentiment de malaise général, une sorte d'angoisse existentielle.

L'Allemagne a peur. Ce sentiment indéfini, *die Angst*, s'est emparé des consciences allemandes. Regarder la télévision, écouter la radio, lire les journaux : tout rend le même son. Avouez que vous passez des nuits paisibles et des journées tranquilles, et l'on vous tiendra pour un simple d'esprit ou un irresponsable. « Comment ? vous dira-t-on, n'êtes-vous pas étreint par la terreur du lendemain ? Ne voyez-vous pas que le monde va à sa perte ? que nos jours sont comptés ? »

« Il est moins cinq », cette formule du bulletin des savants atomistes américains est partout. Elle plane au-dessus des manifestations pacifistes sous forme d'énorme pendule en carton dont les aiguilles marquent « -5 » : il est moins cinq avant la fin du monde, avant la catastrophe nucléaire finale.

L'écrivain Peter Schneider prétend que si E.T. atterrissait en Allemagne plutôt que quelque part aux États-Unis, le premier mot qu'il apprendrait ne serait pas *phone home* mais *Frieden*, « paix ». Si la paix envahit tout, si elle est l'objet de tous les vœux, le seul but digne des hommes de bonne volonté, c'est bien que nous ne la possédons pas, ou pas vraiment : les Allemands se sentent déjà entre paix et guerre. Le lent glissement a commencé vers l'holocauste atomique; l'embrasement final est proche, qui anéantira la race humaine, la terre tout entière — et en tout cas ce territoire du centre de l'Europe qui s'appelle République fédérale d'Allemagne.

Le spectre de la mort a toujours sa place au cœur des manifestations : vêtus de collants noirs sur lesquels sont dessinés des squelettes, les partisans de la paix miment la danse macabre, la danse des Morts du Moyen Age. La

Camarde est là, ricanante, avec sa faux, prête à saisir le vif.

Des films comme *The day after* nourrissent les craintes; analyses et supputations sur les conséquences d'un conflit nucléaire se multiplient. On se complaît dans l'étude de l'horreur, la gorge serrée. L'humanité dispose pour se détruire de 13 000 mégatonnes, 650 000 fois Hiroshima !

Ceux qui ne tremblent pas sont pris pour des somnambules perdus dans un monde dont la réalité leur échappe. C'est que l'ampleur même du danger empêche leur imagination de fonctionner. Il suffit cependant de transformer en menace personnelle des craintes vagues pour que chacun comprenne : au-dessus de la tête de chaque habitant de la planète menace d'exploser un cube de dynamite de 2,5 mètres de côté...

Le danger atomique ne parle plus à l'imagination. La pensée d'une guerre atomique est séparée du concept d'agressivité. Or, « l'espèce qui perd le sens de la relation entre danger et peur est probablement vouée à l'anéantissement », explique à longueur de colonnes, dans les hebdomadaires les plus lus d'Allemagne, le psychologue Richter.

L'Américain Jonathan Schell, auteur du *Destin de la Terre*, ou Robert Jungk, avec son best-seller *Plus clair que mille soleils*, font d'innombrables adeptes, qui apprennent à considérer le conflit atomique comme inévitable. Pour eux, tout, jusqu'au moindre souvenir du passage des hommes sur la terre, sera détruit. Chaque aube nouvelle est une journée gagnée sur le néant : nous vivons en sursis.

En un mot, l'Allemagne a le complexe de Carthage. « Carthage doit être détruite »; elle l'a été, après trois guerres. Elle a gagné la première, perdu la seconde, la troisième l'a rayée de la carte du monde. Les Allemands craignent fort qu'un sort comparable ne les guette.

DOCTEUR FAUST

Après un certain temps passé en Allemagne, on perd toute envie d'ironiser sur cette psychose collective, puisque sous des formes diverses mais évidentes, elle se retrouve partout.

La mort atomique n'est qu'un des aspects d'un danger plus vaste qui menace d'entraîner l'humanité à sa perte : c'est de l'emballement de la science que l'Allemagne semble avoir peur.

Devant l'accélération du progrès et les bouleversements que promettent les nouvelles techniques, un nombre croissant d'Allemands, loin de s'enthousiasmer pour les perspectives inouïes ouvertes à l'homme, s'inquiètent et tremblent devant l'inconnu. Pour eux, les hommes sont condamnés, faute de savoir maîtriser leur développement. Les rênes leur échappent. La science s'est rendue indépendante, comme l'ordinateur fou de *2001, l'Odyssée de l'espace* de Kubrick.

Une société a la science qu'elle mérite : la recherche n'est jamais innocente. La machine à vapeur a été inventée au moment où le développement de la société le réclamait, alors que Denis Papin n'était pas le premier à avoir observé un couvercle sur une marmite. Aujourd'hui notre société produit des monstres. Non seulement la science nous a appris comment faire sauter la planète, mais la recherche biogénétique nous promet de bouleverser nos catégories mentales : la fécondation *in vitro* avec réimplantation d'embryons dans les mères « biologiques » ou « porteuses », les manipulations génétiques — enfants à la carte, création de nouveaux êtres humains d'où tout hasard sera exclu, clonage, fabrication de sous-catégories, peut-être hybrides, croisées avec des gènes d'autres espèces mammifères... — comment s'y retrouver ? Comment imposer à cette recherche subventionnée par la grande industrie la rigueur éthique nécessaire à la sauvegarde des intérêts humains ?

« Avons-nous le droit de faire tout ce que nous pouvons faire ? » Ne devenons-nous pas le jouet des forces que nous avons déchaînées ? La médecine ne s'arroge-t-elle pas des droits exhorbitants sur la vie et la mort ?

Dans la presse foisonnent les termes de « prométhéen », d'« hybris »... Les moralistes se demandent si le véritable péché originel de l'homme, celui qui scellera sa perte, n'est pas d'avoir voulu, par la technique, supprimer la peur et la souffrance au lieu de les accepter. Partout apparaît l'assertion que nous avons « trop mangé de l'arbre de la connaissance » et que notre nouvel exil du paradis sera plus terrible que le premier.

Mais la médecine, la recherche biogénétique ne sont pas seules à effrayer; la cybernétique est un épouvantail pis encore. La capacité des ordinateurs à remplacer le cerveau humain leur prête une aura maléfique. Ils sont une menace pour l'emploi, bien entendu.

La télématique va bouleverser notre vie. Le cablâge de la télévision a déclenché un débat acharné en Allemagne; l'ingérence de l'ordinateur dans nos structures culturelles provoque la même effervescence. L'arrivée de l'ordinateur à la maison touche la vie quotidienne du citoyen : plus de déplacement, plus de correspondance avec l'administration. En contrepartie, les renseignements fiscaux, familiaux, professionnels seront définitivement stockés dans les mémoires d'ordinateurs centraux... Le cauchemar d'une société fichée où la vie de chacun serait enregistrée et disponible à tout instant dans ses moindres détails cause un malaise si profond en Allemagne que le dernier recensement a dû être provisoirement abandonné devant la résistance de la population, bien qu'il ait été voté à l'unanimité au Bundestag quelques années auparavant (il faut reconnaître que les questions étaient particulièrement nombreuses et détaillées). De même il a fallu différer l'introduction de nouveaux papiers d'identité infalsifiables et lisibles par ordinateur, prévus pour 1983.

L'informatique est particulièrement présente dans le domaine militaire. Plus de système d'armes performant sans mini-ordinateur intégré. Mais, faillible autant que tout-puissant, ce séide de la guerre est dangereux. Vu la rapidité croissante des fusées et la réduction du temps d'alarme, les stratèges se reposent de plus en plus sur l'ordinateur pour prendre des décisions à leur place. Et si l'ordinateur se trompait ? L'holocauste pour cause de court-circuit ?

Enfin, comme l'ont découvert des ophtalmologues de renom qui s'en expliquent dans les médias avec un succès croissant, l'ordinateur est nocif pour l'homme. A la longue, il perturbe, non la vue, mais, en amont, les fonctions intellectuelles de ses utilisateurs, forcés d'opérer un passage trop fréquent de l'hémisphère gauche à l'hémisphère droit de leur cerveau.

Est-ce cela le « Progrès » ? S'en remettre de plus en plus à des techniques qui nous dépassent, nous menacent, nous échappent ?

Au lieu de nous diriger vers des lendemains riants éclairés par la lumière de la science, ne plongeons-nous pas dans un obscurantisme scientifique qui méprise l'homme et la nature et les conduit à leur perte ?

UNE SEULE TERRE

Rapport « global 2000 », rapport du Club de Rome, croissance zéro : autant d'idées qui ont trouvé en Allemagne une audience attentive.

Nos ressources sont limitées, nous n'avons qu'une seule Terre. L'écologie n'est pas un vain mot en Allemagne — ni un gadget politique. Elle est d'abord comprise au sens premier du terme : souci de l'écosphère.

Le spectre des grandes catastrophes écologiques de notre époque est sans cesse invoqué : le Sahel et son désert, fabriqué par l'homme et qui ne cesse de s'étendre, ou Haïti et ses sols fertiles ruinés par le déboisement. Les dommages passés : l'ancien grenier à blé de la Sicile, les îles autrefois verdoyantes des Cyclades confortent le sentiment d'angoisse causé par les déprédations actuelles.

L'air devient irrespirable, la couche d'ozone est en danger, les océans pollués; déjà le lac de Constance meurt d'eutrophication. Le lait maternel contient des produits toxiques pour le nourrisson : l'homme s'empoisonne avec une agriculture dont l'apport chimique est mal maîtrisé. Mais, surtout, la forêt allemande meurt. Personne ne le conteste : plus d'un tiers est déjà touché par les pluies acides. Et les grands titres des journaux concernent l'essence à basse teneur en plomb ou la voiture à catalyseur.

La densité de population de l'Allemagne (214 habitants par kilomètre carré) est plus de deux fois celle de la France. La campagne, dans certaines régions, a été transformée en usine agricole : pas une herbe folle le long d'une route, pas un buisson le long d'une rivière « rectifiée », les forêts elles-mêmes, replantées au cordeau, paraissent des objets d'art cinétique. La sensation diffuse d'étouffement qui en découle explique en partie l'acuité du souci écologique outre-Rhin et l'ampleur des difficultés causées au gouvernement.

Chez nous, les seuls grands succès des « écologistes » ont été le Larzac et Plogoff. Creys-Malville n'a fait du bruit dans les médias que grâce à l'arrivée massive de jeunes Allemands et Néerlandais venus par cars entiers. En Allemagne, l'agrandissement de l'aéroport de Francfort, véritable feuilleton à épisodes, a complètement bouleversé la vie du land de Hesse. Pour 193 hectares de forêt à abattre, le gouvernement s'est heurté à d'innombrables pétitions, associations, recours juridiques et gigantesques manifestations. Le parti SPD de Francfort avait même fini par voter l'interruption définitive des travaux, jugés « politiquement inexécutables »; et c'est par cette vague qu'ont été portés les premiers députés « Verts ».

Les centrales nucléaires ont été source d'encore plus de difficultés.

« Atomkraft ? Nein, danke » (« Energie nucléaire ? non, merci ») : le petit autocollant jaune sur fond de soleil souriant était familier en France aussi; mais l'énergie nucléaire y était somme toute bien acceptée. Elle faisait l'objet d'un consensus national, mis en application par les grandes sociétés d'État. Elle n'a jamais reçu cette caution en Allemagne où elle continue d'évoquer en premier lieu Hiroshima, d'autant plus que l'Allemagne s'est vu exclure du club des grandes puissances nucléaires. C'est ainsi que la centrale de Brokdorf, près de Hambourg, érigée en symbole de la menace atomique, a été la cause d'une véritable guerre de sept ans.

Les premières décisions d'implantation datent de 1973. Dès 1976, le site des travaux doit être entouré de grillages et illuminé jour et nuit. Au fil des manifestations, les fortifications de Brokdorf se renforcent : le 13 novembre 1976, dans une atmosphère de guerre civile, la police chasse 30 000 manifestants. Il y a de nombreux blessés. Dans le même temps, la guerre administrative sévit. En décembre 1976, les adversaires de la centrale obtiennent du tribunal administratif du Schleswig l'interruption de la construction. Motif : le procédé n'est pas sûr. La reprise des travaux est autorisée après installation — combien difficile... — de petites unités de stockage intermédiaire à Gorleben, près de Hanovre. Mais les manifestations ainsi que les recours juridiques reprennent avec une telle intensité que les politiques hésitent. Les dirigeants du parti socialiste de Hambourg votent en janvier 1981 pour Brokdorf, mais, au congrès de février 1981, la grande majorité du parti vote contre. Les libéraux sont « pour », sous conditions, mais en 1980, le maire de Hambourg, Klose, se déclara contre Brokdorf... Il a fallu attendre 1981 pour que les choses se calment; en 1982, les travaux, enfin, reprenaient.

Là, comme à Francfort, l'ampleur des réactions laisse apparaître qu'au-delà des projets mis en cause, il s'agissait d'autre chose.

68 REVISITÉ

La littérature parue sur ces combats homériques est extrêmement abondante.

Le livre du journaliste Horst Karasek, *Un village dans la forêt de Flörsheim*, fournit une bonne analyse des motifs des contestataires. Il décrit sans complaisance la vie du village de bois qu'avaient construit les adversaires de la nouvelle piste ouest de l'aéroport de Francfort. Installés dans leurs cabanes construites avec beaucoup de soin, vivant une robinsonade superbe, soutenus par la population des environs, ils ont pendant un an défendu leur forêt avec acharnement... jusqu'à l'expulsion finale.

Horst Karasek les décrit tous, du pasteur au punk iroquois, pleurant de rage devant « les barbelés OTAN » qui protègent les travaux. Ils sont désespérés de leur impuissance en face de la « collusion des pouvoirs » : gouvernement du land, tribunaux, police, société anonyme de l'aéroport (FAG), qui ne leur laisse aucune chance. « La FAG, en achetant la forêt, a-t-elle acheté l'air que je respire à Francfort pour le polluer à sa guise ? », s'indigne une jeune femme. Les écriteaux cloués un peu partout dans le village sont des actes de foi : « La résistance devient un devoir, lorsque le droit devient une injustice », y lit-on; c'est un slogan « classique », de même qu'est devenu classique le soupir que pousse un des responsables dans le livre de Karasek :

« Ce qui m'intéresse, ce n'est pas le droit juridique, c'est le droit humain. »

Les résistants des bois de Francfort se perçoivent comme les victimes d'un système où « la technique règne en maître et a soumis l'homme ». Quand la police intervient pour protéger les bûcherons de la société de l'aéroport, Karasek constate : « Voilà un État qui travaille pour une société anonyme, au mépris du droit des gens et de leurs sentiments. »

En fait, c'est le système tout entier qui est en accusation. Tel Moloch dévorant ses victimes, le système capitaliste bétonne, pollue, détruit. L'industrie est l'ennemie du bonheur de l'homme sur terre; à quel prix voulons-nous acheter la croissance ? Et s'il y avait un tremblement de terre à l'emplacement d'une centrale ? Une bombe ? Que deviendront les déchets nucléaires dans cent ans ? Par ces questions, soumises à des discussions sans fin, il ne s'agit pas tant de lutter contre l'énergie nucléaire que de briser l'équation : Énergie nucléaire = Intérêt de l'État = Maintien du système. Il faut se battre contre la collusion de l'argent, du pouvoir politique et de l'industrie.

Cette contestation n'a rien de nouveau pour un Français; mais elle est aujourd'hui plutôt rangée dans la catégorie des idéaux « baba-cool », au même titre que les hippies et les *flower children* des années 60. Ce n'est pas du tout le cas en Allemagne, où elle est toujours d'actualité, et on ne peut plus efficace.

Comme c'est en France que les désordres étudiants des années 68 ont été les plus voyants, nous avons tendance à sous-estimer, voire à ignorer, ce qui s'est passé ailleurs en Europe. Or la plupart des théories qui enflammèrent les esprits sur les bords de la Seine avaient leur origine... en Allemagne. Si l'on excepte les situationnistes et H. Lefèvre, les maîtres à penser de l'époque s'appelaient Adorno, avec sa critique du caractère autoritaire, Marcuse, qui proclamait le « Grand Refus » et la « révolution morale, sexuelle et politique », ainsi que Lukacs et Horkheimer, de l'école de Francfort.

Cohn-Bendit n'était pas un hasard. La contestation soixante-huitarde avait ses racines intellectuelles en Allemagne. Elle avait pris pied dans les universités dès le début des années 60, quand les « bons jeunes gens » aux cheveux courts et culottes de peau, qui applaudissaient Adenauer, firent place aux chevelus en jeans. Ces étudiants d'un nouveau type allaient mener la contestation de l'autorité et de l'État avec beaucoup plus de violence et de haine que leurs homologues français, sans rien de cette atmosphère de fête, de l'excitation joyeuse qui accompagna Mai 1968.

L'État était véritablement l'ennemi. Pour comprendre ce qui s'est passé, quels étaient les griefs des jeunes révoltés, il faut lire les articles d'Ulrike Meinhof parus dans l'hebdomadaire de gauche *Konkret* où elle était journaliste avant de sombrer dans le terrorisme et de devenir la compagne d'Andréas Baader.

L'accusation la plus patente, celle de « fascisme », a trait en particulier au fait que l'État tolère parmi ses notables beaucoup trop de gens au passé nazi notoire (c'était particulièrement vrai dans les universités de droit). Mais ce que Ulrike Meinhof et ses amis reprochent vraiment aux gouvernements en place (d'abord les chrétiens-démocrates seuls, puis, de 1966 à 1969, la grande coalition chrétienne-démocrate et socialiste, enfin les socialistes seuls), c'est d'avoir renié la pureté des débuts, d'avoir surmonté le traumatisme de 1945 sans tirer les leçons du passé.

Très vite, les idées nobles et enthousiasmantes des premiers temps, du point de vue d'Ulrike Meinhof, ont été balayées. L'éventualité d'une démocratie plébiscitaire, la possibilité de la nationalisation des biens de production ont disparu — en grande partie sous l'influence des Alliés — pour faire place à la solution prosaïque de la cogestion. Mais surtout, en 1956, l'Allemagne entre dans l'OTAN et recrée une armée (en même temps que le parti communiste est interdit).

Envisager même l'éventualité d'une guerre choque profondément Ulrike Meinhof dans un pays qui a « une histoire dont on devrait avoir honte : car l'histoire du mouvement ouvrier allemand, c'est de n'avoir su empêcher deux guerres impérialistes accompagnées de douze ans de fascisme, ni même d'avoir su lutter contre de manière significative ».

Or, la République fédérale est maintenant alliée avec l'impérialisme US, dont le capitalisme triomphant exploite le tiers monde. Il faut donc lutter pour révéler au grand jour le mensonge, l'alibi de la « liberté » de l'Ouest, qui cache la restauration du pouvoir de la grande bourgeoisie, alliée objective de l'impérialisme US sous la conduite d'« Adenauer-Metternich ».

Il faut reconnaître la RDA, cesser de projeter une image diabolique du communisme (car si l'on ne veut reconnaître que les « pays libres », au sens d'« élections libres », que dire de l'Espagne de Franco ?). Il faut que la République fédérale cesse d'être le valet de l'impérialisme des États-Unis.

Les articles d'Ulrike Meinhof reprennent aussi le fatras idéologique des années 60 : mythe du bon tiers monde, marxisme primaire. Mais ils contiennent manifestement toutes les grandes idées qui, depuis le début de la République fédérale jusqu'à aujourd'hui, alimentent la contestation. Les calicots de Francfort ou de Brokdorf sont en fait des citations de Meinhof : pour elle, il n'y avait effectivement déjà qu'un seul devoir face à cet État post-fasciste monstrueux : la résistance. Elle est la première à avoir cristallisé ce concept de « résistance à l'État », promis à si grand avenir qu'il est devenu un thème central des années 80.

« Protester, c'est dire que ceci ou cela ne me convient pas; résister, c'est faire en sorte que ce qui ne me convient pas ne se reproduise plus. Protester, c'est dire que je ne joue plus le jeu. Résister, c'est faire en sorte que tous les autres ne le jouent plus non plus. » Dans les milieux de la contestation, cette phrase d'Ulrike Meinhof fait figure de parole d'Évangile. « Résister est un devoir quand l'État de droit devient une injustice » est devenu une vérité première.

Pourtant, en Allemagne même, l'influence d'Ulrike Meinhof n'est pas évaluée à sa juste mesure. Rares sont ceux qui reconnaissent son rôle de précurseur. Le terrorisme dans lequel elle se réfugiera aura deux buts : attaquer le capitalisme exploiteur et fauteur de guerre au sein même de ses métropoles, d'une part, et d'autre part « forcer ainsi l'État à dévoiler sa vraie nature répressive, car ce n'est que lorsque la violence manipulatrice du pouvoir en place se sera transformée en violence ouverte, que la violence intériorisée dans les classes travailleuses pourra se libérer en devenant une violence prolétarienne »...

La manière dont Meinhof, Baader et Ensslin finiront par perdre à ce jeu est bien connue. On se souvient de l'enlèvement de Schleyer, le patron des patrons allemands, et de l'épisode de Mogadiscio où avait été détourné un avion de la Lufthansa par des terroristes (commando « martyr Halimeh ») qui exigeaient la libération de leurs compagnons emprisonnés. On se souvient aussi de leur échec et de l'annonce simultanée du suicide dans leur prison de Baader, Ensslin et Raspe...

Mais la « bande à Baader » a-t-elle vraiment tout perdu ? Rien n'est moins sûr. Ils ont traumatisé l'Allemagne. Ils ont, loin de réveiller le prolétariat « corrompu par les superprofits réalisés aux dépens du Tiers Monde », fait l'union contre eux. Et pourtant, ils ont laissé des traces durables dans les esprits, surtout chez les jeunes. Ulrike Meinhof s'est suicidée en 1976, mais ses idées lui ont survécu.

LE PLUS FROID DES MONSTRES FROIDS

Le calcul des terroristes n'a pas été si vain qu'il le semble à première vue : parmi la jeunesse, ils auront réussi à renforcer la peur et la méfiance vis-à-vis de l'État. Non, d'ailleurs, sans que l'État porte lui-même une part de responsabilité : on ne peut repousser complètement l'idée que les autorités allemandes ont involontairement contribué à la formation du phénomène terroriste.

L'atmosphère d'hystérie collective créée par les articles des journaux de droite du groupe Springer, dès le début des années 60, ainsi que les violences policières, auraient déjà suffi à expliquer la montée de la tension chez les étudiants (« un coup de matraque sur la tête fait faire un grand bond en avant à la conscience politique », constataient-ils). Mais un événement comme l'acquittement du policier qui avait abattu l'étudiant Benno Ohnesorg le 2 juin 1967 au cours de la très violente manifestation contre le Shah, enclencha définitivement le processus violence-répression, caractéristique de l'époque, et déconsidéra complètement la « justice bourgeoise » aux yeux des contestataires.

L'épisode des « lois d'exception » envenima encore les choses. Inquiet, le gouvernement de « grande coalition » (chrétien-démocrate et socialiste) avait fait voter des lois le dotant de pouvoirs spéciaux en cas de « troubles graves, mettant la Constitution en danger »... Il avait en même temps exacerbé les craintes de la gauche contestataire.

Une fois le terrorisme installé, l'État s'affola et se montra parfaitement malhabile à doser la riposte. Stammheim, la prison où sont détenus les terroristes, se transforme en camp retranché où les conditions de détention sont de plus en plus sophistiquées : c'est « l'État tortionnaire » selon l'extrême-gauche.

Puis, toujours poussé par la peur, l'État lance la

traque. Le BKA (Bundeskriminalamt), dans les années 70, commence avec ses ordinateurs géants une énorme partie de chasse à l'homme : il se met à ficher le plus de monde possible.

Mais à force de photographier les manifestants contre la guerre du Viêt-nam, de ficher les lecteurs de journaux de gauche et les acheteurs d'œuvres de Marx, à force de filatures et d'écoutes, le BKA finit par créer une atmosphère irrespirable de soupçon général. Aujourd'hui encore la plupart des manifestants sont masqués dans les manifestations pour éviter d'être systématiquement photographiés et fichés. Même si leur présence, par ailleurs autorisée, est toute pacifique, ils savent qu'elle sera enregistrée et, le cas échéant, retenue contre eux. Le Bundeskriminalamt a sûrement contribué fortement à la psychose anti-ordinateur de l'Allemagne.

Avec cette crainte des jeunes gens masqués de se faire coucher sur les listes noires du BKA, on touche à un autre traumatisme de l'Allemagne : les interdictions professionnelles.

On se souvient de l'émotion soulevée en France par cet avatar de la peur du communisme et de la déstabilisation en République fédérale. Les interdictions professionnelles ont tout de suite été assimilées dans l'esprit français à un maccarthysme d'un genre nouveau. Jean Genet, dans *Le Monde*, n'hésitait pas à justifier les agissements de « la Bande à Baader », rendus « nécessaires » par le caractère odieux de la République fédérale; toute l'intelligentsia française se mobilisait en faveur de Klaus Croissant, et le fameux tribunal Russel siégeait en 1974 à la demande de Sartre pour statuer sur les atteintes aux droits de l'homme en Allemagne.

Impavide, le gouvernement allemand visait par ces interdictions professionnelles à empêcher l'accès à la carrière de fonctionnaire à toute personne « ne présentant pas les garanties suffisantes d'un véritable engagement pour la Constitution ».

Le roman de Peter Schneider, *Et te voilà ennemi de la Constitution*, expose parfaitement la manière dont le piège se referme sur un jeune enseignant. Celui-ci, en partie par manque de goût pour le compromis, finit par se faire estampiller « ennemi de la Constitution », et donc licencier. Cause première de sa chute : une pétition qu'il a signée, plusieurs années auparavant, en faveur d'un collègue communiste expulsé lui aussi du service public...

De fait, l'appartenance au parti communiste — autorisé à nouveau depuis 1969 et « fort » de 40 000 membres — suffit à barrer l'accès à tout poste de fonctionnaire : les personnes ainsi discriminées se défendent au cours de procès tumultueux. Récemment, un conducteur de locomotive, communiste, a beaucoup fait parler de lui : l'État acceptait qu'il continue à conduire sa locomotive, mais pas qu'il jouisse du statut privilégié de *Beamte*.

Double peur donc. Peur du communisme dans les organes de l'État qui, à son tour, tentaculaire, omniprésent, indiscret, par sa *Gesinnungsschnüffelei* (sa manière de « fureter dans les consciences »), fait peur à la jeunesse.

En général, on ne considère pas que ces interdictions professionnelles aient sérieusement entravé la carrière de plus de cinq cents personnes. Mais, par la publicité qu'elles ont eue à l'intérieur et à l'extérieur de l'Allemagne, elles ont été un trait marquant de la République fédérale des années 70. Elles ont révélé sa fragilité, terni sa réputation parmi ses consœurs démocratiques et, surtout, elles ont contribué de manière significative à la mésentente entre l'État et les nouvelles générations.

IL Y A QUELQUE CHOSE DE POURRI AU ROYAUME DE BONN

C'est sur cette toile de fond qu'il faut juger l'apparition de phénomènes nouveaux dans la vie politique et dans l'opinion publique allemandes depuis 1980. Scandales, démissions, limogeages, les Allemands ne reconnaissent plus ce modèle de stabilité qu'était la République fédérale et sentent croître leur scepticisme vis-à-vis de « Bonn ».

Il est frappant de voir en bonne place dans les grandes librairies universitaires des livres, comme *Die Korrupte Republik* de S. Bluth, qui s'attachent à décrire en détail le processus de corruption : « Hommes politiques, fonctionnaires et partis sont devenus des investissements... L'économie libre de marché a un prix pour tout. La morale est tombée aux mains de l'offre et de la demande », déclare tout net l'introduction. En France, les scandales dont il est question ici ne produiraient vraisemblablement pas la moitié de l'émotion qu'ils soulèvent en Allemagne, où le prestige des trois grands partis politiques traditionnels : socialiste, chrétien-démocrate et libéral (SPD, CDU, FDP), a en revanche énormément souffert.

C'est le problème du financement de ces partis qui empoisonne la vie politique. Des mœurs s'étaient installées, des habitudes s'étaient prises qui n'étaient ni tout à fait légales, ni vraiment répréhensibles : les généreux donateurs « oubliaient » de déclarer leurs dons, comme ils auraient dû le faire au-dessus de 20 000 marks. Ils « encourageaient » tel ou tel homme politique... sans craindre les coïncidences. Certaines de ces coïncidences, pourtant, finirent par frapper et l'une d'elles causa la chute de l'ancien ministre de l'Économie, le comte Lambsdorff.

Il est aujourd'hui accusé de corruption pour avoir exonéré d'impôts la vente, par le groupe Flick, d'actions Daimler-Benz à la Deutsche Bank. Or, d'après le droit fiscal allemand, le ministre de l'Économie a le droit d'accorder des exonérations sur le revenu de certaines transactions, si celles-ci doivent avoir un effet « globalement positif » sur l'économie.

Le revenu des ventes d'actions Daimler-Benz devait être réinvesti chez la firme américaine Grace : ce qui impliquait un transfert de technologie américaine vers la République fédérale dont, certes, l'effet ne pouvait manquer d'être « positif ». Ce qui est gênant, c'est qu'à la même époque, Lambsdorff ait été aussi trésorier du FDP en Rhénanie du Nord-Westphalie, et que Flick ait beaucoup alimenté les caisses du parti libéral... Personne n'accuse Lambsdorff d'avoir distrait le moindre mark à son profit, mais le cumul des deux fonctions choque.

Puisque ces mœurs brutalement dénoncées étaient cependant assez répandues, le gouvernement chrétien-démocrate essaya de faire voter une loi d'amnistie qui aurait tiré un trait sur cet épineux problème de financement. Peine perdue, le lièvre était levé... Déjà se profilait à l'horizon un autre épisode de ce qui devenait « l'affaire Flick » et allait entraîner la démission cette fois de M. Barzel, président du Bundestag de 1982 à l'automne 1984. Il était apparu que son effacement devant M. Kohl comme candidat chrétien-démocrate à la Chancellerie n'avait pas été spontané : pour prix de sa bonne volonté, l'entreprise Flick lui aurait versé la somme de 1,7 million de marks (cela, par l'entremise d'un cabinet d'avocats où M. Barzel était censé exercer ses talents).

Au fil des scandales et des découvertes, Flick finit par prendre aux yeux des Allemands des allures de montreur de marionnettes. On murmure que les sommes versées à droite comme à gauche de l'échiquier politique atteindraient 50 millions de marks. Seul, le nouveau parti Vert peut porter la tête haute. Il n'a jamais reçu un sou de ces sources-là; jamais il n'a été encouragé par la grande industrie...

A côté de l'affaire Flick, l'affaire Kiessling, elle, a ébranlé le prestige de l'armée et réveillé des souvenirs qu'on croyait définitivement oubliés. L'accusation d'homosexualité[1], jamais prouvée, qui avait conduit le ministre de la Défense Wörner à exiger le départ à la retraite anticipée du général Kiessling rappelait par trop l'affaire von Fritsch, ce général de la Reichswehr accusé de la même « tare » par Hitler. Elle mettait surtout en lumière le mauvais fonctionnement des différents services de sécurité qui avançaient des accusations sans pouvoir fournir de preuves. Elle a semblé éclairer une gabegie générale.

Bref, c'est toute la superstructure administrative, gouvernementale, politique, qui se trouve fortement prise à partie en Allemagne. Les plaintes contre le mauvais fonctionnement de Bonn sont tellement réitérées qu'elles finissent par mettre l'observateur mal à l'aise. Il semble que, pour bon nombre d'Allemands, les hommes politiques passent leurs journées à comploter à huis clos dans ce Bonn mystérieux, uniquement attentifs à leurs jeux stériles de pouvoir et d'argent.

Les partis retrouvent l'opprobre dont ils ont souvent été couverts — Guillaume II déjà ne les aimait guère (« Je ne connais plus de partis, je ne connais que des Allemands »), mais ils tombèrent dans un discrédit bien pire sous Weimar. Il faut dire que le système électoral allemand, si souvent loué, a un défaut : il accentue la distance entre électeurs et élus, puisque une part des députés est élue à la proportionnelle.

Mais au-delà des partis et du fonctionnement, corrompu ou non, de la démocratie parlementaire, c'est son

1. L'homosexualité joue un rôle particulier en Allemagne; Frédéric II, Guillaume II sont tous deux crédités de forts penchants homosexuels (on n'imagine pas qu'il puisse en aller de même pour les grandes figures françaises correspondantes : Louis XIV ou Napoléon) et une atmosphère d'amitié virile un peu trouble entoure volontiers les nombreuses associations masculines qui ont vu le jour au fil de l'histoire du pays.

principe même qui est remis en question. Elle est jugée incapable de répondre aux problèmes du monde actuel. La prépondérance de la majorité dans le processus de décision est violemment critiquée dans des livres à succès comme *Les limites de la démocratie majoritaire*.

Cette démocratie majoritaire est accusée d'être coupée du monde réel puisqu'elle ne reflète pas les « vrais soucis » des citoyens : écologie, arrêt de la course aux armements. Et accusée surtout d'être totalement pervertie par le « Capital ». La démocratie parlementaire vit en symbiose avec tout ce qui est « communication ». Or, la communication est dominée par le Capital : la télévision transforme les hommes politiques en acteurs et les élections en farce; les journaux appartiennent aux puissances d'argent; l'accès aux médias n'est permis qu'aux groupes organisés, aux groupes de pression qui disposent d'un pouvoir financier suffisant. Ils sont hors d'atteinte pour l'individu et pour les mille et une petites communautés. Comment, dans ces conditions, espérer que la démocratie parlementaire soit autre chose que la représentation des intérêts financiers les plus puissants ? « Goebbels n'a pas eu besoin de renoncer aux élections libres », vous assène-t-on comme preuve finale de l'inanité du système.

Ce tableau de l'Allemagne fédérale peut sembler bien sombre. Peur de la guerre, peur de la science, peur du progrès, peur de l'État tentaculaire et peur du « système », perte de confiance dans les mécanismes régulateurs de la démocratie politique : le doute quant au bien-fondé de notre civilisation est extrêmement répandu.

Dans les journaux s'étalent en gros caractères les publicités des maisons d'éditions. Les titres des ouvrages parlent d'eux-mêmes : *Pouvoir et impuissance du citoyen*; *Le citoyen mis en tutelle*; *Le citoyen fait-il de la figuration en RFA ?*; ou bien : *L'individu est-il en train de disparaître ?*; *Les dangers de la société câblée, la menace de la communication totale*; ou encore : *Pershing, centrales nucléaires, fichage systématique, passeport électronique, avenir sans arbres — et tout ça au nom du citoyen ?...*

On pense tout de suite bien sûr au « *Kulturpessimismus* » des années 20, au livre de Spengler qui eut un tel succès, *Le déclin de l'Occident.* Les films que produit aujourd'hui l'Allemagne rappellent souvent ceux qu'elle a produits dans les années 20 : *Metropolis* de Fritz Lang pourrait être, technique mise à part, un film contemporain. Partout l'homme est seul, écrasé par un monde moderne déshumanisé : les valeurs individuelles, la « mesure humaine » ont disparu. C'était le message des Lang, Pabst ou Murnau; c'est le message des cinéastes d'aujourd'hui qui se produisent à Cannes et qui, eux aussi, tournent aux États-Unis — ou en Australie.

On aurait, du moins, espéré que la société allemande, si elle désespère du progrès, de la science, des Lumières, si elle voit se profiler de sombres catastrophes à l'horizon de la fin des temps, se laisse aller, cette fois, à une agréable atmosphère fin de siècle. Malheureusement, ce n'est pas le cas. C'est un pessimisme sentencieux qui prévaut. Tous les écrits sont empreints du même dolorisme, de la même *Larmoyanz*, de la même conviction que le monde tel que l'ont façonné la politique et la technique est devenu invivable.

Orwell, 1984

Congrès, conférences, colloques, brochures, articles, livres traitant de *1984*, ont envahi l'Allemagne. L'ouvrage d'Orwell a fait l'objet de nouvelles traductions, de parution en feuilletons dans les journaux, etc., et suscité d'innombrables interrogations : notre monde ressemble-t-il à la vision d'Orwell ? Ne parlons-nous pas déjà en « novlangue » puisque le président américain baptise *peace keeper* ses engins de guerre ? Ne sommes-nous pas déjà soumis à l'inquisition du « Big Brother » ordinateur, à qui n'échappe aucune manifestation de notre vie ?

Et quelle vie menons-nous ? Quel sens a-t-elle ? Cette recherche du *« Sinn »*, le sens, est tellement présente dans l'opinion publique allemande qu'on a parfois le sentiment que l'Allemagne tout entière traverse une crise d'adolescence. Mais l'inquiétude est sincère; comme est sincère la conviction que, de pair avec la dégradation du tissu social, se défait le tissu humain. L'homme est déformé par la société moderne; mutilé à tout jamais, il est devenu incapable d'amour. « A côté du précipice nucléaire, il ne peut y avoir ni vie digne d'être vécue, ni véritable amour », n'hésitent pas à déclarer les auteurs à succès dans les interviews de journaux populaires comme *Stern*. Le manque d'amour de la société allemande est un leitmotiv lancinant, ainsi que les plaintes sur l'impossibilité de vivre ses pulsions autrement qu'en les retournant en agressivité, en haine de soi.

C'est, il est vrai, le sentiment qui semble donner son ton général à presque toute la littérature contemporaine allemande. Botho Strauss, dont la pièce *Grand et Petit* a été représentée avec succès à Paris, est tout à fait caractéristique de ce courant que certains critiques littéraires allemands, interrogés par *Le Nouvel Observateur*, résument en parlant sans ambages de « désespoir glacé ».

Cette humeur chagrine qui distingue l'Allemagne n'est pas le fruit d'une génération spontanée. Elle est en partie le résultat de toutes ces années de dissension entre l'État et sa jeunesse.

On a, en France, de ce qui s'est passé en Allemagne depuis le début des années 60, une vue impressionniste. Une manifestation contre un aéroport ici, contre une centrale nucléaire là, une arrestation de terroriste par-ci, une interdiction professionnelle par-là... Mais ces phénomènes ne sont pas isolés : c'est la même contestation, sous des aspects différents, qui se déploie et se transforme. On est frappé, en lisant de près les comptes rendus des manifestations, les écrits contestataires, les tracts distribués, par l'unité de la rébellion. Les mêmes slogans, les mêmes appels et parfois les mêmes leaders resurgissent tout au long des vingt dernières années. Les jeunes des années 60 ont vieilli. Mais leurs idées ont été diffusées dans la société; elles revivent chez les Verts et dans la gauche du SPD.

1980 : Le terrorisme « dur » a presque disparu. Les « cellules rouges » ont pris la relève. Elles ont adopté une nouvelle méthode : sans logistique, elles se cantonnent dans les actions de peu d'envergure, posant des bombes dans les dépôts de munitions de l'OTAN par exemple. En 1983, quatre cents attentats de ce genre leur ont été attribués. Et la police n'arrive pas à mettre la main sur ces terroristes « bourgeois »[1].

Récemment, deux jeunes journalistes ont été condamnés à des peines de deux ans de prison, accusés — sans preuve véritable — d'être responsables de la parution d'appels en faveur de ces cellules rouges dans un journal de Berlin. Indignés de l'iniquité de l'État, les Verts les ont propulsés en tête de leur liste aux élections européennes de 1984. Tous deux sont aujourd'hui députés au lieu d'être en prison : voilà le genre d'articulation, de cohérence qui structure ces milieux.

Le résultat est là : même si elle semble par ses choix récents toujours privilégier le juste milieu en politique, l'Allemagne a peur de l'avenir, ou plus précisément elle n'a plus confiance dans son avenir de république démocratique parlementaire occidentale capitaliste et hautement industrialisée.

1. 1985 : le terrorisme dur est de retour avec le meurtre du directeur Zimmermann par la RAF...

II

LES CAUSES DE LA DÉRIVE

Ce qui frappe le visiteur en RFA, c'est de voir à quel point le pays paraît artificiellement construit et comme il est peu cohérent. A l'observer de près, on s'aperçoit que l'Allemagne est un pays disparate, en mal d'équilibre. Unifié et parvenu très tard à l'état de nation, balayé de fond en comble par la tourmente du national-socialisme et la défaite de 1945, il présente une coexistence étonnante de plages de passéisme et de modernisme.

PASSÉ CONTRE AVENIR

Pour le touriste, le modernisme du pays saute aux yeux : une agriculture rationalisée; des villages propres; des villes souvent peu attrayantes pour avoir voulu imiter les grands centres américains et privilégier l'automobile; les fameuses autoroutes; les TEE « Intercity » qui relient les grandes villes entre elles à intervalles réguliers d'une heure; la disparition — hélas — du commerce de voisinage en faveur des grandes surfaces; la difficulté de trouver des services quels qu'ils soient — et leur prix..., tout cela est caractéristique d'un pays développé.

Par rapport à la France, l'Allemagne, depuis la guerre, a pris une quinzaine d'années d'avance. L'art moderne y a pénétré plus tôt — l'architecture intérieure porte les traces du Bauhaus[1] — et actuellement le néo-expressionnisme allemand, avec des groupes comme les « Nouveaux Fauves », domine le marché international de la peinture. De même, les expositions telles que la West Kunst de Cologne ou la Documenta de Cassel sont devenues des événements primordiaux de la vie artistique internationale.

A côté du mode de vie, de la culture, la structure même de la société semble « moderne ». L'Allemagne a été plus bouleversée par le cyclone du national-socialisme et la défaite que la France par la Révolution de 1789.

En 1945, que restait-il des privilèges de fortune ? Douze millions d'Allemands avaient perdu jusqu'à leur terre natale, les autres survivaient dans des caves grâce au marché noir; la résistance acharnée opposée aux exigences de capitulation sans condition avait transformé le pays en ruines. La réforme monétaire de 1948 remit le pays en marche, mais en privilégiant les salaires aux dépens des fortunes acquises : 100 marks sur un compte en banque n'en valaient du jour au lendemain plus qu'un, tandis qu'ils gardaient leur valeur exprimée en salaires. La société allemande s'est reconstruite sur une base très égalitaire, d'où l'éventail resserré des salaires, et la perméabilité des classes sociales.

L'arrivée au pouvoir des socialistes en 1969 (douze ans avant la France !) accentue l'aspect progressiste du pays : les fameuses lois sur la « cogestion » dans les entreprises, les pouvoirs ainsi donnés aux syndicats, leur richesse, l'excellente formation de leurs membres et leur

1. Groupe d'artistes, architectes et plasticiens allemands, émigrés aux États-Unis dans les années 30, qui ont marqué de manière décisive tout l'art moderne du xxe siècle, pionniers de l'unité entre l'architecture et la fonction, sur la base du fameux : *« less is more »*.

désir de coopérer à la réussite économique, au *Wirtschaftswunder*, au « miracle économique » de la RFA par « l'action concertée » vont dans le même sens. Quant aux lois votées sur l'homosexualité, le divorce et l'avortement, elles accompagnent l'évolution des mœurs et particulièrement le *Fraüleinwunder*, le « miracle des demoiselles » qui transforme la lourde Gretchen en mannequin blond à la mode; les femmes achèvent ainsi de se détacher des « 3 K » (*Kinder, Kirche, Küche*[1]) pour se tourner vers les idées prônées par le mouvement de libération des femmes, bien avant leurs consœurs françaises.

La société allemande est donc à la pointe du progrès. C'est un modèle de société libérale où mœurs et économie sont à l'unisson. Acquise aux idées nouvelles, elle y évolue à l'aise.

Politiquement, elle ouvre même la voie, dans une certaine mesure, aux autres démocraties occidentales : sa Constitution est généralement considérée comme un modèle du genre.

Mise au point sous l'œil vigilant et approbateur des Alliés en 1949, au moment de la création de la RFA, cette « loi fondamentale » est surtout exemplaire pour avoir, avec la plus grande rigueur, voulu tirer les leçons du passé.

Ainsi, tout ce qui pouvait être source d'arbitraire, de racisme, de militarisme ou d'instabilité se voit réprimé. En revanche, elle contient, solennellement affirmé, le « droit au libre épanouissement de la personnalité sans considération de race, de sexe, de patrie ou de religion ». Le commandement des Armées est confié non pas au chancelier mais au ministre fédéral. La possibilité est donnée de faire un service civil au lieu d'un service militaire. La peine de mort est abolie. Il faut également

1. Enfants, Église, Cuisine.

souligner la générosité de l'article qui régit le droit d'asile.

Pour ce qui est de la stabilité, le système de « motion de censure constructive » (qui a permis à Kohl de détrôner Schmidt en 1982) donne au Bundestag la possibilité de changer de chancelier sans encourir la dissolution (le président de la République possède cependant, parmi ses rares prérogatives, celle de prononcer une éventuelle dissolution). Ainsi se trouve conjurée l'ombre de Weimar.

Enfin, un article fameux, l'article 20 alinéa 4, a subi un sort paradoxal. Introduit en 1968 au moment où étaient adoptées les lois d'exception, il avait pour but de garantir au citoyen le « droit de résister » contre quiconque tenterait de renverser l'ordre constitutionnel. On verra qu'il est curieusement devenu l'instrument favori des contestataires qui le retournent contre l'État.

Si l'on ajoute le mode de fonctionnement du Bundestag et surtout le rôle très important des commissions parlementaires dans la vie politique fédérale, on ne peut que conclure à l'excellence de la Constitution de l'Allemagne de l'Ouest, indéniablement « en avance » sur les autres démocraties occidentales.

L'énorme sculpture abstraite de H. Moore devant la Chancellerie de Bonn semble bien symboliser une Allemagne tout entière tournée vers l'avenir.

Pourtant, à y regarder de plus près, on ne peut pas ne pas être frappé par les rémanences du passé (en dehors du passé proche, et des traumatismes qu'il a laissés). Le coup de baguette magique de 1945 n'a pas transformé les mentalités si profondément que les apparences le laissent croire.

En fait, l'Allemagne a été projetée hors d'elle-même par l'influence alliée, et, décentrée par rapport à son axe, elle fait maintenant coexister la République fédérale d'Allemagne avec « l'Allemagne éternelle ». D'autant plus « éternelle » que jamais le cours de son histoire n'a été interrompu par une véritable révolution. Celle de 1848 était une révolution d'intellectuels bourgeois, d'idéalistes animés par l'élan des guerres de libération antinapoléoniennes, qui se sont fait remettre sous tutelle sans effusion de sang. Même si les frères Grimm, les écrivains Uhland et Arndt parvinrent à chasser Metternich, ils ne réussirent pas à créer la moindre vie politique dans le Staatenbund (Confédération germanique). Ils ne firent que laisser la Prusse affermir son emprise et diffuser ses valeurs sur l'ensemble allemand.

La révolution de 1918, dans la foulée de la défaite, plus sanglante, douloureuse, a bien instauré une république. Mais l'ombre du bolchevisme, dès le départ, avait modifié les données et faussé le jeu. Il ne s'agit plus seulement de démocratie, mais de communisme. Devant les « conseils d'ouvriers », les socialistes modérés prennent peur, et c'est avec l'aide de l'armée et des forces de droite que sera instaurée cette première république. Les grandes forces traditionnelles de la société d'avant 1914 restent intactes : aristocrates terriens, grands industriels, armée, laissent au président tout nouvellement élu de cette république roturière la tâche peu enviable de négocier le traité de Versailles.

Il n'y a pas de tradition révolutionnaire en Allemagne. Le mot révolution — au contraire de chez nous — y a une coloration assez péjorative; il est plutôt synonyme de troubles et de désordres que de libération. Karl Liebknecht, Rosa Luxemburg et les « révolutionnaires » de 1918 ne jouissent pas de l'aura populaire des divers révolutionnaires français.

En fait, jusqu'au nazisme, l'Allemagne a gardé ses structures et son mode de pensée monarchiques. Les traces de ce passé sont encore nombreuses aujourd'hui. Le prestige dont jouit toujours l'aristocratie dans ce pays démocratique n'en est qu'un des vestiges les plus frappants.

Dans son livre *Au plaisir de Dieu*, Jean d'Ormesson décrit l'arrivée dans sa famille d'une petite Wittgenstein. Ils tombent d'emblée en admiration pour cette nouvelle cousine : tout en elle participe encore d'un monde féodal : le déclin, la normalisation qu'a connus la famille d'Ormesson dès la fin du XVIIIe siècle, la famille Wittgenstein n'a commencé à les sentir qu'avec Weimar.[1]

Bien entendu, il ne s'agit plus aujourd'hui d'une classe qui posséderait des privilèges importants ou exercerait une quelconque influence sur le pouvoir. Mais, dans cette société de l'après-guerre où les différences de revenus ont été si démocratiquement réduites, sont restées grandes les différences de niveau culturel, de codes de reconnaissance sociale. Les aristocrates sont un cas type de perpétuation d'un certain mode de vie « entre soi », au-delà d'un bouleversement politique, économique et institutionnel total. Ils forment un milieu fermé où dominent ceux dont les propriétés se trouvaient du côté occidental de la ligne de démarcation de la zone soviétique. Ceux-là possèdent encore des terres dont l'étendue étonnerait en France où le code Napoléon a morcelé la propriété.

En Allemagne, le droit d'aînesse, renforcé par les nazis, a prévalu sous différentes formes (sauf dans la région rhénane) jusqu'à la dernière guerre, et continue largement d'exister pour les propriétés terriennes. Fêtes et chasses se déroulent dans de véritables domaines à l'ancienne. La « bourgeoisie cultivée » est la bienvenue dans ces festivités : fils d'ambassadeurs ou d'industriels

1. Il était encore possible il y a quelques années de rencontrer en Allemagne des vieilles dames qui se souvenaient parfaitement de l'époque où jeunes filles elles vivaient à la cour de Guillaume II et y admiraient la barbe de Tirpitz. Elles vous parlaient de « leur roi » en pensant à Frédéric II, et dans leur bel allemand lent, encore imprégné de français, vous déclaraient d'un ton « decidirt » : « Kusine Lili hat sehr embellirt. » Cette présence de la Prusse impériale en République fédérale banalisée laissait tout interdit.

sont à l'aise, mais ne font jamais que graviter autour des Moltke, Schlieffen, Wittgenstein ou Bismarck (toujours affublés de surnoms comme « Ping », « Pong », ou « Mausi »).

A les regarder vivre tous, on se croit replongé en plein XIXe siècle, surtout si l'on assiste à une grande chasse. Les traditions y sont restées immuables. Les premières neiges sont tombées, le givre craque sous les pas. Dans le froid du petit matin, les gardes-chasse en tenue traditionnelle, loden vert, plume au chapeau, murmurent les formules rituelles en plaçant les invités le long de la battue. *Waidman's Heil, Herr Baron*, soufflent-ils, en s'inclinant. Puis le silence devient total.

Tout à coup, déchirant l'aube, éclate un tumulte d'enfer. Les cirés jaunes des rabatteurs trouent les taillis, leurs cris gutturaux se mêlent aux aboiements des chiens qu'ils excitent. Toute l'Allemagne traditionnelle et mythique vous remonte au cœur en une bouffée inquiète.

Un rituel compliqué clôture la chasse. Devant les biches étendues sur le flanc, les sabots gracieusement repliés, on sonne le cor longuement, en manière d'hommage. On comprend que les Romantiques, ressuscitant les vieilles légendes allemandes, aient vu dans ces biches vaincues des princesses ensorcelées.

Une autre manière de revivre l'Allemagne d'antan est d'y passer le nouvel an dans un château du nord de la Bavière.

Arrivés dans l'après-midi du 31 décembre, les invités trouvent dans leur chambre, avec un petit cadeau, la liste sur papier glacé de la centaine d'hôtes. Pour la plupart amis d'enfance, passés par les mêmes écoles, des liens familiers les attachent à la maison. Un grand dîner rassemble tout le monde. On danse, comme partout, après le dîner, la nuit de la Saint-Sylvestre; mais à minuit, c'est un cantique luthérien qui annonce la nouvelle année, entonné par tous les invités qui expriment fort — aussi fort qu'ils chantent bien — leur certitude que, sur les ailes de l'Aigle, Dieu les garde. Et les vœux échangés sont aussi sincères que les liens affectifs anciens.

Vers trois heures du matin, un feu d'artifice attirera dans la neige les jeunes femmes en robe du soir qui se serreront frileusement contre l'épaule de leur cavalier.

Dans ces fêtes, le temps semble s'être arrêté.

L'atmosphère est très différente selon qu'il s'agit de la *Schickeria*, la « coterie chic » de Munich, qui aime à dépenser son argent et ne craint pas le scandale, ou des milieux plus sévères, plus sentimentaux ou plus modestes comme ceux des *Adelsgenossenschaften*, ces « coopératives de la noblesse » qui s'attachent à ressusciter le passé, tentent de resserrer les liens entre réfugiés dispersés et organisent des « bals de la noblesse » auxquels se gardent bien d'assister les familles qui tiennent vraiment le haut du pavé.

Ces réseaux sociaux, discrets, offrent une autre image de l'Allemagne : une image moins homogène, car si l'intelligence et la richesse sont peut-être les choses les mieux partagées en RFA, il n'en va pas de même de la culture. Bien entendu, il ne s'agit pas ici de la "culture" au sens des connaissances, mais au sens d'une certaine finesse d'appréhension de la vie. Sans reprendre forcément la phrase désabusée des amateurs de l'Allemagne d'autrefois : « A l'exception des juifs et des aristocrates, les Allemands sont insupportables ». Beaucoup s'accorderont pour reconnaître que l'Allemand moyen a moins de finesse que l'Italien moyen. Mais Mme de Staël ne disait-elle pas déjà que « seuls les esprits supérieurs étaient aimables en Allemagne » ?

C'est malheureusement cette figure du petit-bourgeois, pour lequel les Allemands eux-mêmes ont tant de mépris, l'affublant de ce mot intraduisible de *Spiesser*, de *Philister*[1], qui est l'image des Allemands la

1. Une sorte de version germanique du « beauf », avec le laisser-aller en moins.

plus familière aux Français. Le miracle économique nous a largement fait profiter de leur présence : sur nos autoroutes, où leurs énormes caravanes se traînent chargées à éclater de victuailles pour éviter une halte dans un restaurant, sur nos plages, où ils sont particulièrement nus, particulièrement rouges et particulièrement bruyants. Dans le midi de la France, ils achètent maison sur maison, « ils font monter les prix », négligent totalement de faire leur cour au maire, à l'épicier et au bistro — et s'étonnent de ne pas être acceptés quand ils regagnent leur lotissement, le coffre de la Mercedes plein à craquer de leurs emplettes au supermarché. A Tignes, dans une version un peu plus fortunée, ils ont réussi à faire fuir le dernier Français, exaspéré d'avoir à supporter les tablées d'Allemands poussant la chansonnette après le vin chaud...

Chez eux, ils ne sont guère plus séduisants. Que les premières chaleurs arrivent, et leur accoutrement ferait pleurer un Italien. Les reliefs d'un festin de la Oktoberfest à Munich, ou les derniers supporters titubant d'un grand match de football sont des spectacles difficilement supportables.

Dans un autre registre, les rues de Munich sont pleines de manteaux de fourrure tellement brillants, de cheveux si calamistrés, de maquillages si parfaits qu'on en a la nausée. Comment ? Ça, le peuple de Goethe ? se dit-on.

Dans les pays latins, réputés peu démocratiques, la « culture », l'art de vivre, de source plus ancienne, irrigue plus profondément la société. Un « homme qui monte » disposera des ressources nécessaires (moyennant quelque don d'observation) pour s'assimiler à son nouveau milieu. Et, en France, les grandes écoles fournissent le sésame, les lettres de noblesse qui permettent d'être « reçu » pratiquement partout.

L'Allemagne, en revanche, a acclimaté une sorte de snobisme à l'anglaise. Comme en Angleterre, « vous en êtes », une fois pour toutes, ou bien vous n'en êtes pas. Si vous n'en êtes pas, vous ne serez jamais accepté, car les apparences trahissent. Même si le jugement n'est pas aussi définitif qu'en Grande-Bretagne où il suffit d'ouvrir la bouche pour être classé, un œil exercé discernera beaucoup plus vite à qui il a affaire en Allemagne qu'en France ou en Italie.

C'est ce degré inégal d'imprégnation de la culture dans le corps social qui est probablement cause d'une certaine incompréhension entre l'Allemagne et la France : à niveau socio-économique égal, un Français possède plus d'art de vivre qu'un Allemand. Et souvent, pour se lier d'amitié, il lui faudra être accepté par un milieu plus « élevé » en Allemagne que son milieu d'origine français.

En fait, bien que très imprégnée des modes de pensée de la classe moyenne, la société allemande, faute d'un 1789, n'a jamais complètement exorcisé ses structures d'Ancien Régime.

Comme l'Angleterre, elle a ses internats réservés à l'élite : Wald, ou Sankt Blasien, ou Salem. Là se nouent déjà les liens, se forment les habitudes de pensée et s'acquièrent les manières qui vous accompagneront toute une vie. A l'université, ces privilégiés se retrouveront dans les *Studentenkorps*. Elles avaient pourtant disparu, ces associations d'étudiants où, de génération en génération, l'on sacrifiait au rituel du duel. Porteuses de l'idéal allemand, jugées réactionnaires après la guerre, elles avaient été un moment remplacées par des associations où boisson et duel avaient été éclipsés par les exposés économiques : la *« Bremer »* ou la *« Kanitzergesellschaft »*. Mais elles fleurissent de nouveau, les étudiants se battent à nouveau en duel, entre hommes du monde. La seule différence est que le bon ton n'exige plus, comme avant la guerre, d'arborer des *Schmisse*, ces fines cicatrices sur le visage autrefois si prisées; les étudiants portent maintenant un masque.

Elles ont de jolis noms, ces associations strictement réservées aux hommes qui ne convient les dames qu'aux bals, aux parties de ski ou de chasse. Des noms qui fleurent bon le passé et la Prusse : Saxo-Borussen ou Göttinger Preussen par exemple, qui font partie du « Cercle blanc », le cercle le plus chic; une sorte d'Ivy League à l'allemande.

Mais pourquoi évoquer la Prusse ? Pourquoi se référer à ce passé-là ? Pour les Français, les Prussiens sont des reîtres germaniques; ce sont les Chevaliers teutoniques, les Uhlans de la guerre de 1870, qui coupaient les seins aux femmes pour les empêcher d'allaiter, les voleurs d'horloge du dessinateur alsacien Hansi, les Boches de Bécassine; c'est la grosse Bertha.

Le phénomène d'occultation de la Prusse est extraordinaire en France. La proclamation de l'Empire allemand dans la galerie des Glaces de Versailles nous a tellement traumatisés que nous avons tout fait pour oublier la Prusse et les Prussiens. Les historiens l'oublient, les littérateurs l'ignorent. Qui peut citer un ouvrage français sur Bismarck ?

L'effet est rétroactif et s'étend à la Prusse de Frédéric II : jusqu'au *Grand Larousse* qui ne sait que faire preuve de condescendance lorsqu'il évoque le séjour de Voltaire à Berlin, « où il passa trois ans à corriger les vers de son hôte royal ». Pas une allusion à la fascination exercée par Frédéric II sur Voltaire, à la figure étonnante de ce despote éclairé, à l'expérience politique passionnante que cela représentait au siècle des Lumières.

La Prusse fut un des lieux où souffle l'esprit, accueillant depuis toujours les apports étrangers : la révocation de l'Édit de Nantes lui avait fait cadeau des Huguenots en 1685 (à la fin du XVIIe siècle, le tiers de la population de Berlin est d'origine française), les apports slaves et juifs s'intégrèrent harmonieusement.

Pour avoir une idée de ce que fut la Prusse après les guerres de libération contre Napoléon et jusqu'en 1870, il faut lire Fontane. Il a cristallisé la Prusse à sa meilleure époque; on est étonné de découvrir un monde de finesse et de charme, d'une grande élévation de sentiments et de rigueur morale, où la réserve et la retenue sont tempérées par une grande tendresse. Fontane, comme Stendhal, son équivalent le plus proche, se plaît particulièrement à faire œuvre de critique sociale, et nous donne une description charmante des salons de cette Prusse du XIXe siècle qui est peut-être ce que l'Allemagne a produit de plus séduisant pour l'esprit français.

Cette Prusse des « Lumières du Nord » a laissé des traces dans l'actuelle République fédérale d'Allemagne. Les descendants de la classe dirigeante prussienne véhiculent encore toutes les idiosyncrasies de leurs ancêtres. C'est ainsi que le grand hebdomadaire libéral de Hambourg, *die Zeit*, contribue largement, sous l'égide de sa directrice, la fameuse comtesse Dönhoff, à introduire des perspectives « éclairées » dans le débat politique allemand et à faire valoir, contre tout « nostalgisme », la *Staadräson*, la Raison dans l'État.

D'ailleurs, la patricienne Hambourg, dont le maire (socialiste) est Klaus von Dohnanyi (une des grandes familles allemandes), a repris en partie le rôle joué par Berlin. Depuis toujours enrichie par la Hanse[1], centre de la distinction et de la discrétion de bon ton, c'est là que s'est replié aujourd'hui un peu de l'atmosphère prussienne.

DUR PASSÉ

Mais, bien entendu, en parlant de la Prusse, on ne peut s'en tenir à ses qualités intellectuelles ou morales ni

1. Du XIIe au XVIIe siècle, ligue des grands ports marchands de la mer du Nord et de la Baltique.

à l'agrément de sa vie de société. La modernité de la Prusse, qui l'a aidée à dominer l'Allemagne tout entière, la création d'un énorme capital industriel, les grandes réformes reposent avant tout sur les vertus wilhelminiennes bien connues de dévouement et d'« esprit de servir » ainsi que sur la domination de la population par la caste des militaires et des propriétaires terriens.

Le long règne de Bismarck a largement prussianisé une Allemagne jusqu'alors débonnaire : il réussit à liquider l'influence des catholiques, traditionnellement tournés vers l'Ouest et les démocraties constitutionnelles, par le *Kulturkampf* (cette sécularisation de la société civile par la tentative de contrôler l'enseignement confessionnel, etc.) Et il musela totalement les activités et la presse socialistes.

Il ne restait qu'une caste dont l'excellence n'était pas remise en cause, raffinée, dévouée, douée, mais qui avait créé le vide autour d'elle. La bourgeoisie politique n'existait pas. La maxime de Frédéric II *« Ruhe ist die erste Bürgerpflicht »* (« le calme est la première vertu du citoyen ») a été inculquée à des générations d'Allemands jusqu'à la dernière guerre; et les historiens ont souvent attribué le succès des idéologies radicales en Allemagne à cette absence d'une classe moyenne politiquement consciente.

Quant aux intellectuels allemands, ils ont très longtemps approuvé cet éloignement du citoyen de la chose politique : Thomas Mann, par exemple, dans les *Considérations d'un apolitique*, écrivait : « Je dis avec force ma conviction que le peuple allemand ne pourra jamais aimer la démocratie, pour la simple raison qu'il ne peut aimer la politique; et que l'État d'autorité *(Obrigkeitstaat)*, tant décrié, reste la forme d'État la mieux adaptée au peuple allemand, celle qui lui convient et celle qu'au fond il désire. » L'ouvrage paraîtra en 1918,... juste au moment où l'Allemagne devient une démocratie. Il est très révélateur de la disposition d'esprit de la grande bourgeoisie de l'époque : démocratie et politique sont synonymes de discours ronflants et creux, peu adaptés au sérieux allemand auquel convient seul l'État autoritaire.

Cet autoritarisme prussien (le *Obrigkeitsdenken*) est ancré dans les composantes religieuses et philosophiques de la culture allemande. Ses résultantes — le respect dû à l'autorité, le devoir d'obéissance — ont accompagné toutes les étapes de l'histoire allemande et forment aujourd'hui encore le cadre de la vie collective.

« L'impression que j'ai eue la dernière fois que je suis allé en Allemagne, c'est-à-dire à Stuttgart (Stammheim), que j'ai eue partout, aussi bien des soldats qui gardaient les prisons que des gens qui étaient à l'intérieur, des passants ou des journalistes, c'était une impression terrible de gens gourmés, durs, vissés sur des sentiments ou des idées prescrites. Je me suis demandé : mais où est l'homme, où est la vie personnelle là-dedans[1] ? » Voilà ce que pense Sartre quand il rend visite à Baader dans la prison de Stammheim. Cette impression de l'Allemagne est peut-être au fond assez familière aux Français. Chacun, en voyage en Allemagne, y aura fait l'expérience de l'inflexibilité d'un douanier, de la dureté de ton d'un policier, tout entiers réfugiés dans leur rôle d'agent de l'État, inaccessibles à l'aspect humain des situations. Chacun aura été frappé par le formalisme qui règne dans les rapports officiels, par la manière cérémonieuse dont les titres des interlocuteurs sont soigneusement, inlassablement mentionnés, comme pour se rassurer sans cesse sur l'existence d'une hiérarchie.

Tout cela n'est que l'expression, dans l'Allemagne d'aujourd'hui, de ces mêmes valeurs prussiennes qui furent un temps dévoyées par le nazisme. En faisant prêter serment d'obéissance à sa propre personne à tous

1. J.-P. Sartre, in *Les Temps Modernes*, n° 396-397, juillet-août 1979, p. 252.

les officiers de la Wehrmacht, Hitler savait à quel point il se les attachait; et quarante ans plus tard, Klaus Barbie, dans l'avion qui le ramène de Bolivie, ne sait toujours que murmurer : « Je n'ai fait que mon devoir. »

Mais ces valeurs ont survécu au nazisme puisque ce sont elles qui ont produit les vertus de base sur lesquelles l'Allemagne d'après-guerre s'est édifiée : le goût du travail entrepris en commun, l'approbation accordée à un modèle contraignant pour tous, cet esprit civique que nous admirons tant, proviennent de la même source.

Aujourd'hui, ces fondements du comportement allemand ont un corollaire évident : l'importance démesurée du regard du voisin. Le conformisme étouffant de la société allemande (il n'existe pas de mot allemand pour « non-conformiste ») est ressenti par tous, y compris les Allemands, qui disent respirer mieux quand ils passent la frontière, et s'exprime dans tous les domaines de la vie quotidienne.

La *réglementation* qui prétend prendre en compte tous les aspects de la vie quotidienne vous enchaîne, comme Gulliver les fils des Lilliputiens. On n'en finirait pas de citer les interdits et les obligations qui vous assaillent dès votre arrivée en Allemagne. Les deux plus frappants concernent peut-être les horaires draconiens de fermeture des magasins et l'obligation de s'inscrire au centre d'enregistrement des habitants dès que l'on s'installe dans une ville (sans compter, bien entendu, qu'il est hors de question de traverser une rue au feu vert, même si elle est parfaitement déserte).

On a l'impression que l'Allemagne, effrayée par l'arbitraire, essaie de s'en garantir par les règlements. (Finalement, un pays comme l'Italie où la population accepte de bon gré une certaine dose d'arbitraire et d'anarchie étatiques n'offre-t-il pas un degré plus élevé de liberté du citoyen ?) Et prenez garde à ne pas transgresser lesdits règlements ! Vingt voix s'élèveront immédiatement pour vous enjoindre de rentrer dans le droit chemin si vous garez votre voiture dans un endroit défendu, laissez des herbes folles dans votre jardin (elles risquent d'essaimer chez le voisin) ou négligez de repeindre votre barrière (vous donnez une mauvaise image du quartier). Chacun des citoyens allemands semble vouloir faire respecter la loi au nom de la collectivité. On ne s'étonne plus, après un séjour en Allemagne, que le mot « délation », avec sa connotation péjorative, n'existe pas non plus en allemand. On a souvent avancé l'hypothèse que cette pression sociale pouvait expliquer en partie les phénomènes de défoulement collectif ou individuel observés en RFA, depuis le Carnaval, dont l'ampleur et l'importance économique et sociale sont énormes aujourd'hui encore dans certaines régions d'Allemagne, jusqu'au terrorisme.

PASSÉ TENDRE

Alors, l'Allemagne aurait-elle été écrasée sous le poids de la Prusse ? Peut-être l'Allemagne du Sud, l'Allemagne de la *Gemütlichkeit*[1] (à personne ne viendrait l'idée de parler d'une Prusse *Gemütlich*) ne pardonne-t-elle pas à la Prusse de lui avoir imposé ce carcan, de l'avoir projetée, par son avance intellectuelle, par ses puissantes structures de discipline et de dévouement, dans un xxe siècle où son destin fut tragique.

L'Allemagne du Sud, en majorité catholique, plus tournée vers les démocraties occidentales, évoque, elle, de tout autres images, de tout autres archétypes, qui forment également la trame de la vie quotidienne d'aujourd'hui. C'est plutôt l'Allemagne « Biedermeier » qui lui servirait de symbole.

L'époque Biedermeier s'est écoulée entre le congrès de Vienne de 1815 et la révolution de 1848, sous la férule de

1. Confort, douceur de vivre.

Metternich : la Restauration y fait suite à l'exaltation du romantisme. C'est l'Allemagne où le citoyen, brimé par l'autoritarisme du régime, se réfugie dans la vie privée, familiale, dans les efforts pour affiner sa personnalité, développer ses qualités d'âme et de cœur et créer autour de lui un monde sublime et parfait. C'est l'Allemagne du sapin de Noël et de *« Stille Nacht »*[1], l'Allemagne qui invente le *Kindergarten*, le jardin d'enfants[2].

La peinture Biedermeier nous fournit de délicieuses images de cette Allemagne-là. Menzel, von Dillis, Waldmüller nous ont légué ces scènes d'intérieur où, devant une fenêtre entrouverte, un rideau de mousseline blanc, doucement gonflé, bute sur une chaise aux courbes rondes et luisantes; ou bien une femme se penche sur un berceau, sa robe de soie rose s'écrase sur un des montants, sa chevelure sombre laisse à peine deviner le profil perdu de son visage qui éclaire le berceau; ou encore un père est assis, il lit son journal et fume sa pipe tandis que deux bambins joufflus armés de trompettes se disputent ses genoux...

C'est l'Allemagne du retour à l'intimité du foyer : le père au piano, le fils au violon, la fille chante. C'est l'Allemagne des coussins brodés de devises pieuses : *« Froh und heiter Gott hilft weiter »* (« Aide-toi, le ciel t'aidera »). C'est l'Allemagne des jeunes filles sages aux longues tresses blondes qu'évoque Giraudoux dans *Siegfried et le Limousin* : « L'or du Rhin... c'est la naïveté, la pompe, la douceur allemande... »

Tendre Allemagne... déjà, à l'époque romantique, Mme de Staël l'avait sentie, et tout voyageur la retrouve encore aujourd'hui, parfaitement vivante sous l'*american way of life*, derrière l'effritement des familles. Qu'elle est douce au cœur, cette Allemagne qui n'a pas été atteinte

1. Le fameux cantique de Noël : *Douce nuit, sainte nuit...*

2. C'est à cette époque aussi que sont créés, sous l'influence de Humboldt, des lycées qui dispenseront cette excellente formation humaniste (gréco-latine) si caractéristique de l'Allemagne savante et éclairée.

par « la fatuité, l'immoralité et l'incrédulité qui règnent en France depuis la Régence », qui a su repousser l'« aride ironie qui souffle un vent de mort sur les jouissances du cœur ». Aujourd'hui encore, on trouve en Allemagne « cette vie intime, cette poésie de l'âme » qui, pour Mme de Staël, caractérise les Allemands. Les femmes y ont toujours ce « quelque chose de grave qui intéresse en leur faveur ».

Oui, vivre en Allemagne, avoir des amis allemands, implique souvent la découverte de relations humaines plus chaleureuses qu'en France : on s'y retranche moins facilement derrière un cynisme élégant, une désinvolture paresseuse, une ironie qui se veut pudique et n'est souvent qu'égoïste et protectrice. Moins aptes que les Français aux sous-entendus, aux jeux de mots et langages codés « au deuxième degré », les Allemands, s'ils ignorent le sens du mot « salon », offrent en revanche une bonne volonté, une capacité de sérieux, un goût de l'approfondissement des sujets intellectuels en général et des affections personnelles en particulier, qui sont le charme de la vie. Quiconque le sait s'il a passé Noël en Allemagne et vécu toute cette suite de rites observés avec dévotion qui débutent avec l'Avent et ne se terminent en fait que dans l'énorme pétarade des feux d'artifice du 1er janvier.

Le goût des fêtes, l'exactitude des célébrations enracinent l'Allemagne dans son passé : jubilés et commémorations, baptêmes, anniversaires et mariages donnent lieu à des festivités beaucoup plus développées qu'en France. D'innombrables détails : le port du costume folklorique dans la vie quotidienne, la manière dont les annonces de décès s'étalent sur des pages entières dans les journaux, la survivance des traditions de Carnaval, évoquent un passé finalement beaucoup plus présent, plus « récent » et proche qu'en France où les premiers grands bouleversements sociaux et culturels sont déjà vieux de deux siècles.

L'ALLEMAGNE, PAYS-PUZZLE

A côté de l'Allemagne « prussienne » et de l'Allemagne du Sud, existent bien sûr d'autres Allemagnes : ne serait-ce que l'Allemagne de Luther, l'Allemagne des Philosophes et l'Allemagne du Romantisme. Mais il s'agissait ici surtout de faire ressortir le manque d'homogénéité de la société allemande. De montrer que, sous le masque de cette Allemagne que l'on nous présente comme « normalisée », vit une autre Allemagne.

Une Allemagne faite d'Allemands qui, même s'ils se ressemblent de plus en plus, restent encore très divers; depuis la guerre, il y a eu un brassage de populations extrême : les douze millions d'Allemands qui sont arrivés en 1945 des territoires perdus de l'Est (Poméranie, Prusse-Orientale, Silésie) ou bien des territoires des Sudètes ou de Hongrie, sont devenus des « Allemands de l'Ouest », se sont installés dans les villes et se sont fondus dans l'anonymat moderne des concentrations urbaines. Les trois millions qui ont quitté la RDA pour choisir la liberté jusqu'en août 1961 se sont aussi dispersés dans toute la République fédérale — en majorité cependant dans les régions industrielles.

Il n'en reste pas moins que tous ces citoyens allemands sont certainement plus différents entre eux que ne le sont les Français. Les différences régionales sont plus fortes. Unifiée plus tard, l'Allemagne a gardé des disparités plus grandes, entre ses diverses composantes, que l'hexagone français soumis à l'influence centralisatrice de Paris. Le nombre de jurons qui existe en bavarois pour désigner un Prussien est un indice éloquent.

La langue elle-même est très disparate. A côté du *Hochdeutsch*, le haut-allemand enseigné dans les écoles —

et que tous les Allemands sont loin de maîtriser parfaitement — chaque région a son dialecte, hermétique pour la région voisine. Le dialecte souabe n'est pas compréhensible pour un Berlinois, qui ne comprendra pas non plus le bavarois ni le *Kölsch* (la langue parlée à Cologne) sans une longue période d'adaptation.

Écouter les conversations des classes de petits Allemands venus faire leur voyage de fin d'études secondaires à Paris est très instructif sur ce point. On situe tout de suite leur origine : plutôt un dialecte du Sud, ou bien un *platt* quelconque (langue parlée dans le Nord, et qui comprend dc nombreuses inclusions saxonnes)... mais on n'y comprend goutte. Et lorsque ces mêmes élèves s'efforcent de parler le *Hochdeutsch*, leur dialecte transparaît bien souvent en filigrane, ne serait-ce que sous la forme de l'accent.

Chaque Allemand, dès qu'il ouvre la bouche, est entouré d'une aura provinciale, d'un effluve de terroir dont nous n'avons plus guère l'équivalent en France que dans les campagnes reculées. La France est devenue, très tôt, un État-nation (l'Allemagne devra attendre 1870), et sa langue fut très tôt codifiée. Les *Remarques sur la langue française* de Vaugelas datent de 1647, et Richelieu a déjà créé l'Académie française. La langue allemande, elle, existe grâce à Luther, et sa traduction de la Bible d'Érasme vers 1522 qui, introduite dans chaque foyer de la Réforme, créa une langue unifiée. Mais elle n'a pas subi ensuite la même fixation.

Elle connaît, aujourd'hui encore, plus de variantes que la langue française. Elle a plus de latitude pour créer des néologismes grâce à cette curieuse façon de souder plusieurs mots en en variant leur rapport logique. Tout spécialiste dispose ainsi d'une terminologie extensible à loisir; d'autant plus que la morphologie de la langue allemande est bâtie sur une série de préfixes, suffixes et radicaux, combinables entre eux comme le chiffre d'une serrure à code. Mais le résultat, paradoxal pour l'observateur, est que, très souvent, s'ils n'appartiennent pas au même cénacle, les Allemands donnent l'impression d'avoir du mal à se comprendre entre eux.

Différents dans leur expression, les Allemands sont aussi différents dans leur formation suivant la région dont ils sont issus. La Réforme a durablement divisé l'Allemagne entre Nord protestant et Sud catholique — et les mentalités s'en ressentent toujours. Le Sud, gai, ouvert et bon vivant, accuse volontiers le Nord de snobisme, de froideur, de goût du malheur. Le Nord, en retour, trouve le Sud un peu vulgaire et déplore son goût de la facilité. La structure fédérale de l'Allemagne perpétue en un sens ces différences, car il n'existe pas de ministère fédéral compétent pour les questions d'éducation. Chaque land peut ainsi, à l'intérieur d'accords fédéraux, peser notablement sur la formation de ses pupilles.

Enfin, l'origine géographique des Allemands n'influe pas seulement sur leur langue ou leur mentalité, elle a aussi déterminé l'expérience qu'ils ont vécue. Rien de commun entre les vies d'une paysanne bavaroise et d'une jeune femme sur un domaine de Prusse-Orientale. La première a des chances de faire partie des rares Allemands relativement épargnés : sa maison n'a pas été détruite, elle n'a pas connu la terreur des bombardements, elle a beaucoup moins souffert de la faim. La seconde a probablement connu des mois de cauchemar : la peur des Russes, leur arrivée, la fuite dans la neige avec les enfants pleurant de froid et de faim, ensuite les années d'exil à l'Ouest, à vivre d'expédients ou à la charge de proches. Comment peuvent-elles se comprendre ?

Et s'il n'y avait que des motifs géographiques à ces incompréhensions ! Mais comment faire partie d'une même nation, lorsque trop longtemps tout vous a séparé ? Lorsque le père de l'un a été dénoncé par le frère de l'autre ? En France, l'Occupation a laissé derrière elle suffisamment de rancœur, d'amertume et de secrets, mais au moins celui par qui le scandale était arrivé était l'Étranger.

En Allemagne, c'est une quinzaine d'années (si l'on part des dernières années de quasi-guerre civile larvée de Weimar) de dissensions intestines qui ont déchiré le tissu social allemand, avant la défaite finale de l'idéologie nazie. Dissensions tellement fondamentales, affectivement, philosophiquement, politiquement, qu'après la guerre beaucoup d'Allemands se sentirent dans l'impossibilité totale de communiquer avec leurs compatriotes. Comment se comporter, quand on a pris en tant qu'officier allemand la décision « trahir son pays » — d'après la conviction : mieux vaut la défaite que l'hitlérisme —, en face d'un ex-SS ?

Les gouffres étaient infranchissables. Bien entendu, entre fils et pères, ils l'étaient tout particulièrement. Dans aucun pays européen, le fossé entre générations n'est aussi difficile à combler qu'en Allemagne, où les idées à l'honneur après 1945 étaient, sous quantité d'aspects, diamétralement opposées à celles qui régnaient avant-guerre. A tel point que la langue elle-même n'était plus la même. Tout un vocabulaire qui avait servi aux nazis était devenu rigoureusement inutilisable. On avait peur des engouements, de l'exaltation, du « pathos »; les écrivains se posèrent la question de savoir si après Auschwitz on pouvait encore faire de la poésie. La loi de l'heure semblait exiger que l'on se cantonne dans le concret, le sobre, comme ce poème d'E. Kästner écrit juste après la guerre :

... ceci est une table
ceci est un lit
ceci est mon rasoir...

La voilà donc, cette République fédérale si apprivoisée, un peu ennuyeuse, admirable par ses résultats économiques et par son organisation politique. Combien de Français auront vu que, derrière, se cache une Allemagne infiniment plus riche et plus complexe que ne le laissent paraître les émissaires de la société de parvenus qu'elle nous délègue, une Allemagne infiniment plus attachante, une Allemagne que le passé, affleurant sous la modernité, transfigure et inspire encore chaque jour ?

L'ALLEMAGNE, PAYS-OBJET

C'est aussi une Allemagne qui, en fait, ne se sent pas très à l'aise derrière le masque des institutions datant de la dernière guerre et adoptées dans un moment de moindre résistance. Comment le pourrait-elle ? Pour certains de ses citoyens, l'enseignement reçu jadis ne coïncide plus avec la doctrine officielle actuelle. L'extrême libéralisme de la Constitution choque les conceptions d'autoritarisme ancrées profondément dans leurs habitudes mentales.

Si le système démocratique parlementaire est aujourd'hui à nouveau contesté en Allemagne, c'est que l'idée de démocratie n'y est pas complètement intégrée. En France, chacun sait, selon la formule consacrée, que « c'est le pire des systèmes — excepté tous les autres ». On lui pardonne tous ses péchés au bénéfice du doute. Toute nouvelle invention serait peut-être une tentation soufflée par le diable pour entraîner l'humanité dans de nouveaux désastres. On se méfie de la force des idées nouvelles, des enthousiasmes totalitarisants qu'elles suscitent.

En Allemagne, après la dimension proprement inouïe des malheurs subis, il fallait probablement que le remède soit à la hauteur du mal. Il fallait une solution garantissant le règne du Bien. D'où la déception causée par cette sorte de démocratie parlementaire capitaliste à l'occidentale qui, bien entendu, n'a pas ces prétentions absolues.

Cette méprise, on la trouve chez différents courants en Allemagne. Dans l'extrême gauche d'abord : à relire les textes d'Ulrike Meinhof parus dans *Konkret*, on s'aperçoit que, selon elle, le seul fait d'être une « démocratie » devrait impliquer, pour un pays, de ne pas posséder d'armée. Une « démocratie » n'est pas agressive, n'a pas de moyens de destruction à sa disposition. De même, dès les années 50, les marches de Pâques des pacifistes dirigées « contre la bombe et les essais nucléaires à l'Est comme à l'Ouest » (à l'époque du *Ban the bomb* anglais) s'appuyaient sur le slogan : « Notre NON à la bombe est un OUI à la démocratie. » Certes logique échappe complètement à un Français.

Enfin, plus grave, Ulrike Meinhof, qui a de la démocratie une conception si idéalisée, n'hésite pas un instant à dire : « Protester, c'est dire que je ne joue plus le jeu. Résister, c'est faire en sorte que tous les autres ne le jouent plus non plus. » La tentation totalitaire patente dans cette phrase, si souvent donnée en exemple aux jeunes générations, ne paraît pas du tout évidente à la gauche allemande. Qui détient la vérité a le devoir d'en faire profiter les autres... Vision de la démocratie pour le moins curieuse, voire aberrante.

Mais, à droite, la conception de la démocratie n'est finalement pas moins étonnante. Pour la « droite Springer » (le courant d'opinion représenté par le journal *die Welt* par exemple), tout écart de la ligne majoritaire est déjà suspect. Pour une grande partie des citoyens allemands, hors du consensus point de salut. Le meilleur des régimes démocratiques est celui qui réunirait la gauche et la droite au pouvoir dans une louange commune des bienfaits pour tous d'un système capitaliste bien compris. La dissension est déjà de la trahison. Le parti communiste, qui ne joue pas le jeu, est plus ou moins considéré comme méditant de commettre le crime de haute trahison. Le système ne supporte pas d'être mis en question.

Entre les deux, Dieu merci, il y a suffisamment d'Allemands pour que la République fédérale soit ce que nous connaissons, mais elle navigue avec difficulté.

La démocratie n'est pas un système que les Allemands traitent avec désinvolture. Elle leur est venue par deux fois, avec la défaite. Elle était le modèle des vainqueurs et cette circonstance ne manque pas de jouer un rôle. Elle n'est pas indifférente à cette crispation manifeste qui s'exprime dans la primauté donnée au concept de droit. L'Allemagne est un pays où le droit joue un rôle crucial. Les juges, en particulier, et les juristes en général jouissent d'un prestige extraordinaire, comme aux États-Unis les *lawyers*.

Le droit est la légitimité suprême, la légitimité incarnée. Il protège de tous les abus, fussent-ils ceux de la majorité. D'où les recours innombrables devant les tribunaux et jusque devant la Cour suprême (la cour constitutionnelle de Karlsruhe) à laquelle on soumet les questions les plus hétéroclites. Le stationnement des Pershing y a, bien sûr, été évoqué. Avec la perte croissante de confiance dans le politique, cette fuite vers le droit s'accentue tellement, depuis quelques années, qu'on cherche maintenant les moyens de désencombrer la cour de Karlsruhe, incapable de suffire à la tâche.

En somme, si les fondements juridiques de l'État de droit (*Rechtsstaat*) sont fortement ancrés, en revanche la démocratie, qui en est l'expression politique, n'est pas ressentie par l'Allemagne comme totalement « sienne ». Elle lui semble avoir été, sinon imposée, du moins proposée dans le cadre d'un système dont le but inavoué mais clair était de la traiter en pays-objet.

La « guerre totale » de Goebbels ayant entraîné une défaite non moins totale, l'Allemagne de 1945 est une pâte à modeler dans la main des Alliés. Ce sont eux qui lui ont donné tous les traits principaux sous lesquels nous la connaissons. Ils ont décidé de son découpage administratif, en créant à l'intérieur de leurs zones d'occupation les *Länder* d'aujourd'hui, qui ne correspondent (comme les frontières en Afrique) que de très loin aux réalités psychologiques et historiques. Ce sont leurs rivalités qui ont entraîné sa division en deux pays opposés.

Mais auparavant ils avaient décidé de ses frontières. Le 6 juillet 1945, les Alliés se réunissent à Potsdam. Les Américains envisagent une Allemagne composée de la Bavière, du Bade, du Wurtemberg, de l'Autriche et de la Hongrie, avec Vienne pour capitale. Mais les Russes, appuyés par les Polonais, font pression et c'est la ligne qui suit le fleuve Oder et son affluent la Neisse qui délimitera la frontière Est de l'Allemagne. La Prusse-Orientale s'en va enrichir la Russie soviétique : Königsberg va s'appeler Kaliningrad; la Silésie et la Poméranie deviennent polonaises. L'Allemagne perd ainsi 100 000 kilomètres carrés, avec tout leur poids d'amour, d'histoire et de culture.

Ce sont encore les Alliés qui décident des structures politiques de l'Allemagne fédérale : qui y autorisent, dès juillet 1945, les partis politiques, puis qui décident de la vie économique en introduisant la réforme monétaire de 1948, en faisant entrer l'Allemagne dans l'OECE (OCDE), en pesant pour y faire adopter la cogestion, etc. Ce sont enfin eux, en 1949, qui surveillent de très près l'élaboration de cette fameuse Constitution, modèle de libéralisme. Le « statut d'occupation », qui prévoit des « pouvoirs réservés », ne disparaît qu'en 1954.

Narquois, les Allemands aujourd'hui font remarquer que les Alliés leur ont légué chacun une particularité qu'ils jugeaient apte à freiner leur développement et qui, à l'usage, s'est au contraire révélée excellente : les Français, soucieux de ne pas voir se reconstituer une Allemagne unitaire trop puissante, ont fait cadeau de la décentralisation; les Anglais ont imposé le syndicat unique et les Américains ont introduit le système électoral proportionnel...

De l'état de pays-objet, il reste à l'Allemagne des années 80 quelques marques : la présence des armées alliées bien sûr, anglaises, américaines et françaises, même si elle est aujourd'hui considérée comme une protection plutôt que comme une occupation, et le statut spécial de Berlin, toujours régi par les quatre puissances, URSS, États-Unis, Grande-Bretagne et France, sans l'accord desquelles aucune décision ne peut être prise, comme en témoigne le sort tragiquement célèbre de Rudolf Hess[1].

Dans le domaine militaire évidemment, des limitations ont également été imposées à l'Allemagne. En 1956, elle crée une armée qui s'appelle cette fois « Armée fédérale » (*Bundeswehr*) et elle entre à l'OTAN. Mais l'Union de l'Europe occidentale qui, créée en 1953 après l'échec de la Communauté européenne de Défense, vise à pourvoir l'Europe d'une certaine unité de conception stratégique et de matériel, soumet l'Allemagne en 1955 à certaines restrictions qui valent toujours. Enfin, elle n'a jamais pu envisager de se doter de la bombe atomique. Le tabou était trop grand, et d'ailleurs totalement intériorisé. Elle signe en 1969 le traité de non-prolifération; le contraire eût sidéré le monde entier, et surtout elle-même !

Enfin l'Allemagne n'a toujours pas récupéré sa souveraineté : quarante ans après la fin de la guerre, son sort est toujours en suspens : elle n'a pas signé de traité de paix. Elle peut donc à bon droit considérer qu'elle est en attente de l'histoire; vivant dans le provisoire, elle a vocation à retrouver son identité. C'est bien la raison

1. Condamné à l'emprisonnement à vie au procès de Nuremberg, ce vieux monsieur de plus de quatre-vingt-dix ans est le seul prisonnier gardé dans la forteresse de Spandau par une garnison qui change de nationalité tous les six mois depuis 1946. Les Russes refusent obstinément de libérer cette relique d'un passé abhorré.

pour laquelle Bonn a été choisi comme capitale. Comment croire sérieusement que cette bourgade au bord du Rhin puisse être la « vraie » capitale de l'Allemagne ? L'incongruité du choix ne fait que souligner le temporaire de l'affaire. D'ailleurs la Constitution, qui s'appelle seulement « Loi fondamentale » pour les mêmes raisons que celles qui ont présidé au choix de Bonn, prévoit bien dans son préambule qu'à terme, l'unification de l'Allemagne doit rester un but des gouvernements allemands.

L'Allemagne n'est pas un pays « comme les autres ». Du coup, elle hésite à adopter un modèle occidental qui nous paraît si banalement adapté à nos sociétés, si profondément justifié par notre désir de liberté-égalité-fraternité.

L'Allemagne semble un pays qui boite, un pays où cohabitent un passé plus ancien et un avenir plus proche que chez nous. Elle a été projetée, d'un stade quasi monarchique, dans le camp des « démocraties avancées ». Après l'ouragan de la défaite, elle a dû construire « du neuf », économique, politique, philosophique et artistique. Elle est aujourd'hui à la fois plus moderne et plus archaïque que nous ne le sommes. Les plaques telluriques s'y entrechoquent.

Quarante ans plus tard, elle ne se reconnaît pas véritablement dans ce monde institutionnel et culturel auquel elle participe. C'est ce qui provoque son angoisse. D'autant que l'Allemagne est loin d'être ce que croient les Français : un pays qui brillerait par une stabilité exemplaire.

III

RICHES (?) ET MALHEUREUX

Dans l'esprit des Français, l'Allemagne, traditionnellement, est un pays riche, arrogant, sûr de sa force, belliqueux. Cette vision des choses provient du choc de 1870 : la France, fière de sa grandeur et de ses exploits militaires légendaires, se retrouvait battue par un petit peuple pour lequel elle éprouvait jusque-là une certaine condescendance. Il fallut trouver des excuses, condamner la « force brutale » et se forger une image idoine de l'Allemagne.

Pourtant... le cours de l'histoire de l'Allemagne est plutôt tragique.

Bien sûr, le Moyen Age est un âge d'or pour les principautés allemandes. La civilisation de l'époque y est portée à son zénith : les villes de la Hanse, Hambourg, Brême ont un éclat comparable aux villes italiennes. En Flandre, en Rhénanie fleurissent le commerce et les arts : la peinture allemande est célèbre partout en Europe avec Dürer, Grünewald, Cranach. Mais, militairement, l'Allemagne a pratiquement sans cesse été vaincue, et elle a, jusqu'au siècle dernier, été plus souvent victime qu'agresseur. A Bouvines déjà, Philippe Auguste bat l'Empire et ses alliés anglais, et c'est ensuite sur le sol allemand que se déroulent les guerres, à commencer par les rivalités entre François Ier et Charles Quint.

Quand la guerre de Trente Ans ravage le Saint Empire, Richelieu se joint à ceux qui essaient de s'approprier un morceau du pays exsangue : il aide le roi de Suède à débarquer en Poméranie puis occupe la Lorraine. Sous Louis XIV, Louvois dévaste le Palatinat, laissant des souvenirs terribles. Au siècle suivant, la guerre de succession d'Autriche et la guerre de Sept Ans fournissent aux armées françaises l'occasion de villégiaturer en Allemagne. La Révolution française entraîne de même l'entrée des troupes françaises sur le sol des principautés allemandes, et avec Napoléon les prouesses guerrières françaises vont encore une fois dévaster le sol allemand.

On comprend l'effet du coup de tonnerre que produisit la victoire prussienne de 1870... Mais, en 1918 et en 1945, l'Allemagne est à nouveau vaincue. Ce pays militariste connaît surtout la défaite et la soumission à la volonté de l'étranger. A part l'intermède de Bismarck, chaque fois que l'Allemagne a voulu s'affirmer — avec Luther contre la papauté, avec Guillaume II comme grande puissance égale aux autres, avec Hitler contre le « diktat » des démocraties occidentales — elle a connu la catastrophe.

Le souvenir de la guerre de Trente Ans, des famines effroyables et des massacres, la difficulté à trouver le chemin de la nation moderne, l'humiliation de 1918 et l'anéantissement de 1945 forment toujours inconsciemment l'arrière-plan de la mémoire allemande.

A côté des Allemands, nous sommes un peuple heureux.

D'autant qu'aujourd'hui encore, les Allemands ne se sentent pas moins menacés qu'hier. En dehors des inquiétudes géopolitiques précises, ils ont quelques raisons, dans l'ordre économique et social, de sentir le sol trembler sous leurs pieds.

COCAGNE KAPUTT

Au vague à l'âme moral et métaphysique, répondent en écho, beaucoup plus concrètement, les incertitudes économiques. Des doutes se font jour de plus en plus ouvertement, en Allemagne même comme à l'étranger, sur la capacité de l'économie à faire face à la crise et affronter l'avenir. Dès les années 1950, la RFA s'était affirmée comme le principal pôle de puissance économique de l'Europe. Mais, après avoir remarquablement surmonté le premier choc pétrolier, l'économie allemande semble se traîner depuis le second. Si le commerce extérieur a pu être rétabli, les profits redressés et l'inflation maîtrisée, la croissance stagne, le chômage s'accroît dangereusement et le mark reste faible : l'Allemagne a cessé d'être la locomotive de l'Europe.

Derrière les indices conjoncturels, il faut s'intéresser aux structures industrielles. A l'origine pays pauvre, à l'agriculture à base de seigle et de pomme de terre, l'Allemagne n'a trouvé la voie de la puissance économique qu'avec la deuxième révolution industrielle, celle de la fin du XIXe siècle, fondée sur l'acier, la chimie, les machines électromécaniques. Et les grandes innovations technologiques qui façonnent le XXe siècle sont allemandes au moins autant qu'américaines. L'alliance des grands ingénieurs et des scientifiques, des junkers prussiens reconvertis en entrepreneurs et d'une main-d'œuvre disciplinée et âpre au travail a produit des merveilles.

Grâce à sa puissance mécanique, l'Allemagne a pu soutenir, presque seule contre tous, deux conflits prolongés; deux fois détruite, l'industrie allemande se relèvera chaque fois très vite de ses ruines. Depuis 1945, le lien fatal entre l'impérialisme économique et l'impérialisme tout court semblait s'être rompu : emporté dans la prospérité occidentale, le géant économique s'était résigné à n'être qu'un nain politique et exportait paisiblement ses machines-outils, ses automobiles, ses appareils électroménagers et ses produits chimiques vers le Marché commun et sur les marchés internationaux.

Aujourd'hui, les choses changent : l'Allemagne, à bien des égards, paraît mal placée pour affronter les grandes mutations de l'industrie mondiale. Ses industries traditionnelles du textile, du cuir, de la construction navale, de la sidérurgie, ont subi de rudes coups de la part des nouveaux pays industriels du Tiers Monde, quand elles n'ont pas purement et simplement disparu (constructions navales, chaussures, habillement); la concurrence du Japon a presque effacé l'optique-photo et l'électronique de consommation, comme en ont témoigné en 1982-1983 les difficultés de Grundig et d'AEG-Telefunken. L'automobile et les machines-outils, cœur de la puissance allemande, commencent d'être attaquées sérieusement à leur tour par l'industrie du Soleil-Levant. Surtout, la RFA n'est pas très présente dans les technologies de pointe. Aéronautique et espace, informatique, bureautique, télématique, robotique, biogénétique : peu d'entreprises allemandes figurent dans le peloton de tête mondial. L'industrie reine, la mécanique, ne semble elle-même pas bien armée pour passer de l'ère de l'électromécanique à celle de l'électronique et des robots, où le Japon s'affirme déjà comme un champion hors pair.

L'interdiction qui a été faite après-guerre à l'Allemagne de développer une industrie d'armements sophistiqués explique aussi son retard dans l'aérospatial, l'informatique et l'électronique professionnelle, où la France et la Grande-Bretagne sont plus fortes, sans parler bien sûr des États-Unis. L'esprit de méthode et le perfectionnisme tant vantés sont peut-être aussi en passe de devenir un sérieux handicap, parce que peu adaptés aux formes mouvantes du travail dans les industries du futur, souples et décentralisées.

Surdéveloppée et surcompétitive dans les activités de

la deuxième révolution industrielle, l'Allemagne manquerait-elle le train de la troisième ? Le débat est ouvert depuis 1980. Les avis des experts divergent. On fait remarquer que Krupp et Thyssen se sont mieux tirés que n'importe qui de la crise de la sidérurgie européenne, que les machines et les automobiles allemandes continuent de bien s'exporter, que Bayer, Hoechst et BASF demeurent les leaders de la chimie mondiale. Mais les articles et les études alarmistes ne s'en multiplient pas moins, et le gouvernement fédéral vient récemment de faire une entorse, une de plus, à ses sacro-saints principes idéologiques de non-intervention, pour lancer un plan de rattrapage dans les composants électroniques et l'informatique; les *Länder* ne sont pas en reste pour tenter de susciter des industries nouvelles et des Silicon Valley à l'allemande.

Ce qui est certain, c'est que le bel optimisme économique des années 50 et 60, et la certitude d'être la meilleure nation industrielle d'Europe, sinon du monde, ont fait place à une sourde inquiétude, à laquelle s'ajoute la montée d'une mentalité anti-industrielle dans l'opinion publique : les enfants de la classe ouvrière et technicienne n'ont plus beaucoup de goût pour le chemin de l'usine et le travail rude, et un moindre appétit de consommation matérielle que leurs parents. Si la perte de confiance n'est pas générale, on a pris conscience qu'une ère de difficultés structurelles s'est ouverte.

Devant ce vacillement, le fameux consensus syndicats-patrons chancelle à son tour. Unis lorsque leur union était profitable à tous, les partenaires sociaux se demandent aujourd'hui où est leur intérêt respectif. Les syndicats ne peuvent plus obtenir pour leurs adhérents d'augmentation substantielle de salaire; leur rôle consiste plutôt à faire preuve de « raison » et à négocier des augmentations minimales, voire même à faire accepter une diminution du pouvoir d'achat.

Devant ces constatations amères, les vieilles théories de la lutte des classes se réveillent. Les syndicats ont réclamé la semaine de trente-cinq heures sans diminution de salaire, au mépris de toute « raison entrepreneuriale », et la lutte qu'ils ont menée pour aboutir au compromis des trente-huit heures et demie a ébranlé toute l'Allemagne. Cette « remarxisation » des syndicats inquiète beaucoup le citoyen allemand, qui supporte très mal les sociétés conflictuelles.

Mais ce qui inquiète encore plus, c'est le chômage auquel les Allemands n'étaient plus habitués depuis quarante ans et qui, comme l'inflation, rappelle de mauvais souvenirs. Il y a aujourd'hui environ 2,5 millions de chômeurs en RFA (le chômage a triplé en trois ans) et peu d'espoir de voir le chiffre se résorber rapidement. Les mutations technologiques produiront inévitablement du chômage. Les syndicats le savent, qui commencent à réclamer le partage des emplois et la multiplication des mi-temps. De nombreux Allemands sentent une épée de Damoclès suspendue au-dessus de leur tête. Certains ont déjà dû revendre la maison qu'ils ne pouvaient plus payer, renoncer aux sacro-saintes vacances au soleil d'Italie ou d'Espagne, et voient se profiler le spectre des files de chômeurs telles que nous les connaissons des films de Pabst ou de Murnau, telles qu'elles sont restées imprimées dans les mémoires allemandes.

L'angoisse ainsi provoquée n'est que trop compréhensible. Avec la crise, tout le tissu social est atteint. Les Allemands sont un peuple qui a besoin de sécurité (nul en Europe ne signe plus d'assurances contre le vol, les pertes, l'incendie, la maladie, etc., nul n'a plus horreur de l'imprévu). Des voix reprochent aux gouvernements passés d'avoir transformé le filet de la Sécurité sociale en « hamac » et lancent qu'il est grand temps pour les Allemands de se ressaisir et d'affronter plus directement le grand vent de la libre entreprise; mais cela n'empêche pas le malaise, le sentiment d'angoisse de subsister.

De quoi demain sera-t-il fait ? Ne risque-t-on pas de voir échapper le fruit de toute une vie de labeur ? Les coupes imposées dans les systèmes de retraite sont très mal ressenties, tout comme les réductions des largesses de l'État en matière de maladie. Par exemple, les « cures » prescrites et payées par la sécurité sociale, devenues une institution extrêmement populaire sous le nom de *Kurlaub* (*Kur-Urlaub* : cure-vacances). L'obligation de verser 10 marks par jour traumatise les Allemands et ruine les petites stations thermales.

Est-ce cette peur du lendemain qui explique un autre phénomène inquiétant en Allemagne, la dénatalité ? L'Allemagne a le taux de natalité le plus bas du monde. Avec un indice de fertilité de 1,4, un enfant sur trois est un enfant unique. Avec un indice de 1,8, nous ne sommes pas, en France, en bien meilleure posture mais l'atmosphère qui règne autour de l'enfance est totalement différente.

Travail des femmes, nombre accru des divorces, réduction de la nuptialité : les causes du déficit des naissances sont partout les mêmes; mais en Allemagne, on est frappé de la marginalisation des enfants. Ils sont choyés par leurs parents bien sûr, mais fort mal supportés par la société, qui ne leur accorde guère d'intérêt. Ils ne sont pas à la mode dans les médias. Aucune actrice de cinéma ne s'enorgueillit publiquement de ses succès maternels. Si en France nous nous flattons d'avoir une médecine de pointe dans le domaine de la périnatalité, de lutter contre la stérilité avec succès, rien de cela ne semble intéresser particulièrement les Allemands, qui ont le taux de mortalité infantile (14 ‰) le plus élevé de l'Europe des Dix.

En France prolifèrent les boutiques de vêtements et d'accessoires pour enfants; elles sont rares en Allemagne, et toujours fournies de produits français ou italiens (même si les boutiques de jouet sont toujours aussi merveilleuses). L'Allemagne détient aussi le record des accidents routiers ou domestiques frappant les enfants. Mille enfants meurent chaque année de suites de mauvais traitements et la police est saisie de 30 000 plaintes. Les Allemands, consternés, parlent de *Kinderfeindlichkeit*, de « phobie des enfants ».

Des associations se sont émues, qui plaident pour plus de tolérance avec leur slogan « *ein Herz für Kinder* », quelque chose comme : « pitié pour les enfants », pitié pour ces trublions qui font du bruit, écrasent les fleurs, abîment les pelouses, rayent les carrosseries de voitures, salissent les barrières fraîchement peintes de blanc, commettent, en un mot, tous les péchés capitaux aux yeux des propriétaires allemands qui refusent de louer leurs appartements aux gens encombrés de cette engeance.

La crise a aussi sa responsabilité. Si la législation sociale généreuse des années d'abondance privilégie toujours les personnes âgées, les allocations familiales ont été réduites et les taux d'intérêts élevés rendent très difficile l'acquisition d'un logement. Pour tenter de réagir, le gouvernement envisage des mesures fiscales et essaie d'influer sur le nombre d'avortements (300 000 par an pour 600 000 naissances). Il a créé l'institution « Mère et Enfant » qui aide et soutient financièrement les jeunes femmes enceintes, si elles renoncent à interrompre leur grossesse. L'initiative n'a pas été unanimement bien accueillie.

En 2030, il ne devrait plus y avoir que 38 millions de citoyens allemands. Le pays vieillit. En l'an 2000, le pays comptera un million de sexagénaires de plus qu'aujourd'hui et quatre millions de jeunes actifs de moins. Déjà les transferts sociaux représentent plus de la moitié des revenus nets des salariés, contre un tiers seulement il y a vingt ans.

L'Allemagne détient d'autres records : c'est le pays d'Europe où les moins de 15 ans se suicident le plus : 500

chaque année (1500 entre 15 et 25 ans) et c'est un pays où les délinquants de moins de 18 ans sont particulièrement nombreux : 200 000 de 14 à 18 ans, 80 000 de 8 à 14 ans.

Peu nombreux, résistent-ils mal à l'hostilité d'un environnement qu'ils « dérangent », à la *Schulangst*, la peur de la compétition scolaire, à la trop grande sollicitude des parents ? L'alcool et la drogue sévissent, avec l'épiphénomène de la prostitution enfantine. Un des plus attristants hauts lieux de ces trafics se trouve à Berlin, dans les sous-sols de la gare du « Jardin Zoologique », le fameux Bahnhof Zoo du livre *Moi, Christiane F....*

Sortir de l'enfance ne résout pas les problèmes puisque les deux slogans les plus connus de la jeunesse allemande d'aujourd'hui, ceux que l'on retrouve en lettres noires sur les murs ou au dos des blousons, sont également déprimants : *« No future »* et *« Null Bock »*, lit-on partout, une sorte de « ras-le-bol » en plus désespéré. Interrogés sur les raisons de leur nihilisme, les jeunes avancent en premier lieu les causes générales déjà évoquées, le monde actuel tel qu'il est. Mais leur situation personnelle est fort loin d'être satisfaisante. Le chômage les touche particulièrement; et il touche maintenant aussi les diplômés : environ 80 000 en 1983. D'autre part, l'accès même à l'université est devenu extrêmement difficile. A moins d'un *Abitur* (bac) particulièrement brillant, il est devenu courant en Allemagne d'attendre deux ou trois ans avant de pouvoir commencer ses études. Si l'on n'a pas la chance d'être tiré au sort par le tout-puissant ordinateur de la « Centrale de distribution des places d'études », il faut meubler l'attente. Les filles passent volontiers un ou deux ans au pair à l'étranger; ou bien commencent d'autres études pour lesquelles il n'y a pas de numerus clausus, mais pas de débouchés non plus; ou encore, comme les garçons, elles essaient d'apprendre un métier modeste qui permettra de survivre. Mais les places d'apprentissage sont devenues très rares et manquent, de manière générale, en Allemagne... Et les bacheliers qui se rabattent sur ces emplois en chassent à leur tour ceux qui ont arrêté leurs études plus tôt.

Que ce déclassement et cette inquiétude aient des effets débilitants va sans dire... Peut-être est-ce une des raisons du succès des sectes. Moon et Krishna trouvent en Allemagne des adeptes nombreux. A Berlin, *Far Out*, la grande discothèque à la mode, appartient à la secte de Baghwan, qui prospère, elle multiplie les achats d'hôtels, de restaurants et de discothèques : clairs, accueillants, bon marché, ces lieux de plaisir ou de repos sans rien apparemment de louche offrent du *clean fun* qui semble parfaitement correspondre aux besoins de la jeunesse. Ils sont sécurisants. Différents des sectes, mais offrant le même substitut familial, on trouve tout l'éventail des marginaux. Depuis les Punks jusqu'aux Freaks, en passant par toutes les variétés d'*Aussteiger* (« marginaux ») engagés politiquement ou non, paumés ou non.

Les adultes se penchent avec sollicitude sur la jeunesse (le gouvernement fait régulièrement procéder à des enquêtes), mais ne sont guère eux-mêmes plus épargnés par le malaise ambiant.

L'Allemagne découvre par exemple qu'elle a un problème d'alcoolisme. Des articles paraissent sur le sujet, des entreprises essaient de trouver des solutions pour aider leur personnel. Le ministère de la Santé estime à deux millions le nombre d'alcooliques et à neuf millions les gens « menacés » par le distributeur automatique de bière dans l'atelier, la flasque d'alcool dans le tiroir du bureau... On a toujours beaucoup bu en Allemagne, mais il s'agissait de s'enivrer entre amis, à l'occasion. Maintenant, le problème ressemble au problème français.

La consommation de drogues augmente aussi, comme partout dans le monde. On compte environ 400 morts chaque année (164 en France en 1982). A côté des drogues « classiques », héroïne et cocaïne, haschich, marijuana..., les Allemands consomment énormément de drogues pharmaceutiques : amphétamines et barbituriques règlent la vie de millions d'individus. Dans les années 60, il s'agissait de tenir, de résister au stress de la *Leistung*, de la société de l'efficacité, de lutter contre le vieillissement; maintenant ce serait plutôt pour oublier...

Autre indice troublant : alors qu'en France, le nombre des morts sur la route diminue, il est à nouveau en nette augmentation en Allemagne (sans parler du phénomène des *Geisterfahrer*, ces conducteurs fantômes, moins à la mode dans les médias aujourd'hui, mais toujours existants : parieurs fous ou candidats au suicide, ils prennent l'autoroute en sens inverse et à Dieu vat !). Dans ce pays où l'on va facilement dîner chez des amis à une heure de route de chez soi, où l'on part régulièrement en week-end, les autoroutes ont d'ailleurs quelque chose d'assez effrayant, surchargées le vendredi soir de grosses cylindrées qui se giflent de pluie, en se doublant à 160 kilomètres à l'heure.

LES « ÉTRANGERS »

La société allemande donne un peu l'impression d'avoir perdu ses points de repère. Un des phénomènes nouveaux qui contribue le plus au sentiment de désorientation est certainement l'immigration.

Le problème de l'immigration est grave dans tous les pays d'Europe; mais il l'est plus particulièrement en Allemagne, qui a très peu l'habitude des autres races. « Pays du milieu », pays sans colonies ou presque, elle a peu été en contact avec l'outre-mer. Un des grands griefs que feront les Allemands aux Français en 1918, c'est d'avoir — avec les tirailleurs sénégalais — « amené le nègre sur le Rhin », provoquant d'ailleurs la terreur chez les populations qui n'avaient jamais vu d'homme noir de leur vie. Certaines fermières de la Forêt-Noire s'en souviennent encore... Par ailleurs, les théories racistes de la fin du XIXe siècle et du début du XXe, la transformation d'un peuple entier en bouc émissaire, prédisposaient peu l'Allemagne à la compréhension et à la tolérance. Les horreurs perpétrées rendirent le racisme honteux et tabou en Allemagne plus qu'ailleurs; mais on peut se demander s'il n'en est pas devenu d'autant plus virulent.

Si l'intégration des Européens du Sud (on trouve en Allemagne surtout des Italiens, des Grecs, des Yougoslaves) n'a jamais posé de problèmes, en revanche le problème turc est dramatique. Sollicités pour venir servir d'esclaves au *Wirtschaftswunder,* au miracle économique, les Turcs sont toujours indispensables à de nombreuses branches de l'industrie : mines de charbon, automobiles, enlèvement des ordures. Ils n'ont pour autant jamais été vraiment acceptés. Tolérés tant que les excédents permettaient à chacun de vivre de mieux en mieux, ils commencent à être rejetés violemment maintenant qu'ils deviennent des concurrents sur un marché du travail rétréci. Leurs « différences » sont trop grandes; ils sont trop nombreux : 1,6 million sur les 4,6 millions d'étrangers qui vivent en Allemagne. Leur recrutement a cessé depuis la fin 1973, mais cette mesure a eu un effet inattendu. Sachant qu'ils perdraient dorénavant leur permis de travail s'ils s'absentaient plus de trois mois de RFA, les Turcs se mirent à faire venir femmes et enfants. Et leur nombre a augmenté de 50 % depuis 1973, alors que les Yougoslaves et les Italiens, les Grecs et les Espagnols voyaient leur nombre diminuer. Bientôt un enfant étranger sur deux sera turc. Et ils restent de plus en plus longtemps : pour plus de la moitié, plus de dix ans.

La longueur de leur séjour et le fait que certains investissent durablement en Allemagne ne rendent pas l'intégration plus facile. Ils présentent tous les problèmes habituels aux minorités peu qualifiées : ils sont plus souvent frappés par le chômage et tentés par la délinquance. Leurs enfants posent des problèmes insolubles aux écoles allemandes. Ils se regroupent en ghetto : Kreuzberg à Berlin compte 26 000 Turcs sur 39 000 habitants, 70 % des enfants dans ces écoles sont turcs — la moitié d'entre eux seulement obtiennent le certificat de fin d'études primaires.

Mal accueillis en Allemagne, surtout dans des villes comme Francfort — qui compte 23 % d'étrangers et où les sentiments xénophobes s'exaspèrent — ils prennent à leur tour leurs distances. Ils ne demandent jamais leur naturalisation, même s'ils présentent les conditions requises (0,09 % seulement la demandent) et les Allemands les accusent de savoir profiter de la protection sociale allemande, de l'exploiter sans vergogne (300 000 étrangers vivent effectivement de l'aide de l'État) sans chercher le moins du monde à adopter les valeurs allemandes. Il est sûr que pour ces paysans anatoliens, l'adaptation est de toute façon difficile; mais leurs voisins allemands leur reprochent un manque de bonne volonté : depuis les moutons qu'ils sont supposés élever sur leurs paliers, jusqu'à la manière dont leurs femmes s'habillent, tout irrite. Évidemment, ils créent maintenant de véritables communautés. Dans les années 60, presque tous les étrangers étaient actifs; 60 % d'entre eux, dans les années 80, sont non actifs.

Pour se situer face à la population allemande, beaucoup se rapprochent de l'islam. Ils y sont d'ailleurs aidés par des envoyés d'associations islamiques intégristes qui prennent en main ces déracinés. Depuis quelques années en Allemagne, les écoles coraniques fleurissent. Souvent les parents se trouvent plus ou moins obligés d'y envoyer leurs enfants — qui y apprennent d'ailleurs, en plus du Coran, qu'il ne faut rien croire de ce qu'ils entendent à l'école allemande — tout comme ils sont obligés de verser des subsides au mollah ou de contribuer à la construction de la mosquée. Les mêmes rivalités entre sectes musulmanes que dans les pays islamiques règnent dans ces ghettos turcs et se soldent souvent par des règlements de comptes sanglants que la police allemande a le plus grand mal à débrouiller. Le gouvernement turc a fini par s'inquiéter de cet état de choses et, en accord avec le gouvernement allemand, envoie maintenant des mollahs qui prêchent une version de l'islam nettement plus modérée et essaient de mettre leurs ouailles à l'abri des racketteurs de tout genre.

Il est normal que la société turque immigrée tente de se forger une dignité en Allemagne en se réclamant de l'islam. Mais ce corps étranger qui croît en leur sein ajoute à l'angoisse des Allemands. Pour ceux-ci qui, à 66 %, souhaitent leur départ, les Turcs sont assimilés aux fanatiques de Khomeyni. La situation des femmes choque tout particulièrement. En effet, elles entrent souvent en conflit avec la société patriarcale turque et alimentent régulièrement les faits divers des journaux. Fanatiques, misogynes, rêvant de *Jihad*, voilà comment la plupart des Allemands voient leurs hôtes turcs. Les vidéocassettes d'ailleurs qui circulent dans la communauté turque sembleraient appuyer leurs dires. D'une violence extrême, comme c'est très souvent le cas pour ce genre de produit, elles mettent en scène des chevaliers chrétiens d'une époque indécise qui tuent, pillent et violent, fournissant ainsi le prétexte au plus clair du film : les expéditions de revanche des Turcs... Et les enfants turcs s'agglutinent des après-midi entiers devant l'écran de télévision, se délectant de l'abondance de chrétiennes éventrées, décapitées, etc.

De toute façon, ils inquiètent les Allemands. S'ils sont détestés quand ils sont chômeurs, ils sont haïs quand ils réussissent. Les associations d'extrême droite le savent bien, qui jouent sur ces sentiments pour essayer de gagner des voix. Plus prosaïquement, les démarcheurs à domicile ne manquent pas de souligner, comme argument de vente, que le « voisin de droite » (un Turc, bien entendu) vient d'acheter... Les efforts de certains responsables pour obtenir que le culte islamique soit reconnu par l'État, au même titre que les Églises évangélique ou catholique, et jouisse des mêmes privilèges institutionnels, froissent les sentiments de bien des gens qui entendent fermement résister à cette intrusion.

Devant l'étendue du problème et la montée des sentiments xénophobes, le gouvernement tente d'agir. De grandes discussions sont en cours. On en trouve l'écho dans les journaux : on se demande s'il est souhaitable et moralement acceptable d'abaisser l'âge auquel les enfants restés en Turquie seront autorisés à rejoindre leurs parents. Les encouragements au retour sont prodigués à peu près de la même manière qu'en France — mais malgré l'argent promis, quelle peut être l'incitation à rentrer dans un pays où le chômage sévit, où l'espérance de vie est de 63 ans et l'inflation de 45 % ? Les accords d'association avec la CEE avaient prévu l'entrée en vigueur en 1986 de dispositions extrêmement libérales en matière d'immigration, qu'il est maintenant tout à fait impensable d'appliquer. Le gouvernement allemand négocie donc avec le gouvernement turc, tout comme il négocie le taux des allocations familiales versées aux enfants résidant en Turquie.

Mais le gouvernement et les autorités locales essaient aussi de lancer des campagnes, des rencontres, des associations pour une meilleure compréhension. Les efforts accomplis sont énormes et témoignent du besoin de bonne conscience des Allemands. Il y a quelques réussites : la deuxième génération parvient à s'intégrer, comme ce groupe de rock turc à succès, *Kobra*. Pour autant, lorsque l'équipe de football nationale turque est venue jouer à Berlin, on a tellement craint des émeutes ou du moins des échauffourées entre la population turque et les éléments d'extrême droite décidés à « casser du Turc » que, plusieurs semaines avant le match, une affiche s'étalait sur tous les murs, dans tous les journaux, montrant un couple allemand en compagnie harmonieuse d'un Turc. Réponse de la population : « Si les Turcs ressemblaient au Turc de l'affiche, il n'y aurait pas de problème. » En tout cas, ce jour-là, la ville était tellement quadrillée qu'il ne s'est rien passé — et puis les Turcs ont perdu...

De tout temps des liens spéciaux ont existé entre l'Allemagne et la Turquie. Deux guerres et le légendaire chemin de fer de Bagdad ont laissé des traces. Mais avant même le Français, l'« ennemi héréditaire » fut le Turc, pour qui l'expression fut forgée; et les Allemands de fêter en 1983 avec grand faste la défaite des Ottomans devant Vienne, trois siècles auparavant.

Parfois, en se promenant le dimanche après-midi dans des quartiers de centre-ville rénovés — comme à Lübeck, où l'on s'est attaché à conserver le caractère typique de l'architecture hanséatique —, on entend flotter dans les rues, seuls signes de vie, les sons aigus et lancinants d'une musique turque.

Un autre phénomène angoisse l'Allemagne, en la mettant directement en prise avec les problèmes et les souffrances du tiers monde : c'est la question du droit d'asile politique. Le grand libéralisme dont fait preuve la constitution allemande en la matière a très vite été connu. Et l'Allemagne s'est confrontée à un nombre croissant de réfugiés politiques. Il n'a cessé de croître, jusqu'à atteindre 107 000 en 1980.

Effrayées devant le problème que représentaient l'accueil et l'intégration de tous ces réfugiés, les autorités ont commencé à vérifier de beaucoup plus près les demandes d'asile, qu'elles soupçonnent d'être plus souvent des demandes d'asile « économique » que « politique ». Les postulants doivent maintenant fournir la preuve qu'un éventuel retour chez eux entraînerait des inconvénients graves : emprisonnement, sévices, discrimination sévère. Ce qui n'est pas toujours aisé. D'autre part, pour décourager les candidats au statut de réfugié politique, tout nouvel arrivant se voit imposer une période de deux ans pendant laquelle il lui est interdit de travailler. Des centres d'hébergement sont là pour l'accueillir et il est réduit au maigre ordinaire de la subvention gouvernementale. Il erre donc comme une âme en peine et présente recours sur recours pour éviter l'expulsion.

Débordées, les autorités ont du mal à trier le bon grain de l'ivraie et régulièrement des drames humains éclatent au grand jour qui traumatisent l'Allemagne : le jeune Turc qui se tue en se jetant de la fenêtre du tribunal où il vient d'apprendre que sa demande a été refusée; les sept Sri-Lankais et Pakistanais qui meurent d'asphyxie après avoir mis le feu à la prison (bondée) dans laquelle ils attendent leur expulsion, sont autant de poids sur la conscience allemande. Cette mauvaise conscience, d'ailleurs, certains savent très bien l'exploiter, comme ces treize Palestiniens et ces deux Libanais qui menacèrent de se suicider au cas où ils seraient renvoyés chez eux. Ils étaient arrivés en Allemagne se disant persécutés par l'OLP et s'étaient rendus coupables de différents délits, du trafic de drogue au viol.

L'Allemagne souffre de ce dilemme; mais elle sait également que 60 % des demandes d'asiles refusées n'entraînent pas d'expulsion, car les réfugiés vont rejoindre le flot des illégaux, évalués à environ deux millions, qui travaillent sans permis et sans protection sociale, et sont la proie de marchands d'hommes peu scrupuleux, tandis que les Allemands sont au chômage. Depuis 1981, ce sont les Polonais qui arrivent en nombre, et avec une certaine arrogance, sûrs d'obtenir le statut de réfugiés politiques en leur qualité de ressortissants d'un pays communiste.

Même s'il y est moins grave, le problème de l'asile politique n'est pas inconnu en France, mais il trouble moins les consciences qu'en Allemagne, où l'on accepte très mal d'être confronté aux tensions du monde moderne. Les réactions allemandes sont diverses, de l'agressivité au pessimisme le plus sombre. Pour certains, en conjonction avec les craintes exprimées au premier chapitre, il semble que le salut soit dans la fuite : d'après les statistiques fédérales, environ 60 000 ressortissants de la RFA quittent leur pays chaque année, en direction de l'Amérique, surtout latine, de l'Australie, ou d'autres régions éloignées du globe où ils espèrent ne plus être confrontés aux problèmes qui assaillent l'Europe occidentale, et particulièrement la République fédérale d'Allemagne.

Beaucoup aussi se préparent une thébaïde pour le cas où la situation deviendrait intenable, où un conflit se profilerait de manière trop nette à l'horizon... On est frappé en feuilletant les pages du *Frankfurter Allgemeine Zeitung* par le nombre d'annonces proposant l'achat de terrains ou de propriétés en Suisse, en Espagne, mais aussi dans des régions éloignées : arpents de neige au Canada, haciendas au Mexique, domaines en Floride, hectares en Nouvelle-Zélande. Le goût de l'exotisme se combine avec le goût pour la sécurité. On investit en biens immobiliers dans des lointains pacifiques[1].

Outre l'exotisme et la peur, il y a d'autres raisons au nombre d'annonces dans la *FAZ*[2]. Les Allemands sont des acheteurs idéaux : ils payent en marks et ils n'ont aucune difficulté à sortir leurs fonds, puisqu'il n'y a aucun contrôle des changes en Allemagne. Pour cette raison, il est d'ailleurs difficile d'évaluer exactement la fuite des capitaux. Les seules statistiques sont celles

1. Certains, toutefois, ne sont pas à l'abri des surprises : on cite telle famille, installée au Canada depuis peu, découvrant qu'elle a acheté sa maison dans le Grand Nord à quelques kilomètres de silos de fusées nucléaires... ou telle autre, aux Malouines depuis quinze jours seulement, lorsque les Argentins décidèrent de les récupérer...

2. *Frankfurter Allgemeine Zeitung.*

publiées chaque année par la Bundesbank. D'après ces sources, le flux de capitaux d'Allemagne fédérale vers les États-Unis a beaucoup augmenté en 1980 et 1982, attirés autant par les taux élevés du dollar que par le manque de confiance en Allemagne et le peu d'investissements des grandes entreprises nationales. En revanche, personne ne sait combien d'argent les citoyens allemands emmènent dans leur valise en toute légalité pour le déposer en Suisse ou acheter la maison de leurs rêves, au soleil — ou loin de la prochaine guerre.

Tout cela frappe vivement le visiteur car contredit le stéréotype que nous avons de nos voisins. Au lieu de gens pas très fins (« mais musiciens » !) et très sûrs d'eux, vivant dans l'opulence, on trouve des gens à la sensibilité exacerbée, interrogeant l'avenir avec inquiétude. Un résumé saisissant de cet état d'esprit s'étale sur un mur de Berlin près du canal qui, dans un des quartiers, divise la ville. Deux inscriptions s'y côtoient; un graffiti : *Schlaraffenland geht kaputt,* « le pays de cocagne est kaputt », et un avis administratif : *diktat olüm tehlikesi su kanali,* soit (en turc) : « Il est interdit de s'aventurer sur le canal. »

Ce n'est certes plus par arrogance que pèche l'Allemagne des années 80, mais bien plutôt par pessimisme. Il est d'ailleurs difficile dans ce processus de démêler les causes des effets. L'Allemagne a-t-elle le taux de natalité le plus bas du monde parce qu'elle est inquiète ? ou est-elle inquiète parce qu'elle a le plus bas taux de natalité du monde ? Ressent-elle les problèmes du monde occidental à l'orée du XXIe siècle, avec une acuité particulière, parce qu'elle est dans une situation particulièrement peu sûre ? ou le contraire ? L'assurance dont font preuve nos voisins persiste, mais elle se manifeste maintenant plutôt dans la détermination avec laquelle les « vraies questions » sont posées.

En quelques années, l'Allemagne s'est transformée. Si l'on se souvient de la République fédérale d'Ehrardt

(1963-66), de cette Allemagne du consensus sans grêve qui faisait notre admiration pour avoir apparemment résolu tous les problèmes des sociétés capitalistes (sans lutte des classes, elle marchait vers une prospérité heureuse), on est sidéré de voir à quel point le discours a changé. La crise économique a ébranlé la foi dans la possibilité de solutions prosaïquement matérialistes aux grands problèmes du bonheur de l'homme sur terre; c'est ailleurs qu'il faut maintenant chercher la réponse. Et les Allemands, une fois encore, mènent cette quête avec l'ardeur qui, tout au long des siècles, leur a été propre.

Une constatation s'impose donc. La greffe de la modernité à l'occidentale n'a pas vraiment pris. Après une trentaine d'années est réapparue, entre le tissu d'origine et les apports extérieurs, une sorte d'incompatibilité que l'Allemagne ressent avec une acuité chaque jour croissante. Un courant d'opinion de plus en plus fort prend ses distances vis-à-vis d'idées qui semblaient, il y a peu, totalement acclimatées : la légitimité de notre système économico-politique ne va plus de soi.

La situation particulière de l'Allemagne, pays sous surveillance, pays au manque profond d'homogénéité, passé trop vite au présent, a créé un terrain favorable à la dérive actuelle. Et le malaise qui a saisi la société allemande, l'inquiétude qui la travaille témoignent du fait que les Allemands sont conscients que leur pays est en porte à faux. Mais il l'est d'autant plus que toutes ces manifestations négatives de rejet du « système » s'accompagnent d'une énorme vague résurgente. On sent une poussée d'éléments nouveaux; de nouvelles couches géologiques arrivent à la surface, qui bousculent le paysage allemand jusque-là familier. Une Allemagne que l'on croyait morte, n'était qu'endormie et aujourd'hui se réveille : en un mot, l'Allemagne redevient allemande. Elle vit un printemps germanique qui fait craqueler le vernis de la modernité à l'américaine. Elle retrouve son identité.

Il ne s'agit pas seulement de l'identité allemande au sens nationaliste et politique du terme, bien que ce sentiment existe : l'Allemagne sent croître ses ambitions; elle cherche à se resituer sur l'échiquier international et infléchit son attitude vis-à-vis de deux pays qui sont pour elle d'une importance primordiale : les États-Unis et la RDA. Mais il n'est pas question de nationalisme cocardier. L'aigle impérial ne flotte pas sur les manifestations, le mot « allemand » n'est pas sacré; au contraire, rien n'est plus opposé à ce nouveau nationalisme que l'esprit de conquête.

Seulement, dans les expositions deux peintres déjà fort connus, Kiefer et Baselitz, font beaucoup parler d'eux en présentant des tableaux dont les racines germaniques s'étalent au grand jour : des Siegfried plus grands que nature osent s'y présenter dans toute leur gloire; des paysages allemands s'étendent à l'infini, parsemés de « grands hommes allemands » ou marqués de stèles macabres qui sont autant de noms de camps. Pour la musique, de même, Stockhausen et Henze tiennent haut le flambeau de l'Allemagne; et, dans le domaine des variétés, le goût des jeunes a changé. La jeunesse vibre avec des stars allemandes qui se gardent bien de toute affectation d'accent étranger, si porté dans les années 50 et 60 où les Beatles, Françoise Hardy et Mireille Mathieu étaient en tête du hit-parade. Les idoles d'aujourd'hui s'appellent Nena, Nina Hagen ou Udo Lindenberg; et les groupes de rock allemands chantent en allemand.

On assiste donc à un phénomène beaucoup plus vaste qu'un simple renouveau nationaliste : le resurgissement de l'identité intellectuelle, culturelle de « l'Allemagne profonde ». Les traditions renaissent et l'Allemagne renoue en particulier avec sa tradition de recherche morale et religieuse.

Tout occupée à se retrouver, l'Allemagne semble un peu moins tournée vers l'extérieur. Comme si sa propre histoire lui donnait suffisamment à penser. Car le premier pas vers cette redécouverte de soi-même, c'est que l'Allemagne récupère son passé, qu'elle se reconstitue une mémoire et une morale dont elle soit seule à juger.

Deuxième partie

LE PRINTEMPS ALLEMAND

IV

RÉCUPÉRER LE PASSÉ

Tant que le grand problème fut de survivre sous les bombes et les soubresauts d'une dictature à l'agonie, de retrouver les siens en griffonnant des messages à la craie sur des décombres, puis de travailler pour avoir un toit sur la tête et de quoi manger, les Allemands n'eurent pas d'états d'âme.

La griserie du miracle économique permit de s'enivrer de bonne conscience économique, de voitures aux carrosseries brillantes, de télévisions en couleurs et de voyages au soleil. Sans trop se poser de questions. Et sans répondre à celles qui étaient posées...

LES SÉQUELLES

Aujourd'hui, l'heure du bilan a sonné. Pour se retrouver en face d'eux-mêmes, les Allemands doivent se mettre en face de leur passé. C'est ce qu'ils font. Et cela ne va pas sans mal.

C'est douloureux, entre autres raisons parce que le Troisième Reich, cinquante ans plus tard, continue à projeter son ombre et à diviser les esprits. Un fossé sépare les générations qui supportent le *Kollektivschuld*, la culpabilité collective, de celles nées plus tard, qui l'ont trouvée dans leur berceau (de beaucoup, les plus nombreuses aujourd'hui). Le passé divise aussi verticalement : il y a ceux qui ont coopéré, ceux qui ont résisté, ceux qui ont émigré. Et puis il y a ceux qui veulent parler et ceux qui trouvent qu'il vaut mieux laisser les morts enterrer les morts et accusent les premiers d'être des *Netsbeschmutzer*, de salir leur nid. Mais, par les innombrables traumatismes qu'il a laissés, le passé est là.

Le plus évident est la confrontation brutale avec l'horreur : la révélation de la solution finale par les photos et les films des Alliés (certains commandants anglais et américains firent défiler la population des villages avoisinants devant les camps à peine libérés), les informations sur la brutalité de l'occupation allemande en Europe orientale, la mise en pratique des théories nazies du sous-homme, la publication des lettres de SS Obersturmführer qui traitent l'indicible sur le ton d'un rapport d'épicerie, la collaboration des grandes industries avec l'horreur (l'IG Farben[1] utilisant les « sous-produits » des camps et employant leur « main-d'œuvre ») — tout cela mettait les Allemands devant la question qu'ils ne cessèrent plus de se poser : *« Wie konnte es geschehen ? »*, « comment cela a-t-il pu se produire ? »

A ce désarroi moral, il faut ajouter les souffrances subies. Les Allemands furent loin, de sortir indemnes de l'aventure dans laquelle ils avaient lancé le monde. Mais sous le choc des crimes dont ils s'étaient rendus coupables, personne ne prêta attention à ceux qui étaient commis contre eux ni aux maux qu'ils s'infligèrent eux-mêmes.

A l'origine, les camps de concentration furent créés pour les Allemands; des centaines de milliers y ont été envoyés à partir de 1933. Pour beaucoup, la seule issue fut l'exil : en 1935, il y avait déjà 100 000 Allemands en

1. Grande entreprise chimique.

France. (C'est en exil que le parti socialiste se reconstitue sous le nom de Sopade, parti socialiste de l'émigration.)

Bien que très difficile dans un pays où régnait la police secrète[1], la résistance allemande n'a pas été inexistante. Il n'y a certes jamais eu de mouvement populaire de grande ampleur : la résistance a plutôt été le fait d'une minorité préservée de l'emprise idéologique nazie par le milieu culturel ou la conviction religieuse. Les tentatives de coordination entre conservateurs et forces de gauche n'ont jamais abouti; et le pacte germano-soviétique de 1939 a jeté le désarroi parmi les communistes[2].

Mais entre 1933 et 1939, pas moins de 32 000 Allemands furent liquidés par la Gestapo. Certains noms sont restés célèbres parmi ceux qui ont essayé en vain de s'opposer à Hitler : les frère et sœur Hans et Sophie Scholl, avec leur mouvement de la Rose blanche; les pasteurs Niemöller, Bonhöffer et la fraction protestante de l'Église confessante; ainsi que le comte Stauffenberg, instigateur de l'attentat du 20 juillet 1944 contre Hitler, sursaut tardif de l'aristocratie militaire horrifiée des excès commis et du désastre qui se profilait.

Autant de tentatives avortées entraînant des représailles terribles. En application du concept de *Sippenhaft*, de « responsabilité de la famille », et du clan, la répression après l'attentat du 20 juillet 1944 toucha des dizaines de milliers de personnes, épurées, exécutées ou contraintes au suicide (comme Rommel). A tel point que le SD (le service de sécurité du Reich) et la Gestapo finirent par s'inquiéter de l'isolement du régime.

On peut ajouter les milliers d'innocents que fit exécuter le *Volksgerichtshof*, la Cour suprême du Reich,

1. Gestapo : *Geheime Staats polizei*, police secrète d'État.

2. Jamais non plus les démocraties occidentales n'encouragèrent véritablement la résistance à Hitler. En 1936, toutes participent aux jeux Olympiques de Berlin, sans marquer d'aucune manière formelle leur désapprobation.

surtout vers la fin de « l'Empire millénaire[1] » pendant la « guerre totale », pour les motifs les plus futiles : réflexion entendue dans un tramway témoignant du « défaitisme » de son auteur, de l'écoute de postes étrangers comme la BBC, etc. Sans compter les soldats (souvent des adolescents recrutés en désespoir de cause, et qui voulaient « rentrer à la maison ») fusillés ou pendus pour désertion dans les derniers mois, alors que manifestement tout était déjà perdu.

La guerre coûte six millions de morts et laisse deux millions de mutilés qui marqueront terriblement l'image de l'après-guerre allemande.

La captivité, surtout à l'Est, est terrible.

Un million de soldats allemands sont morts en Russie, mais 1 100 000 prisonniers n'en sont jamais revenus. A Stalingrad, ils étaient 300 000 : 150 000 sont morts, 30 000 ont été rapatriés en avion; sur les 120 000 prisonniers, 6 000 seulement sont revenus. Ceux qui rentrent, ne rentrent que très tard : les derniers vers le milieu des années 50. Pour le reste, il a fallu attendre 1982 pour que l'URSS accorde l'accès à certains cimetières de prisonniers à des associations allemandes.

A la fin de la guerre, les Alliés décident donc, à Potsdam, d'amputer l'Allemagne de 100 000 kilomètres carrés. Douze millions d'habitants sont immédiatement expulsés de Prusse-Orientale, de Silésie, de Poméranie, ainsi que de Hongrie ou de Tchécoslovaquie, et sommés de s'en aller en moins de vingt-quatre heures avec un maximum de trente kilos de bagages. Des centaines de milliers d'hommes, de femmes, d'enfants, de vieillards meurent sur les routes, de faim et de froid, sans que le monde, encore sous le choc de la découverte des camps, songe à s'apitoyer. Certains, résidant par exemple à Königsberg, et expulsés vers l'Ouest, se fixent d'abord en zone d'occupation soviétique et mettent des années à

1. Pour reprendre la terminologie du Reich, qui se voyait durer mille ans.

atteindre finalement la RFA où il faut encore trouver du travail, un logis, se refaire une vie, etc.

Tout cela aide à comprendre l'état psychologique de la population allemande dans les années 50. Les familles décimées, divisées, en proie à la haine, la méfiance ou l'envie; les destins individuels tragiques : après avoir survécu aux bombardements, certaines femmes ont fui les Russes avec leurs enfants, parcourant à pied des centaines de kilomètres sous la neige, vivant ensuite de trafics divers; nombre d'entre elles devaient sombrer, dans les années 50, dans une dépression nerveuse durable.

L'Allemagne est alors le pays des maladies mentales, des souffrances tues, du refoulement.

Comment se plaindre lorsqu'on est la cause de son malheur, comment accepter d'avoir tout perdu, foyer, patrie, famille — pour rien ?

C'est l'Allemagne des années de plomb sur laquelle s'abat la chape de la prospérité.

Pourtant, dès les années 60, surgit la contestation. Un des problèmes du Troisième Reich est en effet qu'il laisse des soldes impossibles à liquider. Bien sûr, les Alliés avaient procédé à la dénazification, à commencer par le procès de Nuremberg qui avait pour ambition de juger les grands chefs nazis survivants ainsi que les organisations : gouvernement, état-major, SA, SS, SD, Gestapo et corps des dirigeants politiques du parti nazi.

Certains résistants allemands, qui n'avaient pas oublié le télégramme de félicitations de Staline à Hitler lors de la prise de Paris, pouvaient éprouver quelque mélancolie à voir des magistrats soviétiques juger du peuple allemand. Le même sentiment pouvait s'appliquer aux juges français. Rappelons-nous que le peuple français ne s'était pas tout entier élevé contre Hitler avec une détermination sans faille... De toute façon, comment l'entreprise pouvait-elle être convaincante ? Qu'est-ce qu'un crime de guerre ? Le bombardement de Dresde par les Alliés le 13 février 1945, qui fit 200 000 morts, n'avait pas d'objectif militaire.

Sauf pour quelques individus qui portaient une responsabilité évidente, comme le ministre des Affaires étrangères Ribbentrop ou le Gauleiter Streicher (Hitler, Himmler et Goebbels s'étaient déjà suicidés), il était bien difficile de porter un jugement. Qui était responsable de quoi ? Quel jeune homme versé dans la SS n'avait eu d'autre choix que l'obéissance ou la mort ? Qui savait quoi ? Très vite, les audiences s'épuisèrent en d'interminables interrogatoires : « Monsieur, demandait le juge à tel banquier appelé à témoigner, saviez-vous que l'or que vous remettait M. X... était de l'or dentaire en provenance du camp d'extermination de... ? » Bien entendu, le banquier ne l'avait jamais su.

Après Nuremberg, les Alliés déléguèrent la responsabilité de la dénazification aux Allemands eux-mêmes, mais cette fois pour juger de l'ensemble du peuple. Tous les Allemands furent obligés de remplir des questionnaires qui les rangeaient, selon leur culpabilité, dans cinq catégories allant de « coupable principal » à « déchargé de responsabilité » en passant par « suiviste ». La catégorie dans laquelle on se trouvait rangé permettait ou interdisait l'accès à tel emploi. Mais il était possible de passer d'une catégorie peu glorieuse à une catégorie plus avantageuse, si l'on avait un certificat de résistance... Évidemment, ces certificats sous le nom de « Bon Persil » firent très vite l'objet d'un vif trafic. De plus, ces règlements et leur application variaient d'une zone à l'autre, et les Allemands se découvraient différemment coupables suivant la zone dans laquelle ils résidaient.

Combien de parents ont eu le courage d'aborder la question avec leurs enfants, de leur dire dans quelle catégorie ils avaient été classés (les Alliés, ne connaissant pas parfaitement la réalité nazie, commettaient d'ailleurs parfois des erreurs grossières) ? Combien de parents eurent le courage d'admettre qu'ils n'avaient jamais cru au télégramme annonçant la mort subite, de « pneumonie », de tel ou tel cousin pas tout à fait comme les autres, placé de force en institution[1] ?

Le passé continuait à fermenter et régulièrement des bulles venaient crever à la surface : les grands procès (Auschwitz, etc.); la plainte déposée par un individu soumis à une stérilisation forcée et qui, trente ans plus tard, essaie d'obtenir une indemnisation de l'État; les démissions d'hommes politiques en vue dont le passé nazi brutalement révélé secoue le monde politique; la découverte que tel Premier ministre d'un land, personnage éminemment respectable, a fait partie d'un tribunal qui condamna à mort des « traîtres », quelques heures avant l'arrivée des Alliés (le pasteur Dietrich Bonhöffer et son frère Claus furent exécutés le 9 et le 23 avril 1945, alors qu'Hitler se suicidait le 30 avril 1945)... Mais autour des tables familiales allemandes, présidées par un père incapable de se réadapter aux nouvelles conditions de vie en RFA, régnait un silence pesant.

L'EXORCISME

Pourtant, avec les années, insensiblement, le rapport au passé a changé. Aujourd'hui, il s'agit de l'exhumer, de le dédramatiser, de lui ôter son aspect maléfique : de le dire, pour l'assimiler.

Un livre célèbre[2] paru dans les années 60 reproche aux Allemands leur incapacité à accomplir le travail de deuil. En enfouissant le passé au plus profond d'eux-mêmes, ils lui auraient conservé son pouvoir de nuire.

1. Entre 1939 et 1945, 130 000 malades mentaux et handicapés ont été ainsi éliminés.

2. *Die unfähigkeit zu trauern*, de Mitscherlich.

Mais, en fait, la discussion commençait déjà, quand la décision a été prise en 1981 de diffuser à la télévision *Holocauste*, le célèbre feuilleton américain décrivant le destin d'une famille juive dans l'Allemagne nazie. Suivi avec passion dans toute l'Allemagne, il était accompagné de tables rondes qui présentaient, expliquaient, corrigeaient et permettaient la discussion en famille.

Depuis toujours, les écoles faisaient passer des documentaires. Mais les professeurs ne savaient pas toujours quelle attitude prendre; ayant bien souvent été eux-mêmes partisans convaincus du Troisième Reich, ils avaient eu du mal à fournir des explications... A la même époque apparut la vague de ce qu'on appelle les *« Vaterbücher »*, les « livres du père », dont le plus connu est peut-être le *Suchbild* de Christoph Meckel. Ces livres sont une longue interrogation, quelquefois une accusation à l'adresse de la génération précédente. Comment toi, mon père, as-tu pu ? Qui étais-tu ? Quel rôle as-tu joué ?...

Avec la relève de la nouvelle génération, les grands-pères à leur tour tentent d'expliquer à leurs petits-enfants ce que fut le national-socialisme avant d'être synonyme de dictature et d'horreur. Ils racontent leur jeunesse nazie : la conviction d'œuvrer pour le bien de l'Allemagne, les fêtes, la joie du sport, des fanions et des insignes, les jeux Olympiques de 1936, le plaisir de faire de la généalogie... jusqu'à ce que le fonctionnaire responsable leur trouve une grand-mère « Rebecca » et hausse le sourcil; ils racontent encore le peu d'attention prêté à la disparition subite d'un camarade juif; leur peu de commisération pour l'envoi d'un communiste de la ville dans un camp. Il faut la disparition d'un amour de classe, une petite beauté nordique aux yeux bleu tendre (envoyée dans un centre de sélection génétique), pour que la première inquiétude se fasse jour.

Le regard que portent les Allemands sur eux-mêmes s'est élargi. Après avoir accepté de considérer le passé et d'être confrontés aux crimes commis, ils contemplent désormais l'envers de la médaille. Les livres, les émissions de télévision se multiplient sur les malheurs subis : l'enfer de Stalingrad, le sort des prisonniers de guerre allemands en URSS, dont les geôles ne s'ouvrirent qu'au milieu des années 50, la fuite et l'expulsion de douze millions d'Allemands à travers les plaines de l'Europe centrale et les glaces de la mer Baltique... Un film qu'on a pu voir en France, *Allemagne, mère blafarde*, mettait en scène ces destins tragiques de femmes allemandes écrasées par le sort. Bref, à côté de l'Allemagne meurtrière, surgissent désormais les Allemands meurtris.

Mais, surtout, en 1984, un film, *Heimat* scella la réconciliation des Allemands avec leur passé. D'une durée de seize heures, le film passa en feuilleton à la télévision allemande, et chaque épisode vidait les rues. Réalisée par un Allemand, cette saga décrit la vie d'un petit village à la fin de la Première Guerre mondiale. Pour la première fois, les Allemands s'y regardent vivre sans se poser la question du Bien et du Mal. Sa famille, on l'aime, quels que soient les sottises ou même les crimes dont elle a pu se rendre coupable.

Du même retour aux sources procède la vague des livres sur l'enfance, et particulièrement des livres relatant une enfance dans les territoires perdus : Silésie, Poméranie, Prusse-Orientale. Longtemps, les Allemands n'ont pas osé crier tout haut leur douleur de perdre ces territoires. Mais que l'on se rappelle les larmes brûlantes versées chez nous sur l'Alsace-Lorraine, ou les déchirements causés par l'Algérie, et l'on pourra peut-être imaginer ce que les Allemands ont dû ressentir.

La conscience de leur faute les a retenus de pleurer. Mais il suffit de surprendre dans une petite ville, un dimanche matin, une chorale de vieux Silésiens en train de chanter des chants du pays pour voir que la nostalgie est toujours ce qu'elle était. Les expulsés de ces régions se sont regroupés dans des associations, les *Landsmannschaften*, particulièrement virulentes dans les années 70 lorsque Brandt a lancé l'« Ostpolitik » reconnaissant la frontière de l'Oder-Neisse. Elles sont toujours très actives mais elles ont, dans les grandes lignes, suivi la majorité de la population en acceptant le fait accompli : les traités de Moscou et de Varsovie ont été ratifiés — l'agenouillement spectaculaire de Brandt devant le monument aux morts du ghetto de Varsovie a en général été compris.

Cette séquelle-là aussi du passé a été assumée. Aujourd'hui, ce sont les enfants ou les petits-enfants des exilés de 1945 qui demandent à aller passer leurs vacances en Pologne, pour voir et comprendre d'où vient leur famille. Les Allemands sont donc en train de récupérer leur passé. En l'acceptant, ils revendiquent la responsabilité de deux guerres mondiales et quant au nazisme, ils plaident coupable.

Le cinquantenaire de la prise du pouvoir par Hitler a été marqué par d'innombrables manifestations et écrits, qui, tous, essayaient de tirer des leçons de l'Histoire. Les allusions aux douze années noires sont partout. Les Allemands se réaffirment sujets et non plus objets, et revendiquent bien haut leur faute. Ils procédent à un nouveau genre de dénazification, qu'ils mènent eux-mêmes cette fois, brandissant fièrement leur marque au fer rouge comme le signe d'une nouvelle croisade.

De refoulé, le passé est devenu omniprésent. Il sert même parfois de grille d'interprétation abusive. Certains Allemands voudraient à toute force voir ressusciter son spectre pour pouvoir « réparer » leurs fautes : cela formera une des grandes composantes du Mouvement de Paix.

Se retrouvant « Allemands », les Allemands se libèrent aussi du passé récent — dans la mesure où ils ne reconnaissent plus d'autre autorité que la leur pour en juger... Les temps ne sont plus où les Allemands adhéraient totalement à toutes les propositions venues de l'Ouest, quand le Bien et le Bon étaient exclusivement occidentaux.

Du coup, les réalités imposées par le passé et par les vainqueurs, si elles continuent d'être acceptées comme un fait accompli, ne sont plus tout à fait légitimes. Les Allemands vont donc recourir à une autre logique pour pouvoir justifier leur changement d'attitude. Un changement d'attitude qui concerne en premier lieu les États-Unis.

V

RFA-USA : LE DÉSAMOUR

« *BIG SLEEP* »

L'Allemagne se réveille d'un long sommeil.

On dirait qu'envoûtée depuis 1945 par les sirènes américaines, elle s'ébroue tout étonnée.

Que les Allemands aient voué aux Américains une véritable vénération n'a rien pour surprendre. Les deux peuples sont très proches. Les émigrants allemands ont fourni une bonne partie de l'élite américaine : cinq millions et demi d'Allemands, entre 1820 et 1920, ont cherché une vie nouvelle dans le Nouveau Monde (certaines régions allemandes, comme le Hunsrück, se sont vidées à cette occasion, jusqu'au tiers de leur population). Les Allemands étaient nombreux aussi parmi les tout premiers colons. Partis souvent pour des raisons religieuses (mennonites, anabaptistes), ils s'installèrent surtout en Pennsylvanie, comme en témoignent les noms de villes comme King of Prussia, ou Germantown.

Le nazisme provoqua une nouvelle vague d'émigration; après la guerre débarquent les scientifiques, tel von Braun, futur directeur de la NASA, et enfin les élus du *Brain Drain*. Aujourd'hui, les noms à consonance germanique abondent parmi les « WASP » américains.

Dans les années 60, les deux peuples présentaient des analogies étonnantes : il était difficile de distinguer une publicité américaine d'une publicité allemande, tellement les consommateurs idéaux se ressemblaient des deux côtés de l'Atlantique. Ces affinités encourageaient les Allemands à l'imitation.

Et puis, les Américains les avaient battus par deux fois. Sans reprendre forcément la fameuse phrase de Churchill : « Les Allemands, on les a soit à la gorge, soit aux pieds », il est sûr qu'une certaine dose de respect et d'admiration pour la force, un peu masochiste, entrait dans ce sentiment de révérence à l'égard des USA. Mais elle était loin d'être décisive. L'amitié et la reconnaissance y avaient aussi une grande part.

« AMIS » WELCOME

Dès l'immédiat après-guerre, les Allemands avaient montré leur préférence : lorsque les Américains se retirèrent des territoires attribués aux Soviétiques, une bonne partie de la population les suivit. Le mouvement s'accentua tellement au cours des années qu'il fallut en arriver au Mur...

Les Américains se seront forgé l'image de sauveurs face aux « hordes slaves » qui pillent, violent et assassinent. Ils sont la sécurité, l'ordre et la loi contre la violence chaotique, et, vingt ans après la guerre, le grand jeu des enfants allemands s'appellera encore : *« die Russen kommen »*, « les Russes arrivent ».

Les « Amis », comme les surnommèrent les Allemands pour qui *Amerikaner* était trop long à prononcer, furent des vainqueurs magnanimes, arrivant avec du chocolat et des cigarettes. S'ils ne se privèrent pas de tirer parti des nombreuses possibilités qu'offrait le marché noir de l'époque — en particulier dans les très officiels *barter-centers* où l'on échangeait du café contre des petites cuillers en argent —, ils furent aussi atterrés par la misère de la population. La situation était dramatique dans les grandes villes où les bombardements avaient sévi, comme Dresde et Hambourg, détruites respectivement à 80 % et 60 %. Réfugiée dans les caves, sans eau ni électricité, la population allemande souffrait de malnutrition, manquait de vêtements, de médicaments. Dans la seule ville de Hambourg, 100 000 personnes souffraient encore, en 1946, d'œdèmes dus à la faim. Des journalistes américains en reportage en Allemagne s'émurent et écrivirent des articles qui déclenchèrent une vague de générosité aux États-Unis. Par centaines de milliers, les *Care-Pakete* arrivèrent en Allemagne. Quarante ans plus tard, les Allemands se souviennent encore de leur émerveillement devant le contenu de ces colis...

L'idée de réduire à tout jamais l'Allemagne à merci par la « pastoralisation du Reich », telle que l'envisageait Morgenthau, disparut bien vite. Il fallait penser à l'avenir qui s'annonçait menaçant à l'Est; il fallait reconstruire une Allemagne et une Europe, les États-Unis inventèrent le plan Marshall. La conférence de Paris de 1947 avait estimé les besoins européens en matière de reconstruction économique à 22 milliards de dollars. Le succès fut tel que 13 milliards suffirent. Mais la conférence de Paris eut également une autre conséquence : elle confirma la division de l'Europe le long de la ligne séparant les pays européens qui acceptèrent ou refusèrent l'aide Marshall.

C'est alors que Moscou essaya de supprimer ce que Khrouchtchev appelait le « cancer » qui rongeait le bloc oriental : Berlin-Ouest, au cœur de la RDA. Le 23 juin 1948 (les Alliés viennent d'introduire la réforme monétaire et de créer le mark), les Russes coupent l'approvisionnement en courant électrique. Le 24 juin, ils coupent l'autoroute, les accès par chemins de fer et par canaux. Sans électricité, sans vivres, la ville semblait perdue. Le

28 juin, 150 avions alliés, surtout américains, débarquent 400 tonnes de ravitaillement sur l'aéroport de Tempelhof. Pour que la ville puisse tenir, il fallait 4 500 tonnes par jour : le pari sera tenu. Une centrale électrique entière, en pièces détachées, avec son charbon, sera même ainsi acheminée à Berlin ! Mais l'hiver berlinois est rude (—20°), les conditions météorologiques très difficiles pour les avions d'alors qui se succèdent sur la piste d'atterrissage à quelques minutes d'intervalle : 31 aviateurs américains et 39 aviateurs anglais y laisseront leur vie. Au printemps 1949, les Russes cèdent et lèvent le blocus. Le souvenir exaltant de ce défi relevé en commun cimentera l'amitié germano-américaine.

Pour avoir une idée des sentiments des Allemands à l'égard des Américains durant toutes ces années, il suffit de regarder le film du voyage de Kennedy à Berlin en juin 1963 : des foules immenses l'acclament et délirent de joie lorsqu'il se déclare « berlinois » : *« Ich bin ein Berliner »*.

A Bonn, vingt ans plus tard, Reagan se fait insulter. La police a toutes les peines du monde à garder le contrôle de l'énorme manifestation de 500 000 personnes contre sa présence au sommet de l'OTAN. Quand le vice-président Bush assiste à la célébration du souvenir des premiers émigrants allemands partis de Krefeld au XVIIIe siècle, il est agressé physiquement.

US GO HOME !

Que s'est-il passé en vingt ans ?

Les Allemands sont-ils en train de tuer le père ? L'emprise des États-Unis était-elle si étouffante ?

Il est sûr que les Allemands s'étaient jetés à corps perdu dans l'identification à l'Amérique. Leurs propres élites ayant failli et ne pouvant plus servir d'exemple, les jeunes avaient pris l'Amérique pour modèle. Tout s'en ressentait : *business* et *success* devenaient les mots clés[1], l'*american way of life* s'installe et les bourses d'études aux États-Unis s'arrachent : le MIT, Stanford et autres business-schools règnent dans toute leur gloire. Les Allemands n'aiment plus que Paul Anka et Elvis Presley, s'appellent Mike ou Tom, parlent un effroyable « anglallemand » : la perversion de la langue atteint aujourd'hui encore des niveaux inimaginables en France, où l'on s'en plaint pourtant amèrement : *« Er ist* fit, *ich bin* clever », etc.

Bien entendu, tout cela reposait aussi sur une solide imbrication économique. L'Allemagne et les États-Unis entretiennent des relations industrielles suivies depuis l'époque de leur décollage industriel commun. A la fin du XIXe siècle, les méthodes allemandes de production industrielle inspirent largement le développement des États-Unis. Les capitaux américains contribuent ensuite au relèvement rapide de l'industrie allemande des années 20. Après 1945, l'Amérique victorieuse ne se contente pas de dicter à l'Allemagne ses institutions socio-politiques : elle lui lègue, avec la société de consommation, les méthodes tayloriennes et le « management ». Dans les années 50 et 60, celles du « défi américain » en Europe, l'Allemagne est une incomparable terre d'accueil pour les multinationales américaines, dont elle accepte sans restrictions les investissements et les exportations de technologie de pointe. De leur côté, les machines-outils allemandes s'exportent et la chimie allemande s'implante outre-Atlantique.

Bref, les Allemands, s'ils n'ont pas vendu leur âme se sont perdus eux-mêmes de vue. Jusqu'au jour où une nouvelle génération arrive. Elle ne se souvient pas des *Care-Pakete*. Ses universités n'ont pas été bâties avec les

1. Souvenons-nous : à la même époque nous avions en France, « le jeune cadre dynamique ».

fonds Marshall, le monument aux morts du pont aérien de Berlin ne lui dit rien. Son enfance à elle, ce sont les manifestations contre le shah, soutenu par les Américains. C'est la protestation contre la société matérialiste de consommation dont l'Amérique est le grand modèle. Et c'est surtout, soir après soir à la télévision familiale, l'image de soldats américains en train de se battre — se battre ou tuer ? — au Viêt-nam.

Peu à peu, l'image de l'Amérique se détériore. Ses valeurs culturelles commencent à s'effriter. Paradoxalement, le mouvement est parti des campus américains eux-mêmes : la contestation estudiantine des années 60, les manifestations contre la guerre au Viêt-nam, le grand désir de solidarité (*equal rights* pour les femmes et les Noirs) dans une société d'abondance maîtrisée. Tout cela a fait long feu aux États-Unis. Mais les traces en sont plus durables en Allemagne : les Allemands sont lents mais vont jusqu'au bout de leurs idées. C'est dans une université allemande qu'Ivan Illich, le pape de la convivialité, a dispensé son enseignement toutes ces dernières années. Les États-Unis perdent donc de leur pouvoir de fascination intellectuelle, même si les livres, les modes, la musique, les films américains continuent à se déverser en Allemagne (avec quelques mois d'avance sur la France) et que le mardi soir on y regarde *Dallas* avec autant de passion que chez nous.

A ce désenchantement, l'arrivée de Carter va ajouter une perte de crédibilité de la politique américaine. Les États-Unis ne semblent plus fiables : du State Departement, du Pentagone, de la Maison-Blanche proviennent des voix discordantes.

La priorité accordée par Carter aux droits de l'homme entraîne des renversements d'alliance. Des régimes se retrouvent du jour au lendemain abandonnés par leur protecteur traditionnel. Les États-Unis abandonnent l'Iran et y perdent la face, incapables de libérer leurs otages. Les Américains deviennent ce que les Allemands supportent le moins : *unberechenbar*, imprévisibles. Et la supériorité nucléaire américaine, autrefois écrasante, fait désormais partie du passé. Les chanceliers allemands osent proférer des hérésies en accusant à voix plus ou moins haute les présidents américains d'incompétence (Carter), ou d'ignorance (Reagan et sa « bande de Californiens », qui ne comprennent rien à l'Europe). L'« égoïsme » des États-Unis est fustigé à travers l'affaire du gazoduc sibérien et la politique des taux d'intérêts élevés; les Allemands, frustrés, ne se sentent plus « considérés » à leur juste niveau.

Enfin, ces États-Unis qui semblaient invulnérables, la plus forte puissance au monde justifiée et confortée par l'excellence de ses valeurs morales, les voilà eux aussi touchés en 1980 par la crise économique. La concurrence du Japon et des pays nouvellement industrialisés porte un rude coup au prestige américain : depuis dix ans les industries textiles et de biens de consommation américaines vacillent sous les coups de la concurrence du Tiers Monde; l'automobile, l'électronique, la sidérurgie ont perdu d'importantes parts du marché au profit du Japon; l'industrie américaine perd des points même dans les techniques de pointe de l'aérospatiale, du nucléaire, des télécommunications, de l'informatique, etc.

L'image de marque de l'industrie américaine demeure certes très forte dans de nombreux pays : mais c'est en Allemagne, peut-être plus à même d'en juger vu son propre niveau, que la prise de conscience du recul progressif de la compétitivité technologique des États-Unis est le plus prononcé. Lorsque *L'Express*, en février 1984, fait une enquête sur la perception que les peuples ont les uns des autres, il pose la question de l'ascension ou du déclin éventuel des différents pays dans vingt ans : les Allemands sont absolument les seuls à prévoir le déclin des États-Unis ! Bref, l'Amérique est dépassée, vieillie, incapable de faire face aux défis du XXIe siècle.

A l'idole d'hier, on donne le coup de pied de l'âne, on

l'accuse de la rage, de décrépitude morale. Les *reaganomics* font des malheureux aux USA ? Les réductions de budgets d'aide sociale font aussitôt les grands titres des journaux allemands. On verra même, au plus fort de la récente crise US, les citoyens de la RFA envoyer des colis de vivres aux chômeurs américains ! Et surtout, l'impérialisme américain est à nouveau sur la sellette. La phraséologie maladroite de Reagan, les augmentations du budget militaire, la question des fusées intercontinentales MX, l'installation des Pershing : autant de signes d'une intolérance, d'un désir d'en découdre quasi criminels. Sans parler de « l'invasion » de l'île de la Grenade. On s'attendrait presque à voir les États-Unis traités de Grand Satan, s'ils ne prenaient les devants, par la voix de Reagan, en attribuant ce rôle à Moscou.

Grosse Liebe, grosse Enttäuschung : « Grand amour, grande déception »... Rien n'est pire que la rancœur laissée par un amour déçu. L'intimité passée paraît déplacée, honteuse : c'est le sentiment qu'éprouvent certains Allemands pour la période de la reconstruction, pendant laquelle fleurissaient bien évidemment les trafics avec l'occupant. On voit le passé avec un autre regard : les Américains connaissaient l'intention des Russes de construire le mur de Berlin, murmure-t-on maintenant, ils n'ont rien fait pour les en dissuader ni pour avertir la population. Ils ont envisagé d'appliquer le plan Morgenthau, qui dépeçait l'Allemagne. Et même s'ils y ont renoncé, ils ont bel et bien démonté et démantelé une partie de l'appareil de production. Et jamais ils n'ont vraiment pensé le destin de l'Allemagne.

Aujourd'hui l'idée se répand que « les Russes n'étaient pas si méchants ». « C'est la propagande nazie qui nous a intoxiqués », entend-on dire, « pour nous forcer à résister jusqu'au dernier survivant; puis la propagande CDU d'Adenauer a pris le relais, nous persuadant que les Russes étaient des sauvages pour mieux nous pousser vers l'Ouest. » On rappelle aussi la directive *Joint Chief of*

Staff 1067, qui stipulait expressément que « l'Allemagne ne devait pas être occupée dans un but de libération ». On rappelle que les Américains ont été les plus déterminés à s'opposer à ce que siège un juge allemand au procès de Nuremberg, imposant ainsi le concept de *Kollektivschuld*, cette faute collective si lourde à porter.

Et d'un mouvement général de détachement vis-à-vis des États-Unis touchant toute la population sous des formes diverses, on en arrive à la théorie, reprise par le Mouvement de Paix, que les États-Unis sont tout bonnement « dangereux ». On n'est plus étonné, dès lors, de ce spectacle hallucinant : sur le mur de Berlin, côté Ouest, fleurissent les slogans anti-américains.

VI

RFA-RDA : UNE AUSSI LONGUE ABSENCE

L'ombre tutélaire des États-Unis s'estompe, l'Allemagne fédérale pose un regard nouveau sur la RDA. Le face-à-face Allemagne de l'Ouest - Allemagne de l'Est a changé de registre. Ce changement accompagne l'évolution générale de l'état d'esprit du peuple allemand et demande, pour être bien compris d'un Français, que l'on s'intéresse quelques instants à la RDA pour elle-même.

Erich qui... ?

Qui est Erich Honecker ? Personne ou presque, en France, ne connaît la réponse. Pourtant, président du Conseil d'État et secrétaire général du parti socialiste unifié (le SED), Erich Honecker est à la tête de la République démocratique allemande, dixième puissance économique mondiale.

Mais la RDA fait peu parler d'elle. Pays de l'Est, elle est très opaque : les informations n'en filtrent guère. Même les experts ouest-allemands ont du mal à y discerner les luttes de pouvoir et d'influence. Elle est également, depuis les révoltes ouvrières de 1953 à Berlin, d'une stabilité exemplaire. Rien ne vient attirer sur elle les feux des projecteurs. Les médias la délaissent. Les touristes occidentaux aussi, à la différence de ceux de l'Est qui s'y précipitent par millions chaque année. Elle recèle tous les hauts lieux de la culture allemande : Weimar, la Wartburg de Luther, Dresde, Leipzig, Unter den Linden (à Berlin-Est); mais pour la très grande majorité des Français, l'Allemagne s'arrête à l'Elbe. Tout ce qui se trouve derrière ce qu'on appelle pourtant de moins en moins « le rideau de fer » est une sorte d'Allemagne du pauvre : la Thuringe, la Saxe, le Brandebourg et le Mecklembourg...

Il semblerait donc à première vue que la RFA ait tout à fait réussi à imposer son *Alleinvertretungsanspruch*, sa « prétention à être la seule à représenter la légitimité allemande », et que la doctrine Hallstein, qui impliquait la rupture des relations diplomatiques avec tout pays qui reconnaîtrait la RDA, lui ait permis d'évincer de fait sa rivale sur la scène internationale, même si les choses, en droit, ont changé depuis. On se souvient d'ailleurs avec amertume à Berlin-Est de l'époque où se pressait tout au plus une dizaine d'ambassadeurs à la réception du corps diplomatique. La RDA considère qu'elle a été discriminée, traitée en paria et d'abord par la RFA. Les relations ont, certes, bien changé depuis entre les deux surgeons de l'Allemagne, mais il n'en reste pas moins que les deux États sont aujourd'hui encore diamétralement opposés, chacun jouant le rôle de parangon, l'un du système capitaliste, l'autre du système communiste.

Dès le départ, la RDA a été édifiée en réponse à la création de l'Allemagne de l'Ouest. Quand, en 1947, après les conférences de Londres et de Moscou, les Alliés réalisent qu'ils ne pourront jamais s'entendre avec les Russes et prennent la décision d'introduire une réforme monétaire et de mener leurs zones vers la constitution d'un État, les Russes répliquent à chaque mesure par une mesure similaire. Après avoir déclaré que « le modèle soviétique ne peut être transposé en Allemagne », ils imposent néanmoins autoritairement la fusion du parti communiste allemand et du parti socialiste, dont sortira le parti socialiste unifié, qui ne tolérera à ses côtés que des partis fantômes, à la tête desquels les Russes placent des gens sûrs. C'est ainsi qu'en 1949 est instaurée la République démocratique allemande, dont les structures institutionnelles sont exactement copiées sur les structures soviétiques : une république démocratique populaire modèle.

Si la RFA est la *success story* capitaliste que l'on sait, la RDA se considère elle aussi comme une réussite et s'accorde plus de mérite puisqu'elle a accompli un assez joli relèvement économique, sans se compromettre, elle, avec l'aide Marshall.

Car la RDA se veut méritante et vertueuse. Ainsi se flatte-t-elle que les impératifs des vainqueurs (« dénazification » et « démocratisation ») aient été appliqués d'une manière bien plus drastique dans la zone d'occupation soviétique que dans les zones occidentales. A l'Ouest, les liens nombreux depuis les années 20 entre capitalistes américains et allemands mirent vite un terme à certaines enquêtes, et la recherche des coupables se ralentit. Il n'y eut plus que quelques procès retentissants, comme celui d'Auschwitz, mais, de même que les bombardements avaient épargné miraculeusement certains intérêts américains, la dénazification n'avait pas avantage à trop bouleverser la société allemande.

La démocratisation ne fut pas non plus poussée trop loin, tandis qu'elle prit des formes extrêmes à l'Est. La réforme agraire y redistribua complètement les terres : la fin justifiant les moyens, les familles des Junkers furent déportées et abandonnées à leur sort sur l'île de Rügen dans la mer Baltique. Beaucoup y moururent, d'autres réussirent à partir, souvent grâce à l'aide de leur famille de l'Ouest alertée. Enfin, l'économie fut socialisée, les grandes entreprises confiées à des personnages sûrs : pour beaucoup, des communistes émigrés en URSS pendant le nazisme. Comme par ailleurs, trois millions d'Allemands de l'Est parmi les plus aidés, émigrèrent en RFA, de 1947 à 1961, la RDA devint essentiellement un pays de « petites gens », ce qui facilita d'autant la démocratisation.

Voilà sur quoi se fonde l'affirmation de vertu de la RDA qui se veut plus « véritablement démocratique » que la RFA, et surtout « antifasciste » : elle rejette totalement l'héritage nazi, dont elle laisse tout le poids à sa voisine, se considérant, elle, tout à fait purifiée. Elle refuse d'ailleurs catégoriquement de verser quelque indemnité que ce soit aux victimes du nazisme. Et lorsque, par exemple, dans le nouveau centre culturel que la RDA vient d'ouvrir à Paris, boulevard Saint-Germain, le grand écrivain Stephan Hermlin vient faire une lecture, les premiers mots du présentateur sont pour dire qu'il s'agit d'un écrivain « antifasciste ». A des oreilles françaises, le terme antifasciste peut paraître obsolète. Il ne l'est pas du tout en Allemagne de l'Est où la peur du fascisme règne toujours officiellement, et trouve mille raisons actuelles de s'alimenter : en RFA, l'entreprise Flick ne subventionne-t-elle pas les partis politiques comme elle les subventionnait avant la guerre, particulièrement le parti nazi ?

Le fascisme, un danger aujourd'hui comme hier. Mais aussi Brecht, le fleuron de la culture, la peinture hésitant entre le post-expressionnisme et l'abstrait, et l'architecture stalinienne rappelant les années 50... L'immobilisme semble être une caractéristique du pays. Se promener dans les rues en RDA équivaut à un voyage dans le temps : on se retrouve vingt ans en arrière en regardant les maisons, les boutiques, les gens dans la rue. Et, surtout, on est frappé par l'absence totale d'immigrés. En RDA, ce sont des Allemands blonds aux yeux bleus qui tiennent le marteau-piqueur. Une Allemagne d'avant l'irruption du Tiers Monde.

Comment la population supporte-t-elle cet immobilisme, cette coupure d'avec les courants modernes de mode de vie, de pensée et d'art ? A vrai dire, le degré d'adhésion de la population à son gouvernement, le tracé de la frontière entre opinion publique et opinion officielle sont des données floues. Les milieux spécialisés s'accordent à penser qu'il n'y a guère plus de 15 % de communistes convaincus en RDA. Pour le reste...

Une chose est sûre : l'Allemagne de l'Est regarde la télévision de l'Ouest. A tel point qu'il était difficile de recruter de la main-d'œuvre pour la région de Dresde, trop éloignée, jusqu'à ce que les autorités se résolvent... à installer une station-relais. Le gouvernement tolère d'autant mieux ce phénomène, considéré comme une soupape de sécurité, que beaucoup de téléspectateurs regardent les programmes de l'Ouest, moins compassés et didactiques, mais repassent à l'Est pour les informations. Celles-ci contiennent toujours une quantité importante d'annonces de catastrophes en provenance de l'Ouest : « l'armée des chômeurs » gonfle encore de tant pour cent, un tremblement de terre à tel endroit, une inondation à tel autre, un discours particulièrement belliqueux de Reagan (dont sont gommés tous les passages conciliants)..., l'Ouest apparaît toujours comme un lieu dangereux et immoral.

Quant aux téléspectateurs qui regardent aussi les nouvelles de l'Ouest, ils font partie des millions de schizophrènes qui peuplent la RDA. Ceux-là tiennent un langage différent dans la journée au travail, et le soir entre amis. Pour certains d'entre eux, l'Église joue un grand rôle. Il s'agit de l'Église évangélique puisque la quasi-totalité de ces régions de l'Est est réformée. Depuis qu'en 1978, l'évêque Schönherr a signé un accord avec le gouvernement la situant dans le socialisme, elle a beaucoup étendu son influence. A ceci près qu'on va moins à l'église le dimanche matin (la fréquentation du culte a baissé régulièrement, comme le nombre des baptêmes)..., et davantage le dimanche soir aux réunions non confessionnelles de « réflexion », conférences, etc., ouvertes à tous. L'Église, en effet, offre maintenant un succédané de liberté de réunion et d'expression, organisant des rencontres tolérées par le gouvernement même s'il s'agit de sujets et d'auditoires laïcs, et ses bulletins paroissiaux jouent presque le rôle de « samizdats ». Elle offre également une zone d'activité économique à l'abri du gouvernement : dans le cadre de l'accord de 1978, l'État lui a laissé le soin des orphelins, des personnes âgées, des malades...; cela lui permet d'abriter ainsi dans ses associations caritatives les citoyens en difficulté avec l'État. Par exemple, ceux qui ont perdu leur travail à la suite du dépôt de leur demande de visa d'émigration deviennent garde-malade ou jardiniers de cimetière. L'État d'ailleurs accorde plus facilement des visas aux membres des Églises, sachant qu'il les discrédite par là aux yeux du reste de la population, qui voit s'estomper la distinction entre foi et désir d'émigrer. L'Église est ainsi une des « niches » de ce qu'on a appelé la *Nischengesellschaft* : cette société ou chacun se trouve une petite cache, un « créneau » pour y vivre tranquille.

D'ailleurs, à côté de l'Église, les « punks », eux aussi, sont en constante progression. Ils offrent probablement aux jeunes une « niche » également attirante, qui permet d'échapper à la pesanteur de l'État d'une tout autre manière, quoiqu'il soit difficile de mesurer exactement l'ampleur du phénomène. L'État lui-même essaie également d'offrir une petite place, un peu d'âme, en instituant la *Jugendweihe*, une espèce de cérémonie d'initiation laïque destinée à concurrencer la confirmation protestante.

D'une manière générale, l'ensemble de la population est assez satisfait de son sort; elle ne doute pas de la bonne marche des choses, même si, comme dans tous les pays de l'Est, on n'obtient tout qu'avec des devises étrangères : pièces de rechange, marchandises de qualité et passe-droits divers. La RDA est, grosso modo, ressentie comme un lieu sûr dans un monde dangereux; un pays modeste, certes, mais méritant, où le niveau de vie est plus élevé que dans les pays frères (cela vaut particulièrement pour le logement). Et si voyager, voir Paris ou Londres, reste un souhait impossible, il est souvent exprimé sans acrimonie : il se réalisera lorsque le socialisme sera plus avancé.

La République démocratique allemande semble donc un pays bien tenu par des responsables à la poigne solide, et ayant atteint un équilibre stable : les 13 000 départs environ enregistrés chaque année (en gros 8 000 légaux et 5 000 illégaux) sont à peu près compensés par l'excédent des naissances, et la population ne diminue plus.

LA RÉPUBLIQUE DÉMOCRATIQUE EN MOUVEMENT ?

Pourtant, depuis quelque temps, on sent de curieux mouvements en profondeur en RDA. Depuis janvier 1984 en particulier, le gouvernement accorde des visas d'émigration en beaucoup plus grand nombre[1].

Unter den Linden, à Berlin, est un résumé saisissant de la RDA. Sur cette énorme esplanade venteuse et bétonnée, on trouve tout : le mur, qui traverse la porte de Brandebourg, le monument aux victimes du fascisme, quelques anciens bâtiments superbes soigneusement reconstitués, les désolants bâtiments gouvernementaux des années 50, énormes et rébarbatifs avec leurs portes principales perpétuellement fermées (les petites portes latérales permettent seules l'accès[2]) et même, depuis

1. 40 000 visas ont été accordés en 1984, chiffre exceptionnellement élevé.

2. On retrouve cette même économie dans le dispositif des portes au centre culturel de RDA, boulevard Saint-Germain, ainsi qu'à l'ambassade, à Paris...

deux ans, la statue équestre d'un ex-« ennemi du peuple » : Frédéric II ! C'est que Frédéric II a été promu symbole de la Prusse. Tout comme Bismarck, devenu — les enseignants est-allemands l'ont appris par circulaire — un « modèle historique positif » : les livres à son sujet se multiplient. D'autre part, on vient de fêter avec grand faste le cinq centième anniversaire de la naissance de Luther. Le gouvernement a relégué dans l'ombre Thomas Müntzer, dont le profil plus révolutionnaire avait fait jusque-là un favori.

Le gouvernement de Pankow réhabilite son passé. « Prussien » n'est plus une injure équivalant à « militariste », voire à « fasciste ». Autant, jusqu'ici, la RDA essayait de se démarquer de l'Allemagne occidentale en lui laissant seule la responsabilité d'un passé jugé « lourd », autant elle décide maintenant de le revendiquer et de disputer à la RFA, sur ce terrain, l'identité allemande. La population suit et, comme à l'Ouest, achète des livres d'histoire et se précipite aux expositions.

Mais la RDA ne « bouge » pas seulement vis-à-vis de son passé, et pas seulement parce que son gouvernement en a décidé ainsi. Trois autres facteurs exercent leur influence : le Mouvement de Paix, la proximité avec la Pologne, et la RFA.

LE MOUVEMENT DE PAIX A L'EST

A l'Est comme à l'Ouest, le Mouvement de Paix est aussi un mouvement de contestation de l'État, ou tout au moins du gouvernement. Cela suffit à expliquer que le mouvement à l'Est soit plus modeste dans son ampleur et dans ses buts. La presse de l'Ouest en revanche se précipite sur le moindre indice et grossit tout événement que le gouvernement de la RDA n'a pas réussi à étouffer totalement.

Pour réprimer toute « activité de paix » en RDA, le gouvernement d'Erich Honecker avance simplement la théorie officielle selon laquelle l'État tout entier est un mouvement de paix. Sur l'autoroute qui mène de l'aéroport de Schönefeld au centre de Berlin, d'énormes placards rouges à lettres blanches vous avisent que « le socialisme est le plus sûr garant de la paix » ou que « nous marchons vers la paix grâce au socialisme ». C'est aussi l'État qui organise des « concours d'artistes pour la paix », par exemple, et fait afficher les meilleurs dessins sur une place d'Unter den Linden. L'État fait coup double : il se présente comme le grand protagoniste de la paix, par opposition au capitalisme dont la nature est nécessairement impérialiste et expansionniste, il attise la peur des citoyens (et peut-être la sienne propre), et justifie ainsi les mesures de militarisation qu'il a prises toutes ces dernières années.

Le promeneur qui sur Unter den Linden voit l'image d'un homme sanglant, décapité, accompagné du texte : « "Décapitation", c'est ainsi que les statèges américains nomment la frappe qui leur permettra de détruire... », acceptera plus facilement qu'un enseignement paramilitaire obligatoire ait été introduit depuis 1978 dans toutes les écoles aussi bien pour garçons que pour filles. Ou qu'il soit pratiquement impossible d'être objecteur de conscience. L'année dernière, seuls 450 appelés avaient réussi à se faire reconnaître le statut de *Bausoldaten*, soldat de la construction. Pourtant, ces mesures créent un malaise dans la population; mais qui ose exprimer des critiques ? Qui ose signer les pétitions ?

L'« appel de Berlin », pétition antimilitariste du pasteur Eppelman, a recueilli sept cents signatures. Mais il s'agit en grande partie de gens travaillant dans les secteurs d'activité de l'Église, donc relativement à l'abri, ou de gens ayant demandé à émigrer vers l'Ouest, et qui espèrent se rendre d'autant plus indésirables. Le mouvement est flou, informe, mais a probablement une certaine ampleur souterraine; témoin, le succès du badge *Schwerter zu Pflugscharen*, allusion à la parole de la Bible : « De leurs épées, ils forgeront des socs de charrue » (Michée 4,2). D'abord imprimé en toute légalité, il eut un tel succès, cousu sur les parkas, que le gouvernement l'interdit — d'autant qu'il avait été le slogan du forum de Dresde pour la Paix du 13 février 1982 (jour anniversaire du bombardement de la ville en 1945 par les Alliés) et auquel les médias de l'Ouest avaient donné un retentissement jugé excessif. Dès que les désirs de paix de la population prennent le gouvernement trop au mot ou dépassent ses intentions, il ne reste que l'exil ou la prison. C'est ce qui est arrivé aux contestataires de la paix de Weimar et Iéna, c'est ce qui arrive aux artistes et écrivains dès que leur critique est trop ouverte.

Dans ces conditions, on ne peut parler d'une vraie force populaire comparable à celle qui, de l'autre côté de l'Elbe, fait bouger la RFA. Alors, peut-être le modèle polonais ?...

LE MODÈLE POLONAIS

La RDA ne suit certainement pas le « modèle polonais ». Depuis le Moyen Age, les Allemands éprouvent envers les Polonais un sentiment de supériorité très net. Le Troisième Reich n'a fait qu'exacerber des sentiments déjà virulents. Aujourd'hui encore, les Allemands de l'Est ne cachent guère leur mépris pour les Polonais, paresseux et peu sérieux. Jusqu'en 1972, la frontière était fermée. Son ouverture eut deux effets : d'une part les jeunes Allemands de l'Est allèrent passer leurs vacances en Pologne où l'air était plus léger, et, d'autre part, les Polonais s'abattirent sur les magasins allemands, achetant tout sur leur passage, à la fureur de la population locale. La RDA se flatte de ne pas contenir la moindre trace de « revanchisme » : les Poméraniens et les Silésiens chassés de leur patrie ont été réinstallés selon leur catégorie professionnelle, en évitant soigneusement les regroupements. Les associations d'anciens d'une même région, telles qu'on les trouve à l'Ouest, ne sont pas tolérées. Néanmoins, il n'est pas difficile d'entendre telles plaintes, tels soupirs regrettant amèrement la perte de territoires, si florissants alors, laissés à l'abandon par « ces incapables de Polonais ».

Il est vrai que les Polonais installés sur ces nouvelles marches, eux-mêmes chassés de Galicie par les Russes, n'ont pas forcément goût à l'ouvrage dans ces terres étrangères. En fait, Poméranie et Silésie sont des « pays sans mémoire ». Y retourner en touriste est un choc pour les expulsés de 1945 : aucune trace ne subsiste de l'Allemagne : les cimetières, laissés à l'abandon, ont d'autant plus vite disparu que les pierres tombales, munies de nouvelles inscriptions, sont allées orner les nouveaux cimetières polonais... jusqu'aux églises évangéliques, devenues catholiques. Mais ces touristes, pourtant (de l'Est comme de l'Ouest), sont les bienvenus. La population locale se tourne vers eux, curieuse de savoir quand a été dérivé ce cours d'eau, s'ils se souviennent de l'emplacement de l'ancienne église, ou encore ce qu'abritait cette ruine... Ainsi la population polonaise d'aujourd'hui récupère le passé du pays où les hasards de l'histoire l'ont implantée.

En fait, était « allemand » tout territoire réformé. La Réforme y avait introduit l'identité culturelle allemande, tout comme l'identité culturelle polonaise correspondait aux régions restées catholiques. En Pologne d'ailleurs, foi catholique et rôle de l'Église sont très différents de leurs équivalents en RDA. La dévotion à la Vierge coïncide avec une volonté d'affirmation d'un peuple pris en tenaille entre l'orthodoxie russe et le protestantisme allemand, et l'Église catholique polonaise entend rester beaucoup plus en dehors du système communiste que l'Église évangélique en RDA.

Pendant la « tentative de contre-révolution » polonaise, le gouvernement est-allemand encouragea plutôt les sentiments antipolonais. Des camions de vivres destinés à la Pologne en provenance de la RFA furent alors pris à partie par la population est-allemande. Depuis que Jaruzelski a repris la Pologne en main en 1981, les Allemands de l'Est envoient des vivres et des vêtements aux Polonais... Et la frontière est à nouveau fermée.

Enfin, il y a une autre bonne raison pour que la « tentation polonaise » soit impensable en RDA : il y a deux divisions soviétiques stationnées en Pologne, et vingt en RDA...

LES VERTIGES DU FACE-A-FACE

Beaucoup plus insidieusement séduisantes et potentiellement troublantes sont les relations avec la sœur prodigue. Au départ, il y eut une lente dérive des deux pays, chacun vers son pôle opposé. L'attraction « en sens contraire » de la RFA sur la RDA amena la rupture définitive : trois millions d'Allemands de l'Est étaient déjà passés à l'Ouest depuis la guerre; la frontière devenait de plus en plus hermétique, et Berlin peu à peu le seul passage possible. En 1961, un vent de panique souffle : pour échapper aux mailles du filet qui se resserre, 30 000 habitants de l'Est passent la frontière à Berlin en juillet; du 1er au 12 août, ils sont 47 000 ! Le 13 août, devant la population médusée, les soldats de Pankow construisent le « mur de protection antifasciste ». La division est consommée.

Dans certaines familles allemandes, cela signifie qu'il faudra attendre dix ans pour revoir un enfant, une mère, un mari. Au bout de dix ans, les Alliés (Américains, Russes, Anglais et Français) décident d'un accord quadripartite sur le statut de Berlin et, dans ce cadre, confient aux Allemands le soin de régler entre eux les questions de transit et de circulation.

Quelques mois plus tard, l'« Ostpolitik » de Brandt confirme avec le « Traité fondamental » la reprise des relations avec la « zone d'occupation soviétique », qui est maintenant reconnue comme État au sens plein du terme : la *Deutsche Demokratische Republik* — même si certains journaux allemands de droite continuent, en 1985, à écrire DDR entre guillemets.

Depuis, les relations entre les deux pays ont ressemblé à une énorme partie de poker ou à un grand jeu du chat et de la souris.

La RDA veut des devises, la RFA des « allégements humanitaires ». Elle les achète donc. Mais le principe du juste retour est bien difficile à faire respecter. Ce que la RDA accorde d'une main, elle le reprend de l'autre. Elle « chicane ».

Les visites sont autorisées d'Ouest en Est par l'accord quadripartite, l'accès à Berlin doit être libre. Soit ! Mais les voitures attendent six heures à la frontière, mais l'autoroute est dans un état déplorable, mais les visiteurs sont obligés d'échanger 25 marks contre des marks de l'Est pour chaque journée passée au-delà de la frontière, etc. La RDA fait tout pour dissuader.

La RFA, elle, tâche inlassablement de se concilier ses bonnes grâces : elle accorde des crédits *(credit swing)*, mais surtout elle achète au prix fort, ici, un morceau de terrain à Berlin, là, des gens : ceux qui veulent passer à l'Ouest. Le mur est devenu pratiquement infranchissable : barbelés, zones ratissées pour trahir la moindre trace de pas, champs de mines, couloirs de chiens policiers, installations de tirs automatiques qui se déclenchent à la moindre vibration, miradors et « vopos » vigilants au tir précis... Les évasions se font rares, malgré les complicités à l'Ouest et, l'imagination déployée — sous-marin ou montgolfière pour traverser la Spree — et de plus en plus périlleuses : récemment encore, un jeune homme a été tué par les vopos en essayant de passer à l'Elbe à la nage[1]...

Il vaut mieux se faire emprisonner pour tentative de « fuite de la République », cela donne de bonnes chances de se faire racheter par la RFA. Un ouvrier coûte 50 000 marks, un universitaire 200 000 marks. La RFA en achète ainsi plusieurs milliers chaque année (d'après le *Spiegel* du 8 mars 1983, 17 000 détenus ont été ainsi libérés entre 1971 et 1983 et 190 espions échangés). Les retraités, eux, peuvent obtenir leur visa d'émigration sans problème — ce qui donne lieu à l'amère plaisanterie, colportée à l'Est, grand amateur d'humour noir : « La RDA attend avec impatience l'année 2014 : elle célébrera alors son 65e anniversaire et pourra émigrer à l'Ouest ».

Malgré l'aspect déplaisant de ces marchandages, la détente des années 70 a été un progrès notable pour les Allemands des deux côtés de la frontière. Et les deux pays se sont plus rapprochés qu'il n'est visible au premier coup d'œil. En fait, la reconnaissance des faits accomplis, au lieu de mettre un point final à la question interallemande en la normalisant, a rouvert tout un champ d'investigations. L'Ostpolitik a ramené l'Allemagne de l'Est dans le champ visuel des Allemands de l'Ouest. Il s'est créé des dépendances entre les pays : la RDA fait 70 % de son commerce avec le bloc oriental, mais la RFA représente une grande partie des échanges restants.

La situation économique de la RDA est d'ailleurs ambigüe. Elle est bien la première de la classe au sein du Comecon. Le PNB par tête y a dépassé celui de l'Angleterre : les Allemands de l'Est font mieux fonctionner le communisme industriel que les Anglais le social-libéralisme... Mais elle manque de sources d'éner-

1. Depuis 1961, 55 personnes ont péri sous les balles en tentant de franchir le mur.

gie (à part le lignite, très polluant) et se laisse exploiter par l'URSS qui lui vend très cher son pétrole et achète à bas prix les produits manufacturés; le chiffre d'affaires du commerce de détail stagne, la croissance des revenus ne représente que la moitié de la croissance de la production industrielle et, en 1982, l'endettement global de la RDA était de 13 milliards de dollars. Le second semestre de l'année 1982 a été marqué par les grèves sauvages de Karl-Marx-Stadt (l'ancien Chemnitz) causées par des problèmes d'approvisionnement alimentaire.

Pourtant, elle a effectivement réussi depuis 1983 à réduire nettement son endettement : le volontarisme de ses dirigeants a fait merveille. Mais un des facteurs primordiaux de la bonne santé de la RDA est volontiers passé sous silence : l'aide substantielle apportée par la RFA. La RFA « entretient » la RDA. Chaque voyage de citoyens de l'Allemagne de l'Ouest chez leur parentèle de l'Est est l'occasion d'une orgie de cadeaux. On apporte de l'Ouest tout ce qu'il est impossible de se procurer à l'Est. On envoie aussi régulièrement des colis. Mais pour tout ce qui est encombrant, difficilement transportable, l'Allemagne de l'Est a mis sur pied un système très pratique. Près du mur, côté Est, une entreprise d'État, la Genex, envoie sur demande son catalogue à l'Ouest. Ainsi le riche cousin occidental peut faire des largesses, commander à loisir pour ceux de *drüben* (de l'autre côté) voitures, camions, bateaux et même maisons ! Ces dons représentent environ 2 milliards de marks par an. Quoique la RDA n'aime pas le reconnaître, c'est une des sources les plus importantes de devises.

Mais, en vérité, l'intégration économique interallemande va bien au-delà de cet aspect privé des choses : d'une part, grâce à la RFA, la RDA peut exporter sur le Marché commun sans taxes ni prélèvements, mais surtout la liberté des échanges, les accords financiers, la parité artificiellement élevée du mark de l'Est, etc., procurent aux deux nations sœurs des avantages mutuels. Cette intégration économique de plus en plus poussée reconstitue un véritable pôle économique allemand intégré dominant l'ensemble des marchés d'Europe de l'Est.

C'est pourquoi, lorsqu'en 1982 se profilent à la fois le changement de majorité en RFA et le déploiement des fusées Pershing II, les craintes sont grandes. L'Allemagne de l'Est tonne que l'on va vers une nouvelle ère glacière des relations interallemandes, les forces de gauche en RFA prévoient une incompréhension accrue entre les deux pays. Or, deux ans plus tard, à l'ébahissement général, les liens se sont multipliés.

« Les affaires continuent » : F.J. Strauss lui-même se rend en RDA pour négocier un crédit de 1 milliard de marks des banques ouest-allemandes. On espère bien obtenir en échange des adoucissements de l'Est sur le plan humanitaire. Une fois encore, pourtant, la récompense sera maigre : les enfants de moins de quatorze ans venant de l'Ouest sont exonérés d'obligation de change, et les installations de tir automatique à la frontière sont en partie démontées (mais, selon certaines sources, elles avaient été auparavant remplacées par d'autres plus perfectionnées). Dans le même temps, un nouvel accord postal est signé : les Allemands de l'Ouest paieront plus, pour que les Allemands de l'Est soient autorisés à recevoir plus de colis qui s'égareront moins (c'est-à-dire que la censure est-allemande s'engage à distraire moins de paquets). La nouvelle autoroute d'accès à Berlin en provenance de Hambourg est menée à bien. Et les négociations à Berlin sur le rachat de la S. Bahn, le métro aérien à l'Est, sont conclues en deux mois, à la grande surprise du public qui s'attendait à des pourparlers difficiles. Et Volkswagen s'installe à l'Est.

Mais surtout, on observe que M. Weizsäcker, alors maire de Berlin, rencontre M. Honecker en voisin, sans tambours ni trompettes, qu'il assiste à des cérémonies en l'honneur de Luther, retransmises à la télévision, et qu'à tous les niveaux les visites se multiplient : première visite officielle du syndicat des paysans ouest-allemands, celle de la centrale syndicale DGB, mais aussi innombrables visites de citoyens anonymes : en 1983, huit millions d'Allemands de l'Ouest ont fait un séjour à l'Est (si l'on se souvient qu'en RDA vivent dix-sept millions d'Allemands, la proportion est imposante). Autre signe : traditionnellement les classes des écoles allemandes font un voyage de fin d'année; elles commencent à le faire en RDA.

Le ton change : sur l'air de *Chatanooga Train*, le chanteur Udo Lindenberg, star du rock ouest-allemand, interpelle Honecker. Il veut un *Sonderzug nach Pankow*, un train spécial pour Pankow, le quartier résidentiel gouvernemental, pour aller voir *« Honey »*, « Chéri », autrement dit Honecker, qui écoute sûrement de la musique de l'Ouest en cachette. La chanson est un tel « hit » que le sévère « Honey » invite Lindenberg à chanter dans un grand « concert pour la paix » à Berlin-Est, devant une salle soigneusement triée de jeunes du Parti, et sans retransmission télévisée, il est vrai...

Aux jeux Olympiques d'hiver de 1984, à Sarajevo, expliquait un petit article de la *Frankfurter Allgemeine*, chaque médaille gagnée par les athlètes de l'Allemagne de l'Est est applaudie de bon cœur par l'Ouest qui en est fière. A Berlin même, on découvre que le mur ne sépare plus tellement. Avec les cartes à neuf visites d'une journée en trois mois, qu'il faut simplement faire tamponner, ou en demandant un visa deux jours à l'avance... on peut avoir des amours à l'Est. Il faut sortir de Berlin-Est avant minuit; mais on peut y rentrer à partir de... 0 heure ! Il suffit donc d'aller samedi à minuit faire le tour du poste frontière le plus proche pour y faire tamponner sa carte, avant d'aller se recoucher et de terminer le week-end auprès de l'élue de son cœur.

La RFA est devenue avide de contacts avec la RDA, comme elle ne l'a jamais été. Mais surtout elle regarde sa voisine avec un œil nouveau. Jusqu'à présent, la condescendance dominait. Aujourd'hui, l'on se flatte d'une plus grande ouverture d'esprit, de plus d'équité. Les temps sont révolus où le citoyen de l'Allemagne de l'Ouest ne pensait qu'avec compassion à son homologue de l'Est, prisonnier d'un État inhumain et se rongeant d'envie devant les publicités des programmes de télévision de l'Ouest. Maintenant, l'idée se fait jour que l'Allemagne de l'Est est un pays en soi, avec ses propres valeurs pour lesquelles la RFA doit éprouver du respect.

C'est la teneur principale du livre de Günter Gaus, *Où se trouve l'Allemagne ?* Günter Gaus, journaliste, ancien secrétaire d'État à la Chancellerie, a été le « représentant permanent » de l'Allemagne de l'Ouest à Berlin-Est de 1974 à 1981. C'est sur cette expérience qu'il s'appuie pour décrire l'autre Allemagne. Il sonne la fin de « l'esprit de croisade ». Il part d'une attitude plus « modeste », c'est-à-dire qu'il dénie à la démocratie parlementaire toutes les qualités qui justifieraient chez le citoyen de l'Ouest un complexe de supériorité vis-à-vis de l'Est. La démocratie de l'Allemagne de l'Ouest n'a pas de leçons à donner à sa consœur de l'Est.

Gaus souscrit à la prétention de vertu de l'Est : voilà un pays dont les dirigeants ont été les victimes courageuses de Hitler (Honecker a été condamné en 1935 à dix ans de prison) et qui a conservé l'état d'esprit des années 1945-1950, ces fameuses années de la *Besinnung*, du recueillement. Pour Gaus, la RDA respecte toujours les idéaux nés de la défaite du national-socialisme tandis que l'Allemagne de l'Ouest, pervertie par sa réussite économique, les a perdus de vue. Réussite économique, d'ailleurs, qui a créé un monde d'illusions, où l'on se leurre sur les véritables structures du pouvoir. L'Allemagne de l'Est n'est pas la « satrapie » qu'on imagine, le pouvoir n'y est pas aussi arbitraire qu'on le croit, Honecker est bien l'homme de la majorité. A l'Ouest, en revanche, que signifie une élection tous les quatre ans, si le véritable pouvoir reste aux mains des possédants, qui n'ont pas changé depuis le début du siècle ? Bref, « si les Allemands ne veulent pas perdre tout sens de leur identité », il est temps de réaliser qu'il « n'y a pas à l'Est le mal en soi, et à l'Ouest un système où les intérêts du pouvoir seraient convenablement contrôlés par la critique publique et les décisions parlementaires ».

L'Allemagne de l'Est a encore bien des qualités. Épargnée par l'industrialisation forcenée, son sol est resté plus pur, plus vrai; les paysages traditionnels y ont été préservés. La vie y est plus lente, plus honnête, plus sentimentale. En un mot, la RDA est plus allemande. Pour Gaus, elle a été moins aliénée que l'Allemagne de l'Ouest. Au contraire des Allemands de l'Ouest qui ont éperdument admiré et copié les États-Unis, les Allemands de l'Est ont toujours fait assez peu de cas de la Russie et ont ainsi échappé à la servitude spirituelle, à la dénaturation de leur identité.

Enfin, Gaus décèle également un changement dans cette Allemagne de l'Est (qu'il appelle toujours Allemagne « centrale ») : il y sent flotter un nouvel air, encore modeste, de plus grande liberté, d'indépendance accrue du citoyen à l'égard de l'administration; il voit bien les habitants marcher « la tête haute ». De même, il crédite la RDA d'une capacité croissante d'indépendance vis-à-vis de l'Union soviétique.

Cette vision des choses ne fait que refléter les idées « dans le vent ». Il est de bon ton aujourd'hui de louer l'absence de pression sociale qui caractérise les républiques populaires : le citoyen n'y souffre pas de cette obligation de se conformer à un modèle précis pour « réussir », et l'absence de réussite sociale n'est pas une marque honteuse d'échec. De même, ces sociétés répressives de l'Est sont dites plus chaleureuses que les nôtres. Opprimés par l'État, les citoyens se replient sur eux-mêmes et créent des « niches« plus conviviales, plus amicales que la dure société occidentale où chacun est abandonné à sa solitude.

Bref, il s'agit maintenant de détruire « le mur psychologique que nous avons construit » (d'après Gaus), d'admettre que la RDA et sa population n'attendent pas le salut sous la forme de la suppression du mur pour courir se jeter dans les bras de la grande sœur riche et heureuse. Et même, pense-t-on à l'Ouest, « s'il n'y avait pas de mur, "ils" n'auraient plus besoin de mur », c'est-à-dire que si, aujourd'hui, la liberté de circulation était rendue aux Allemands de l'Est, ils ne fuiraient plus en masse.

Pourtant, il n'est pas question pour l'instant d'accéder aux demandes formulées par M. Honecker. La RFA n'est pas prête à reconnaître une nationalité est-allemande, ni à transformer les représentations permanentes en ambassades. Et elle refuse toujours, la dispute dure depuis des années, que le tracé de la frontière passe au milieu de l'Elbe et non sur la rive orientale.

Mais, psychologiquement, c'est d'égale à égale que l'Allemagne de l'Ouest traite avec la RDA. Elle attend M. Honecker « comme un veilleur attend l'aurore[1] ». Il viendra, pense-t-elle. Quoi que fassent les Russes, quoi que pensent les Américains; un jour, rien ne saura empêcher le chef de dix-sept millions d'Allemands de venir saluer en leur nom soixante autres millions d'Allemands.

1. Célèbre cantate de J.S. Bach : *Wachet auf, ruft uns die Stimme.*

VII

L'« IDYLLE DU BIEN »
LE RENOUVEAU RELIGIEUX

Tôt ou tard, un Français qui vit en RFA ne manquera pas d'être frappé par une particularité de la vie allemande : la dimension morale du débat public.

Les allusions et les références morales ou religieuses sont incessantes dans le discours politique allemand. Pour un Français, morale et politique n'ont jamais fait bon ménage, et vouloir mélanger les deux mène aux plus grandes catastrophes. Le concept de raison d'État est là pour couvrir de son autorité les entorses que la politique bien comprise se doit de faire aux règles morales, dont l'usage est réservé à la vie privée. L'important est moins de commettre des « fautes » que de ne pas commettre d'« erreurs ». Il n'en va pas de même en Allemagne : C'est que l'Allemagne est réformée.

L'Allemagne est protestante, même si aujourd'hui sa population est près d'être majoritairement catholique. Presque tous les penseurs, tous les philosophes allemands étaient de culture protestante, et les universités étaient sous l'autorité de professeurs en majorité protestants, y compris à Munich, citadelle du catholicisme.

LUTHER ET LA RÉFORME

Mais qu'est-ce que la Réforme ?

Elle n'a pas été qu'un phénomène religieux. Luther est, pour les Français, un grand inconnu. Pour ceux qui le connaissent, c'est un théologien; or, autant que créer une religion, il a créé l'Allemagne. En traduisant la Bible, il a tiré la langue allemande de son état de dialecte vulgaire pour en faire une langue égale au latin; en s'adressant dans son célèbre écrit « à la noblesse chrétienne de nation allemande », il a fait prendre conscience aux princes du Saint Empire romain germanique de leur identité.

C'est son séjour à Rome — où il est envoyé par ses supérieurs — qui est la cause de tout. Luther, ce moine allemand, arrive en Italie au début du « Cinquecento », le siècle de Michel-Ange et de Léonard de Vinci; il n'a pas un mot pour l'essor des arts, pour l'activité culturelle fébrile de l'époque : abasourdi par le choc culturel, il ne les voit pas. Il est seulement horrifié par le relâchement des mœurs, les trafics d'influences, la corruption qui règnent dans ce « lieu pire que Sodome et Gomorrhe », dans cette « maison de prostitution, pire que toutes les maisons de prostitution ». Et, plus encore, il est révolté par l'exploitation temporelle que le pape fait de sa position spirituelle. Dans cette Rome où l'on ne fait que « vendre, acheter, trafiquer échanger, tapager, mentir, tromper, voler, dépouiller, s'adonner au luxe et à la luxure..., de sorte que... Venise, Anvers, et Le Caire ne sont plus rien en comparaison de cette énorme foire », le pape, « qui ne règne pas mieux que ne le ferait l'Antéchrist », ose utiliser la foi pour justifier ses exactions.

Luther donne une description acerbe des abus pratiqués par Rome en terre allemande : récupération d'évêchés, de prébendes, de cloîtres sous les prétextes religieux les plus divers, imposition de taxes de plus en plus lourdes, vente d'indulgences..., et s'écrie :

« Comment se fait-il que nous, Allemands, soyons obligés de supporter que nos biens soient extorqués et volés par le pape ? Le royaume de France a su l'empêcher, pourquoi nous, Allemands, nous laissons-nous berner ?... Les cloîtres sont détruits, les évêchés exsangues, toutes les taxes d'église vont vers Rome, les villes tombent en ruine... Réveillons-nous, chers Allemands, et apprenons à craindre Dieu plus que les hommes, ne soyons pas coupables vis-à-vis de toutes ces pauvres âmes qui se perdent à cause du honteux gouvernement diabolique de Rome. »

En dénonçant tous les désordres de la société de son temps, Luther veut faire œuvre de redressement national. Et, dans cet élan, il commence par le commencement : dénier au pape toute autorité temporelle sur l'Allemagne. C'est pour lui un scandale que le pape « se fasse baiser les pieds par l'Empereur ». Évidemment, c'est bien l'Empereur qui seul règne sur le Saint Empire romain germanique. Mais, d'après Luther, « nous sommes devenus les valets des plus rusés des tyrans, nous avons le nom, le titre et l'écusson de l'Empire mais le trésor, la puissance, le droit et la liberté appartiennent au pape. Le pape dévore le fruit et nous jouons avec des écorces vides »... « Que le pape nous rende notre liberté, notre pouvoir, notre bien, notre honneur... »

Après avoir dénié au pouvoir du pape toute préséance sur le pouvoir des princes allemands, Luther l'attaque directement sur le plan spirituel. Dans la dédicace, d'une rare insolence, qu'il adresse au pontife romain, en même temps que son écrit théologique le plus fameux, *De la liberté du chrétien,* il écrit :

« Tu es Saint Père Léon comme un mouton parmi les loups, comme Daniel parmi les lions, comme Ezéchiel parmi les scorpions... Oh ! Si Dieu permettait que tu puisses te défaire de cet honneur [d'être pape] et puisses vivre d'un héritage paternel [Luther sait parfaitement que Léon X est un Médicis]... Tu es assis sur le plus dangereux des trônes... N'est-il pas vrai que sous le vaste ciel, il n'y a rien de plus mauvais, de plus empoisonné, de plus haïssable que la cour de Rome; elle dépasse les Turcs en infidélité... Mon Saint Père, n'écoute jamais ces doux flatteurs qui te disent que tu n'es pas seulement un homme, mais que tu participes de Dieu... Tu es un valet de tous les valets de Dieu et dans un état plus dangereux, plus misérable que n'importe quel homme sur terre. »

Pas question pour Luther d'accepter que le pape, représentant de saint Pierre sur terre, soit investi d'une autorité particulière, marqué du sceau de Dieu. Le pape n'a droit à aucun respect spécial, pas plus que le clergé en général. Car, pour Luther, nous sommes tous prêtres. Les laïcs n'ont aucunement besoin d'intercession : la seule chose qui puisse sauver l'homme épouvanté par son incapacité à satisfaire aux exigences de Dieu, c'est la foi. Croire. Un chrétien est un homme qui croit à la parole de Dieu, à l'Évangile, et pour cela il n'a pas besoin d'intermédiaire. D'autre part, un homme qui a la foi « ne fera que de bonnes œuvres, comme un bon arbre ne peut porter que de bons fruits », tandis que les meilleures œuvres ne serviront de rien à un homme qui ne croit pas. Inutile donc de jeûner, de se mortifier, d'accomplir des pèlerinages, d'acheter des dispenses, des indulgences, ou d'enrichir l'Église romaine de quelque autre manière. Seule compte la relation entre le chrétien et son Dieu.

Pourtant Luther reste très lucide à l'endroit du monde temporel. Il reconnaît que l'homme y est prisonnier de par l'existence de son corps, de par ses « pulsions » : « Un chrétien est le valet de toutes choses et soumis à chacun », dit-il après avoir expliqué que, spirituellement, « il est roi et prêtre », « libre seigneur de toutes choses et soumis à personne ». Dans le cadre temporel où l'inscrit sa personne physique, le chrétien doit bien obéissance à l'autorité « naturelle » des princes.

Luther s'élève enfin violemment contre la transformation de la société allemande de son temps en société marchande, sous la pression du capitalisme naissant. Il vitupère contre l'exploitation du travail des hommes pour augmenter un capital, contre le commerce en général et surtout contre l'usure; il n'a pas de mots assez durs à l'égard des Fugger, sur qui s'appuie le pape pour ses transactions. Au véritable chrétien, il conseille de travailler la terre et de mépriser le luxe; il présente d'ailleurs l'économie comme une grande vertu, ainsi que le zèle et le goût d'accomplir son devoir dans l'idée toujours très présente d'être utile à son prochain.

Le message de Luther est un message de retour à la source, à la vérité de la parole de Dieu; c'est une volonté de dépouillement, un désir de regarder derrière les apparences, de se retrouver seul en face de l'Absolu, sans la barrière ni la protection des saints, des prêtres, des sacrements (réduits au nombre de deux) qui aident le catholique à vivre, à s'arranger avec son Dieu. Le protestant supporte seul la confrontation ultime.

Luther a réussi. La noblesse « de nation allemande » a secoué la tutelle du pape et mis la main sur les biens temporels du clergé. C'est la première sécularisation. Et la Contre-Réforme ne menacera jamais vraiment les territoires du centre de l'Allemagne. La conversion au protestantisme, cette purification de la foi chrétienne, reste acquise. Pour juger de l'impact de la Réforme, il suffit de constater que depuis le XVIe siècle (Luther est mort en 1546), aucun penseur allemand n'a pu éviter de s'interroger sur son compte.

LUTHER A TRAVERS LES SIÈCLES

Luther et son œuvre, la Réforme, sont des marques indélébiles dans l'esprit allemand. Il n'existe en France rien de comparable. Pourquoi la France n'a-t-elle pas connu de Réforme ?

Selon Hegel, les peuples germaniques étaient les seuls à avoir su accueillir cette vérité, parce qu'ils n'étaient pas encore pénétrés de cette culture qui obscurcit la foi. Les peuples latins, eux, n'avaient pas su garder cette simplicité, ce cœur d'enfant de Dieu, cette unité qui seule permet de pénétrer jusqu'à la vérité :

« Chez les Latins, on ne trouve pas cette totalité de l'esprit..., cette réflexion de l'esprit sur soi-même, l'intérieur est un lieu dont leur sentiment ne saisit pas la profondeur... et l'infini de l'esprit n'y est pas. »

Et plus loin :

« Les Français cultivés ont ainsi une aversion contre le protestantisme : il leur semble pédant, triste, mesquinement moral, parce que l'esprit et la pensée devraient s'appliquer eux-mêmes directement à la religion. »

Pour Hegel, la Réforme est un grand pas en avant vers la modernité. L'Église catholique enchaînait l'esprit dans la croyance aux miracles (la superstition) et le respect de l'autorité temporelle et spirituelle du clergé. Luther, lui, libère l'esprit de la superstition et de l'autorité, pour lui permettre d'accéder à l'essentiel de la foi. L'Allemagne prend ainsi de l'avance par rapport au reste du monde. Tandis que les pays latins, tournés vers l'extérieur, s'occupaient d'Indes et d'Amériques, les Allemands faisaient progresser l'esprit humain.

Cette interprétation de la Réforme n'est pas du tout du goût de Nietzsche. Pour lui, Luther, en « sauvant l'Église », a empêché les Allemands d'entrer dans le monde moderne, de participer à la Renaissance italienne. Ce n'est pas du tout le début des Temps Modernes, c'est un dernier sursaut du Moyen Age.

D'après Nietzsche, les Allemands, ces esprits grossiers et retardés, n'ont pas su voir quelle chance représentaient la corruption de l'Église, sa déliquescence morale, le déclin de son emprise sur les esprits : « Que s'est-il passé ? Un moine allemand, Luther, est allé à Rome... il s'est indigné contre la Renaissance. Au lieu de comprendre que la chrétienté n'était plus assise sur le trône du pape, que la vie y avait pris sa place..., il vit la corruption de la papauté... et Luther rétablit l'Église. Ah ! ces Allemands, ce qu'ils nous ont coûté !... et ils ont aussi sur la conscience le christianisme le plus malpropre, le plus incurable, le plus irréfutable qui existe : le protestantisme. Si nous n'arrivons pas à nous débarrasser du christianisme, ce sera la faute des Allemands. »

Enfin Marx, en tant que philosophe allemand, ne pouvait éviter de gloser sur Luther. Lui discerne bien l'ambivalence de l'œuvre. Il remarque en particulier que Luther a libéré l'homme de l'autorité, mais pour l'enchaîner bien plus profondément « par les liens du cœur ».

Bref, quel que soit le jugement porté sur Luther et le rôle de la Réforme, que l'on partage l'opinion de Hegel ou celle de Nietzsche, on s'accordera à constater qu'un fossé culturel s'est creusé entre les Allemands et nous. Si, pour eux, la Renaissance est un épiphénomène de la Réforme, pour nous c'est la Réforme, au contraire, qui n'est qu'un aspect tout à fait secondaire de la Renaissance. En Allemagne, tout les mouvements d'idées, au fil des siècles, revendiqueront Luther, l'inclinant dans leur propre sens. Suivant l'interprétation faite de Luther, l'iconographie le présentera soit comme un jeune moine exalté, soit comme un homme d'État averti et sévère.

Cela vaut toujours aujourd'hui, puisque à l'Ouest comme à l'Est les autorités se donnent énormément de mal pour fêter dignement son cinq centième anniversaire et présenter leur propre image du réformateur. En RDA, la thèse officielle présente Luther comme un « progressiste », un « révolutionnaire » qui hâte la disparition de la féodalité. On passe tout à fait sous silence le Luther avocat de l'autorité naturelle des princes tel que l'avait glorifié le XIXe siècle, et l'on présente la Réforme comme la base de l'*Aufklärung* (les Lumières), qui permit ensuite la Révolution française !

Mais le jugement porté sur Luther est une chose; une autre chose — fascinante à observer — est l'imprégnation de la pensée allemande par l'œuvre de Luther en plein XXe siècle.

Le plus facile à déceler est un certain ton, une certaine musique de la langue, tout droit venus des cantiques luthériens qui ont bercé l'enfance d'un si grand nombre d'Allemands, catholiques ou protestants. A côté du célèbre *Eine feste Burg ist unser Gott* (« Notre Dieu est une forteresse ») qu'Engels a appelé « *la Marseillaise* de la guerre des Paysans » (ces désordres de 1525, désavoués par Luther mais en grande partie causés par ses théories), la cadence, la métrique des cantiques luthériens se retrouve dans les chansons, les poèmes et jusque dans les discours politiques.

Ce n'est guère étonnant : tout ce qui a pensé en Allemagne, ou presque, venait du presbytère protestant. Hegel, Lessing, Herder, Hölderlin, Fichte ou Nietzsche, Hermann Hesse ou Jürgen Habermas, tous étaient fils ou petits-fils de pasteurs, y compris Gudrun Ensslin. Le pasteur a été à l'Allemagne ce que l'instituteur de la Troisième République — ce fameux « hussard noir » — a été à la France.

Jusqu'à notre époque, Luther a bien irrigué la pensée allemande à travers les siècles mais en subissant plusieurs inflexions.

L'avatar le plus important du luthéranisme est le piétisme. Mouvement beaucoup plus profond et durable que la floraison sans lendemain des sectes qui accompagnent la Réforme (dans *L'œuvre au Noir,* Marguerite Yourcenar met en scène les désordres, à Münster, en 1535, de la plus connue de ces sectes, celle des anabaptistes), le piétisme est une vague de purification d'un luthéranisme devenu trop établi, trop institutionnalisé, trop compromis avec les puissances de ce monde. On peut le comparer au mouvement « Low Church » de l'Église anglicane. C'est une sorte de méthodisme allemand. Le piétisme se veut une continuation de la Réforme, il veut faire évoluer davantage les théologiens orthodoxes, sans cependant faire sécession. En fait, les piétistes ont envers le luthéranisme l'attitude de Luther, à ses débuts, envers le catholicisme.

Le piétisme met l'accent sur « l'intériorité » de la foi et sur l'importance de la communauté, de la paroisse. Il insiste sur les liens du chrétien avec la réalité quotidienne, sur la valeur de la pratique; c'est ainsi qu'au XVIIᵉ siècle, August Hermann Francke, le nom le plus connu du piétisme, fonde la « Realschule » et les « maisons d'orphelins ». Attiré par l'Électeur de Brandebourg dans son université de Halle, Francke y jette les bases de l'alliance future entre le piétisme et le roi-sergent Frédéric Iᵉʳ.

Imprégnant plus spécialement la pensée prussienne, le piétisme occupera une place capitale dans la biographie intellectuelle de toute l'Allemagne. C'est au piétisme que l'on doit un des aspects les plus séduisants du pays. Cette intériorité, cette volonté d'harmonie, cet art de faire des petits événements de la vie de grands moments sentimentaux, est une caractéristique qui a survécu à tous les aléas politiques. Elle est le reflet de la Prusse fine et songeuse, du « Biedermeier sentimental, de l'Allemagne rêveuse et poétique de Mme de Staël; elle est l'envers du décor du puritanisme austère et autoritariste. Ainsi, on est peut-être redevable à Luther de trouver en l'Allemagne à la fois le voisin le plus rebutant au premier abord, mais le plus attachant si l'on se donne la peine de le mériter.

Du piétisme provient aussi ce goût de l'exaltation, de l'effusion, ce vague sentiment panthéiste qui revit dans le mouvement écologiste (en son temps, ce romantisme allemand avait déjà inspiré les poètes français...). On peut aussi rapporter au piétisme une autre caractéristique du tempérament allemand : la *Sehnsucht,* la nostalgie d'un monde parfait, d'un monde qui n'aurait pas connu la chute, le malheur du péché originel.

Les Allemands ont toujours rêvé d'un monde idéal où régnerait le Bien : ce qu'ils appellent une « Idylle ». Le mot revient sans cesse avec une puissance d'évocation que ne connaît pas le mot français. Ce goût de l'Idylle a traversé les siècles et réapparaît aujourd'hui sous une autre forme : la certitude affichée par les milieux contestataires que le monde pourrait être un Éden si les hommes se décidaient en faveur du Bien.

Sans le piétisme, impossible de comprendre comment a évolué l'Allemagne. Impossible de comprendre Fontane ou Goethe et l'atmosphère qui baigne *Wilhelm Meister*. Le personnage de Mignon qui demande : *« Kennst Du das Land, wo die Zitronen blühen »* (Connais-tu le pays où fleurissent les citronniers ? ») est une « belle âme » dans la tradition piétiste.

Fichte, Kant, Hegel, sont incompréhensibles si l'on ne tient pas compte de l'influence piétiste, de même pour l'*Aufklärung*. Et, c'est en symbiose avec le piétisme que Hegel formule deux idées maîtresses de son système. S'interrogeant sur la liberté, Hegel revient sur la querelle de Luther avec Érasme « à propos du libre arbitre ». Il prend parti pour Luther, qui voit la liberté dans la libre soumission à Dieu : c'est quand un chrétien reconnaît sa totale dépendance qu'il commence à être libre. Hegel en tire une conception de la liberté comme d'une compréhension, d'une « intériorisation » de la nécessité. Il ouvrait ainsi la porte à tous les dangers totalitaires. A la lumière de ces réflexions, on comprend mieux l'exclamation de Mme de Staël sur le goût de l'obéissance des Allemands qui « exécutent les ordres comme s'il s'agissait d'un devoir ».

C'est aussi en s'appuyant sur Luther que Hegel formule sa théorie sur l'État. D'après Hegel, le protestantisme permet, par la réconciliation entre l'homme et Dieu, de jeter un regard nouveau sur le temporel, de le réhabiliter en quelque sorte. « On accède à la conscience que le temporel est capable de contenir le vrai... On prend conscience que la moralité et le droit dans l'État sont aussi le divin et la volonté de Dieu, et qu'il n'y a rien au fond de plus haut ni de plus saint. » Les États et les lois ne sont donc rien d'autre que l'aspect de la religion dans la réalité. De cette constatation, Hegel tire sa prétention d'absolu de l'État. Le nazisme y trouvera une justification. Curieux aboutissement du piétisme.

Ces théories semblent appartenir à un passé bien lointain; on se dit que les Allemands progressistes et libéraux d'aujourd'hui ont surmonté depuis longtemps ces tentations. Qu'ils se souviennent de la distinction très nette établie par Luther entre « les deux règnes » temporel et spirituel.

L'AMALGAME FOI ET RAISON

Pourtant, l'étonnement des Français est bien justifié : dans la RFA des années 80, les prises de position politiques des Églises font les gros titres des journaux. Au Bundestag, les hommes politiques font fréquemment référence à l'Évangile.

Cet état des choses n'est pas nouveau. Il n'y a jamais eu en Allemagne de séparation nette entre l'Église et l'État, comme ce fut le cas en France avec la loi de 1905. Aujourd'hui encore, la plupart des formulaires, des papiers d'identité portent mention de la confession. Les

Églises chargent toujours l'État de prélever pour elles l'impôt ecclésiastique. Cet impôt correspond environ à 8 ou 10 % de l'impôt sur le revenu. Passer dans une tranche d'imposition supérieure implique que l'on enrichit d'autant son Église. Il est possible de refuser d'acquitter l'impôt ecclésiastique, mais il faut alors remplir des formulaires compliqués, « sortir » officiellement de l'Église et ne plus entretenir l'espoir d'y marier sa fille : seuls 4 % d'Allemands se déclarent « sans communauté », se soustrayant ainsi à l'impôt (par ailleurs, en 1971, 70 % des mariages se sont encore faits entre époux appartenant à la même confession : être catholique ou protestant n'est pas indifférent).

Les Églises sont riches et l'argent permet d'agir. Elles entretiennent des milliers de jardins d'enfants, d'orphelinats, d'asiles, d'hôpitaux. Elles ont des publications régionales abondantes. Et, bien entendu, elles ont un rôle prépondérant dans l'enseignement. D'où la puissance de leur voix.

Les partis politiques actuels reflètent les anciennes structures politico-religieuses de l'Allemagne d'avant-guerre. La CDU est l'héritier du Zentrum, parti catholique contre lequel a lutté Bismarck; et le SPD est, lui, d'inspiration protestante. Le dernier chancelier socialiste, Helmut Schmidt, était un luthérien fervent. Helmut Kohl de la CDU est catholique, comme l'était Adenauer.

L'Église protestante a cependant un avantage sur l'Église catholique : elle a, mieux qu'elle, réussi sa sécularisation. Peut-être est-ce normal puisqu'elle prône la suppression de la distinction entre laïcs et prêtres, au moins dans le rapport à Dieu. Elle est, en tout cas, remarquablement intégrée dans le corps social. Des conseils composés de laïcs élus la gèrent : conseils presbytéraux au niveau de la paroisse, synode au niveau de la région.

Elle doit cette organisation à Bismarck qui, luthérien

fervent marié à une piétiste, pensait ainsi l'adapter au monde démocratique et élargir les prérogatives de l'État : c'est lui qui a créé le mariage civil, introduit en France dès la Révolution. L'Église protestante vit aujourd'hui en symbiose avec la société : son organe directeur (toujours composé de laïcs), le EKD, compte parmi ses membres des personnalités comme le nouveau président de la République, R. von Weizsäcker. L'Église évangélique est « chic », elle n'a rien de cet aspect un peu désuet, un peu anachronique qui s'attache à l'Église catholique en France.

Tel est le génie de l'Allemagne : tandis que la France, avec la Renaissance et les Lumières, se déthéologise, en Allemagne foi et raison semblent indissolubles. Au siècle des Lumières (*Aufklärung*) succède la recrudescence religieuse du romantisme. Cette collusion entre foi et pensée fut cause de la primauté acccordée à la théologie, qui si souvent se substitua à la philosophie ou à la politique. Les étudiants allemands peuvent toujours étudier la théologie à l'université, au même titre que la littérature ou les langues). Finalement, il n'a jamais existé en Allemagne de courant politique qui ne soit au moins teinté d'atmosphère religieuse.

A la fin du XIXe siècle, le courant dit du *Kulturprotestantismus* porte à son paroxysme ce phénomène. Il établit un amalgame total entre vie culturelle et religion. Il y a alors confusion entre Dieu et sa création, le monde : Dieu s'incarne dans le *Volk*, le « peuple », à la fois nation, pays et race. C'est la base de l'alliance du trône et de l'autel, le règne du protestantisme conservateur et nationaliste. « *Gott mit uns* » (« Dieu avec nous »), porteront, gravé sur leur ceinturon, les soldats de la guerre de 1914. On érige des statues de Luther partout, sa théorie de l'obéissance à l'autorité « naturelle », au gouvernement en place, est portée au pinacle.

La France a connu « l'alliance du sabre et du goupillon », mais jamais avec la même virulence. Il a fallu Hitler pour que les Allemands s'avisent des dangers de la trop profonde identification entre Dieu et le monde, entre l'Église et l'État. L'Église évangélique était un facteur bien trop important pour qu'Hitler la néglige. Il essaya donc de la dévoyer et faillit bien y réussir en manœuvrant pour faire élire dans les synodes les « chrétiens allemands » qu'il soutenait. L'Église évangélique attendit pour se ressaisir qu'un congrès des dits chrétiens allemands mît en doute l'origine sémite du Christ. Réveillés, un certain nombre de pasteurs publièrent en 1934 la « déclaration de Barmen », restée fameuse, parce qu'elle affirme que les affaires du ciel ne sont pas celles du monde.

Cette pétition d'indépendance coûta cher. Beaucoup de ces pasteurs, réunis dans « l'Église confessante », se sont retrouvés dans les camps de concentration...

UNE NOUVELLE RÉFORME

Que se passe-t-il dans les années 80 ? Il semble que la même tentation de confondre Dieu et le monde reprenne les Allemands. C'est particulièrement évident dans tout le mouvement de gauche à nuance « verte », écologique, dans tout le mouvement de contestation. Même les jeunes qui se sont éloignés de l'Église évangélique sont très marqués par la doctrine protestante. Une mentalité protestante sécularisée est bien différente d'une mentalité latine et catholique sécularisée...

Ces jeunes Allemands ont tendance à considérer le monde entier comme le terrain d'élection de leur « piété » ou de leur intérêt. Rien ne peut leur être indifférent ni se soustraire au prisme de leur jugement moral. Le monde politique et social entier touche leur sollicitude. D'où le goût, si répandu, d'agir dans son environnement proche : d'innombrables associations et groupements ont des buts de formation, d'assistance pédagogiques : le voisin, surtout s'il est déshérité, est digne d'intérêt. D'où aussi l'obligation d'agir pour refuser telle dégradation de l'environnement ou telle décision politique qui pèse sur le monde en général et le tiers monde en particulier.

Les Églises soutiennent ce mouvement. Elles sont devenues, à cause de leur implantation dans le siècle, le lieu public privilégié de réflexion sur le sens de la vie. Deux grands maîtres à penser de la jeunesse sont venus de l'Église évangélique : les pasteurs Bonhöffer et Niemöller. Le premier est mort, pris dans les purges qui ont suivi l'échec de l'attentat du 20 juillet 1944; le second, Niemöller, également connu pour avoir résisté à Hitler dans le cadre de l'Église confessante, a suivi tout le déroulement de la pensée contestatrice allemande d'après-guerre, avant de mourir en 1984. S'élevant contre la division de l'Allemagne, il refusait à la fois « le totalitarisme communiste et l'impérialisme du dollar », condamnait « le recours à l'arme nucléaire pour défendre les droits de l'homme et la liberté, ainsi que tout ce qui réduit l'homme à l'état de moyen au service d'une fin, que ce soit la croissance du capital ou l'économie étatisée et planifiée ». Il reprochait à l'Allemagne de s'être endormie dans le confort moral au lieu de passer par la porte étroite de la pénitence.

Les Églises utilisent leur influence; elles organisent des journées de rencontre, longuement préparées au niveau paroissial, pour « se retrouver et discuter ensemble du sens de la vie, et des grands thèmes du jour ». Le dernier *Kirchentag* évangélique a rassemblé à Hanovre près de 200 000 personnes qui, toutes ceintes d'un foulard violet et le visage marqué de cendres, chantèrent le soir l'hymne *Kehret um und ihr werdet leben* (Convertissez-vous et vous serez sauvés) sous le signe duquel était placée la manifestation. Ce cantique fait allusion à Ninive : quarante jours avant la destruction dont elle était menacée, Jonas exhorta Ninive, tombée dans le péché, à faire pénitence et à se convertir. D'après Ézéchiel, les habitants de Ninive écoutèrent Jonas, se convertirent et survécurent... Les *Katholikentage* n'ont en général pas moins de succès, même s'ils sont moins excessifs, moins virulents, peignant le monde sous des couleurs moins noires. Leur slogan serait plutôt « *Mut zum Leben* » : avoir le courage de vivre.

Cet activisme des Églises provoque un certain malaise. Les pasteurs sont présents partout, dans tous les hauts lieux de la contestation : à Gorleben, dans les villages de tentes; à Francfort, dans le « village dans la forêt », avec leur église et leurs pancartes citant Thomas Münzer, le chef de la guerre des Paysans : « Ce sont les seigneurs qui font du petit leur ennemi »... A Brokdorf, les photos de pasteurs les bras en croix s'interposant entre les manifestants et les forces de l'ordre ont été des succès extraordinaires pour les agences de photos. Les livres du style *Trente jours de méditation et de prière à Gorleben* ont fleuri... La sincérité des pasteurs ne fait pas de doute. Pourtant l'exigence morale des participants, essentiellement tournée vers les choses de ce monde (activités humanitaires, etc.), ne semble pas s'accompagner d'une grande spiritualité : la fréquentation du culte est en baisse, comme le nombre des baptêmes et des mariages religieux. Les Églises voient-elles dans ces manifestations un moyen de récupérer leurs ouailles, et « les suivent-elles puisqu'elles sont leurs chefs » ?

Dans le cas de Ninive, cet appel à « se convertir » reflète très bien la teneur générale de la nouvelle exigence morale allemande : il s'agit d'une nouvelle volonté de « réforme ». Les conseils de Luther au chrétien se lisent aujourd'hui comme un catalogue de préceptes écologiques. Le même désir de « pureté » s'y fait jour. Réprouver le luxe, modérer ses besoins s'appelle aujourd'hui diminuer la consommation — et la condamnation luthérienne du capitalisme est parfaitement reprise dans les théories à la mode. Les Français ont tendance à assimiler protestantisme et sens des affaires en oubliant que c'est Calvin et non Luther qui est à la base de la grande banque protestante. Tout comme Luther s'élevait contre les trafics du pape, la sensibilité allemande aujourd'hui s'élève contre l'affairisme capitaliste; des films comme *Lola* ou *Le mariage de Maria Braun,* de Fassbinder, traduisent le dégoût éprouvé envers le monde commerçant, le monde des trafics et des transactions dans lequel s'est abîmée l'Allemagne de l'après-guerre sous l'influence de New York, la Babylone du monde moderne, envers qui les Allemands sensibles à l'air du temps éprouvent autant de répulsion que Luther envers Rome.

Derrière cet appel à « se convertir », à « se réformer », se cache une autre similitude avec Luther. Luther était persuadé de l'urgence de la réforme car il croyait vivre la fin des temps. Ses écrits sont pleins d'allusions à sa conviction que l'époque décrite par l'Apocalypse, celle des « faux prophètes », est venue. L'imminence de la comparution de l'homme devant son Créateur explique l'impératif de hâte et la vigueur des appels. On retrouve ce sentiment d'urgence dans les écrits des mouvements de contestation, motivé cette fois par la peur de la catastrophe atomique. Le résultat est le même : exhortation à la réforme, avec forte propension à l'indignation lyrique. Il suffit d'écouter Petra Kelly, une dirigeante des Verts :

« Ne cessons pas d'agir, n'émigrons pas, tenons-nous la main en silence... et chantons ensemble *We shall overcome*. Non, ne dormez pas pendant que les ordonnateurs du monde agissent. Soyez vigilants, que vos cœurs ne soient pas vides lorsqu'on compte avec le vide de vos cœurs, faites l'inutile, chantez les chants que l'on n'attend pas de votre bouche. Soyez ceux qui dérangent, soyez le sable et non l'huile dans les rouages du monde[1] »

1. La fin est une citation de Walter Benjamin.

En allemand, c'est superbe.

Et ce texte clôt tout bonnement un article paru dans une brochure verte où un tel langage de prophétesse ne détonne pas.

Les mouvements de contestation s'éprennent aussi de « révolutionnaires » tels Martin Luther King et Gandhi. *We shall overcome*, l'hymne de Martin Luther King, est une fin obligatoire de toute manifestation pour la paix. Le recueillement et l'intensité avec lesquels les participants le chantent laissent songeur.

Enfin, comme à l'époque de la Réforme, les Allemands sont repartis à la recherche de la vérité. Les Latins sont enclins à préférer une demi-vérité qui arrange tout le monde à une vérité qui dérange. Les Allemands, eux, ont une passion pour la recherche de la vérité. C'est une forme de leur passion pour l'Absolu, avec laquelle ils renouent. Il leur faut à toutes forces mettre le monde à nu sous tous ses aspects : politiques, économiques, sociaux. Ainsi, les grandes discussions qui agitent le monde intellectuel en Allemagne concernent aujourd'hui le dilemme « pouvoir et morale ». Le concept même de pouvoir est remis en question. On fait remarquer que Luther n'a soutenu l'autorité temporelle des princes que pour lutter contre celle du pape : un Luther révolutionnaire réapparaît libérant l'homme de l'autorité.

Dans quelle mesure est-il « juste » de résister au pouvoir ? Pour les intellectuels, le problème revient à savoir « si la résistance dans un État démocratique est légitime ou non ». Les grandes figures comme Günter Grass se mettent au premier rang des contestataires, exhortant la jeunesse à refuser de « servir » militairement un État insuffisamment légitimé, et le poète américain Thoreau redevient célèbre à cause de son essai sur *la désobéissance civile*. C'est dans ce cadre aussi qu'il faut comprendre les discussions sur la valeur des décisions majoritaires. Une minorité plus intense, plus ardente à trouver le vrai n'est-elle pas mille fois plus digne de prendre les décisions qu'une majorité indolente et manipulée ?

Il est d'ailleurs curieux que ce besoin de recherche et d'absolu, qui s'exprime par l'intermédiaire des Églises ou du politique, s'extériorise aussi grâce à l'existence de sectes comme celle des Anthroposophes. Créée à la fin du XIXe siècle par un certain Rudolf Steiner, cette secte, un peu à l'image des francs-maçons allemands, rassemble des adeptes d'origines très différentes mais plutôt cultivés. On trouve parmi eux certaines personnalités connues du monde des affaires et de la politique. Ils se soucient de « vie naturelle », d'agriculture biodynamique, de médecine naturelle « totale »; bien entendu, comme tous les mouvements spiritualistes allemands, ils s'occupent de pédagogie : ils entretiennent les fameuses *Waldorfschulen* qui ont pour but d'épanouir l'âme de l'écolier. Et ils croient plus ou moins à des théories très teintées de parapsychologie, d'occultisme, etc. Signe des temps, ce mouvement connaît un grand renouveau dans les années 80.

Que conclure ?

Les Latins catholiques savent qu'ils ne sont que des hommes et s'en accommodent. Ils se traitent eux-mêmes avec l'indulgence nécessaire. Les Allemands protestants, eux, semblent ne pouvoir jamais s'accommoder de la condition humaine. Ils veulent regarder le soleil en face sans ciller.

Cela a donné à l'Allemagne quelques génies, en général morts jeunes ou fous : Nietzsche, Hölderlin, Novalis. Mais cela a aussi entraîné l'Allemagne dans des désastres sans nom.

Comment oublier que le goût de Luther pour la vérité a finalement provoqué la guerre de Trente Ans qui fit proportionnellement plus de morts que les Première et Seconde Guerres mondiales réunies ?

Quoi qu'il en soit, l'Allemagne retrouve une nouvelle ardeur protestante : ces mouvements de contestation ne sont-ils pas communément appelés « mouvements de protestation » ? Ne s'agit-il pas là d'une véritable protestation au sens de celle de Luther à Spire en 1529, d'un protestantisme qui prend pour cible l'Occident corrompu ? Bien sûr, à l'Est, les Soviétiques ne sont pas sans danger. Mais Luther ne méprisait pas non plus le danger turc...

Une chose est certaine, il est impossible de comprendre l'Allemagne actuelle si on ne comprend pas qu'elle proteste à nouveau.

Troisième partie

LES HABITS DU NOUVEL HOMME

L'Allemagne est donc en proie à un glissement intellectuel. Ses certitudes s'effacent pour faire place à de nouvelles croyances. Elle est prise dans un étau. Le refus d'un système si couramment accepté par les démocraties occidentales la déstabilise, et la poussée de nouvelles tendances, ce réveil germanique, achève de la déséquilibrer. Acculée, elle cherche des issues, des voies nouvelles pour sortir de sa position inconfortable.

C'est ainsi qu'il faut comprendre l'existence de tous les mouvements marginaux, des « mouvements de protestation » qui prolifèrent. Ils sont l'expression de cet effort pour trouver de nouvelles solutions, proposer de nouveaux modèles. Ils se meuvent en majeure partie en dehors des structures établies (de 1970 à 1980, le nombre annuel de manifestations non violentes est passé en République fédérale de 1 300 à 4 400 — sans compter les deux cents environ qui dégénèrent chaque année). Ils touchent un public restreint mais ils obtiennent une grande publicité, y compris en France ou l'on entend beaucoup parler du mouvement pacifiste allemand et des succès électoraux des Verts.

Sous ces faits voyants se cache tout un substrat plus discret : un grand nombre de gens se demandent comment vivre dans une société que l'on rejette mais que l'on ne peut supprimer; où chaque jour propose un conflit entre les nouvelles valeurs, la nouvelle morale et le pouvoir qui les bafoue par la collusion des médias, de la politique, de l'argent et de la culture ambiante.

Pour exprimer sa nouvelle identité et apaiser ses angoisses planétaires, l'Allemagne a inventé le Mouvement de Paix. Et, pour régler ses problèmes de société, l'Allemagne des Verts essaie de faire « une autre politique », de « vivre autrement » : c'est « l'Alternative ».

VIII

VIVRE AUTREMENT

Au cours de l'hiver 1984, un jeune journaliste, ancien collaborateur de *die Zeit,* qui procédait à des repérages pour un film de télévision, se noya en tentant de sauver son chien tombé dans une rivière.

A cette occasion, *die Zeit,* journal de l'élite intellectuelle, publia la lettre ouverte qu'écrivit au défunt un de ses amis, également ancien journaliste :

« ... Michaël ! Je pourrais devenir fou furieux si je me laissais aller à penser que tu es mort à cause d'un projet des médias. Mais non, je veux écarter cette pensée. Longtemps, nous nous sommes tous deux torturés pour savoir si nous, les journalistes, n'outrepassions pas nos droits en commercialisant la vie : la vie d'inconnus quand nous écrivions sur la société, notre propre vie lorsque nous écrivions sur nous-mêmes. Et tous deux, nous avons démissionné, doutant profondément de la profession de journaliste.

« Depuis, tu as écrit trois livres, j'ai trait des vaches. Nos chemins se sont séparés, mais je crois que nous avons continué à nous mesurer l'un à l'autre. Tu recherchais ma critique quand tes livres sortaient, lorsque tu te laissais emporter par le tourbillon des médias, et moi, quand je te lisais, quand je voyais comme tu grandissais sur ton chemin exposé, je sentais une exhortation à ne pas m'endormir dans ma vie de marginal.

« Je te remercie pour tout ça, Michaël. Je veux me souvenir du bonheur que m'apportait ta confiance, lorsque, ensemble à la rédaction, nous relisions tes manuscrits. Je veux me souvenir du jour où, aux yeux de tous, nous avons dansé ensemble, fiers l'un de l'autre comme des enfants, heureux de nous refléter l'un dans l'autre et d'être doubles, pour un moment. Je veux te revoir comme tu étais lorsque tu es venu pour la première fois à Bschaid à travers les prairies humides, de ce pas rapide dont tu savais déjà qu'il te porterait de Hambourg jusque dans l'Allgäu, pour repartir ensuite. Tu as accepté qu'on soit proche de toi, tu n'as pas puni qu'on garde ses distances. Merci pour ton courage, ta fidélité, ta confiance.

« Je t'idéalise ? Peut-être. De ton côté sombre, je sais peu de chose. Je sais seulement qu'il était fort, comme était fort ton rayonnement. Polarités, cycles, tourbillons. C'est ainsi que dans ton livre, tu décris la Emscher, ta rivière. Tu décris sa source limpide, mais tout de suite en aval commence sa mort avec la pollution. Les enfants jouent là au “Royaume des Morts”. Pourtant, la mort n'est pas pour toi la fin de l'être. Après le Jugement dernier, disais-tu, ou bien après l'enfer d'une catastrophe atomique, la terre dépeuplée continuera à ressembler à ce qu'elle est aujourd'hui. Seulement, très vite, la Emscher retrouvera sa pureté; les buses, du haut du ciel bleu, fondront sur les lapins; à l'aube, le cerf et sa harde viendront brouter sur les terrains de l'entreprise Hoesch, entre les ruines des usines silencieuses dont les fenêtres brisées serviront de passage aux hirondelles. Le paradis sur terre, car l'homme, le pire ennemi de la nature, aura enfin disparu.

« Cycles. La vie n'est pas linéaire. La fin est en même temps le début. Nous pleurons Michaël... »

Le Monde ne nous pas encore habitués à ce genre d'article nécrologique. Mais, tel qu'il est, cet article est typique de la nouvelle sensibilité. Il recèle tous les grands courants qui veulent s'affirmer en face de la froideur, la rationalité glaçante, l'isolement, l'individualisme forcené, les blessures à l'âme infligées par la société moderne. A côté de la peur de la mort par l'atome ou par la pollution, à côté de l'horreur des médias, resurgissent le mythe de l'éternel retour, les anciennes valeurs, fidélité, courage, sentimentalité, affectivité qui n'hésitent pas à s'exprimer de manière ambiguë entre hommes, et foi en le pouvoir régénérateur de la nature.

Autant de « nouvelles valeurs » qui nourrissent ce que les Allemands appellent *die Szene,* « la Scène ».

LA SCÈNE

Lorsque les Allemands parlent de la Scène, ils ne savent pas eux-mêmes très exactement ce qu'ils entendent par là. La Scène, c'est tout un monde de gens, d'entreprises, de lieux, de sentiments, d'idées, de modes de vie qui se veulent différents de ceux créés et imposés par la société moderne, et qui se déclarent « alternatifs ». C'est quelque chose de tellement composite, de tellement grouillant, cela change si vite qu'il est difficile de décrire la Scène si on ne l'a pas vu vivre devant soi. Cela englobe des choses et des gens si différents, qu'on ne sait ni où elle commence ni où elle finit. Tout se recoupe, parce que le seul dénominateur commun est de correspondre à une certaine sensibilité, de faire partie d'une même mouvance.

Michaël et son collègue Rüdiger, ayant quitté le monde du journalisme, font dans un certain sens partie de la Scène. Ils sont tous deux « alternatifs »; en outre, Rüdiger est ce qu'on appelle un *Aussteiger*, ce que les Anglais appellent un *drop out*, et les Français un marginal. Mais l'*Aussteiger* allemand a une résonance beaucoup plus volontariste : loin d'être une épave que la société a laissé tomber au travers de ses filets, c'est quelqu'un qui a décidé de son propre chef de « descendre du train » de la société, des affaires, de la carrière, éventuellement pour aller élever des moutons dans une « commune » — ce qui en France ne se fait plus du tout depuis la vague soixante-huitarde. En général, on se décide à devenir *Aussteiger* assez jeune.

Soyons honnêtes, on ne se « décide » pas toujours; il y a en Allemagne aussi des *drop out*, des *Aussteiger* qui sont simplement des jeunes en mal de vivre. Ils n'ont pas réussi à avoir l'équivalent d'un certificat d'études, ne trouvent pas de place d'apprentissage ou ne s'adaptent pas, et vont grossir les rangs des punks, des mods, des skinheads, des rockers ou des freaks. Ils y puisent une identité, une manière de s'afficher et de défier cette société « qui ne veut pas d'eux ». Dans leurs squats, leurs cafés, leurs discothèques, ils s'adonnent à un mode de vie tout dédié à l'instant : demain est loin et « la saleté de monde qu'ils nous font avec leur bombe atomique et leur merde aura crevé de toute façon ». Alors, vivotant de l'aide sociale et d'un peu de « manche » çà et là (« T'as pas un mark pour un squat ? »), ils sont facilement tentés par les drogues.

Ils passent souvent d'une chapelle à l'autre : mods, puis punks, puis skins, pour parfois finir dans la peau d'un adepte de Baghwan Raneesh, baptisés d'un nouveau nom, un collier de bois autour du cou avec l'effigie de Baghwan — au calme, sinon en sécurité... Ou bien ils continuent à vivre avec leurs blousons de cuir noir, leurs cadenas, leurs chaînes, leurs coiffures à l'iroquois, à faire de la musique dans des orchestres qui s'appellent « Nouvelles nausées allemandes » ou « Décadencia 80 » et à habiter des maisons baptisée « habitat rapide » ou « Führerbunker » (en toute simplicité : « le bunker du Führer ») qu'ils squattent autant qu'ils les détériorent. Les maîtres mots de leur vocabulaire, *fuck, shit, anarchy, destroy* et *no future,* s'étalent sur leur blousons en lettres aussi runiques que possible, surtout le S comme dans SS.

Facilement tentés par la violence, ils font toutes les manifs pour casser du « taureau » — le terme allemand pour flic — et, masqués, pavés et boulons en mains, ils deviennent alors les *Chaoten*, les *Randalierer* : les « casseurs » tous azimuts. Leurs homologues existent en France, bien sûr, mais ils sont particulièrement nombreux en Allemagne parce qu'ils y trouvent une infrastructure plus propice, sur laquelle ils peuvent se greffer : le milieu alternatif.

L'ALTERNATIVE : « PLUS FORT QUE LE SYSTÈME »

L'Alternative se situe d'abord par rapport à l'État. Elle est née d'un double constat : de l'échec de l'opposition frontale telle que l'avaient pratiquée les terroristes, d'une part, et d'autre part, du refus de la « longue marche à travers les institutions », telle que l'envisageait Rudi Dutschke[1] à la fin des années 60. La vanité des efforts pour faire passer par le canal institutionnel les revendications « de gauche », la peur de la compromission, de la dilution de leur identité avaient poussé les contestataires à chercher un registre pratique, loin des discussions théoriques sans fin des « groupes K » léninistes ou des maos.

Il s'agissait de réformer la vie concrètement, il fallait trouver des pratiques qui soient « explosives pour le système »... Ce furent les premières « communes »,

1. Rudi Dutschke, cet autre fils de pasteur...

aujourd'hui légendaires dans la mythologie de gauche. Elles vivaient l'époque radicale où la libération sexuelle était un impératif et les relations de couple interdites. Une photo est restée gravée dans toutes les mémoires : un énorme lit où six ou sept communards tout nus, sagement assis en rang d'oignon, regardent la télévision.

Les raisons de l'échec de ces premières communes K I et K II sont bien connues : dans leur désir de se changer eux-mêmes pour changer le monde, leurs créateurs se sont heurtés à la difficulté de la vie en commun, et la volonté d'analyser les rapports de groupe entraîna l'exaspération des conflits. K I et K II ont vécu grâce à la vente du *Petit livre rouge* du président Mao, ou grâce au travail tout à fait sporadique de leurs membres; mais leur activité principale était l'action politique, l'organisation de « happenings pour ridiculiser les institutions », la propagande, etc.

Aujourd'hui, ces belles ambitions sont oubliées. En revanche, pullulent des milliers de *Wohngemeinschaften,* de « communautés », qui n'ont plus du tout le relent sacrilège de leurs ancêtres, les « communes ».

Avec le désir de « faire de la politique à la première personne » affirmé dans les années 70, la volonté de reprendre le contrôle de sa propre vie, d'échapper à la logique de la mini-cellule familiale, de recréer un monde plus chaleureux, plus solidaire, ne pouvait plus s'arrêter à la porte des maisons. Pour vivre mieux, il fallait aussi « travailler mieux ». C'est l'origine de l'économie alternative.

L'économie alternative n'est nullement une économie au noir comme en Italie. Elle s'étale au grand jour, se soumet à toutes les obligations fiscales et de sécurité sociale, comme les entreprises « bourgeoises » Ce serait plutôt une « contre-économie »; elle prend des formes extrêmement variées.

Les premiers essais furent les jardins d'enfants baptisés *Kinderläden,* boutiques d'enfants, parce que installés dans des boutiques louées pour l'occasion. Ils avaient pour but de procurer aux enfants l'éducation précoce dont les prive l'accent mis sur les valeurs de concurrence et de performance. Depuis, l'Alternative s'est étendue à tous les secteurs d'activité, de la production agricole au secteur tertiaire. Il y a des fermes alternatives où l'on pratique une agriculture sans engrais ni pesticides, et des boulangeries qui produisent du pain « bio » avec la farine de ces fermes; mais aussi des entreprises artisanales variées : des menuisiers, des carreleurs, des plombiers, des poseurs de parquets; des collectifs qui tissent et teignent la laine des moutons, sans oublier les imprimeries, particulièrement choyées.

Les services forment cependant le gros de l'activité. Cela va du collectif de taxis, de débarras de caves et greniers, aux cinémas, aux cirques, aux théâtres, en passant par les magasins, les brocantes, les agences de voyages, et bien sûr les cafés — les si fameux *Kneipen*, qui jouent un rôle central dans la « Scène » — ainsi que les restaurants, et les librairies, lieux de rencontre. Les médias jouent un grand rôle et les maisons d'édition alternatives fleurissent. Fleurissent aussi les collectifs alternatifs de dentistes, d'avocats, de médecins, de producteurs de logiciels pour ordinateurs; les services d'action sociale, les groupes de thérapie, les groupes féministes qui ouvrent des maisons pour femmes battues, les écoles, les cours du soir de formation continue, les projets d'aide à la jeunesse, etc.

Mais qu'est-ce qui rapproche un collectif de dentistes d'un collectif de relieurs ou de plombiers ? Comment devient-on « alternatif » ? Il ne suffit pas de porter des salopettes, d'avoir les cheveux teints au henné et de manger du müsli, bien que cela dénote déjà d'assez heureuses dispositions. Pour être alternatif, il faut travailler dans un groupe qui souscrit à quatre ou cinq grands principes :

— Mépriser l'argent, c'est-à-dire ne pas faire de l'augmentation de capital un but du collectif, ni vouloir augmenter les profits au-delà du « raisonnable ». Pas non plus de propriété privée des moyens de production : ils appartiennent au collectif, et celui qui le quitte n'a aucun droit à faire valoir.

— Refuser la spécialisation qui risquerait de créer des positions de pouvoir à l'intérieur du collectif : tout le monde doit pouvoir tout faire : réparer les bicyclettes le lundi dans un collectif de réparation de bicyclettes, négocier le mardi l'achat de pièces détachées, faire les comptes le mercredi.

— Pas de hiérarchie : les décisions sont prises à l'unanimité après de longues discussions — ainsi la taille des entreprises ne peut dépasser la « dimension humaine ».

— Pas de pression : personne ne doit être soumis au stress du rendement. Chacun annonce combien d'heures il a l'intention de travailler.

— Les salaires doivent être les mêmes pour tous.

A les énumérer ainsi, ces principes semblent être les meilleures recettes pour arriver sans coup férir à la faillite : amateurisme, manque d'émulation, dilettantisme, et bien entendu manque chronique de capital. Alors, comment survivent les collectifs en face de la concurrence bourgeoise ?

Mal.

Soit ils trouvent des créneaux de marché négligés par l'économie classique, soit leurs promoteurs renoncent à un salaire normal. Souvent leur projet tourne, cinéma, ou atelier de photos, mais les collectivistes vivent des allocations de chômage...

Le capital de départ est toujours difficile à trouver. La moitié provient de subventions de l'État ou des Églises qui veulent aider ces jeunes — souvent chômeurs — à s'aider eux-mêmes[1], l'autre moitié vient de la famille, d'amis ou de sympathisants. Parfois il s'agit de prêts de Netzwerk, « le réseau ». Avec, pour symbole, une tirelire en forme de cochon sauvage au galop, le réseau est une création de 1978. Au départ, l'idée des fondateurs (des notables de la gauche) était de créer une assurance contre les interdictions professionnelles. L'idée s'est transformée, et Netzwerk est aujourd'hui une sorte de banque qui prête sans intérêts aux projets alternatifs. L'argent provient de membres du réseau qui payent une contribution mensuelle fixe. Le cochon sauvage de Netzwerk a d'ailleurs fait des petits et ce sont maintenant une trentaine de succursales qui collectent de l'argent en République fédérale, en Suisse et en Autriche, et qui réunissent ainsi bon an mal an un peu plus d'un million de marks.

Pour profiter de l'argent de Netzwerk, il faut avoir toutes les caractéristiques alternatives et « expérimenter de nouvelles formules émancipatrices de travail »; mais les critères sont très discutés à l'intérieur de la Scène même. On reproche à Netzwerk d'accorder trop d'importance à la réussite économique du projet, plutôt qu'à sa signification politique ou à son effet revolutionnaire pour les structures. Les femmes sont particulièrement virulentes : des 17 % qu'elles ont aujourd'hui sur le budget, elles voudraient passer à 32 %, à investir dans des projets exclusivement féminins. « La tirelire de Netzwerk est-elle cochon ou truie ? », s'intitulait l'un des derniers articles du journal maison.

Le siège de Netzwerk est à Berlin dans l'un de ces grands immeubles typiques de la ville, avec leurs arrières-cours carrées. Passé la grande porte cochère (semblable à celle des immeubles parisiens), on pénètre dans un temple de l'Alternative : le Mehringhof. Acheté

1. Un bon nombre de collectifs s'appellent *Arbeitslosenselbsthilfe,* soit « des chômeurs s'aident eux-mêmes ».

fin 1979 pour deux millions de marks, ce groupe d'immeubles abrite, en plus de Netzwerk, une multitude d'autres projets; on peut errer dans l'école pour la formation d'adultes qui prépare au bac, passer à l'imprimerie Graph Druckula, jeter un coup d'œil sur la salle de judo, ou sur le Cabaret de l'Ouest — *Cabaret des Westens* (par abréviation *Cadewe*, pour parodier l'El Dorado berlinois de la consommation, le *Kadewe*[1]) ou entrer au café Spectrum, compulser le *Stattbuch* (bottin de tous les projets alternatifs allemands) et lire les publications de Presse-Citron, maison d'éditions de femmes... Une école d'alphabétisation, une crèche, un atelier de poterie, un groupe de Turcs, une coopérative vidéo..., on trouve tout au Mehringhof, y compris des punks qui ont élu domicile dans la cour et vous demandent d'un ton acide une cigarette ou un mark.

Le désordre est assez grand et l'allure des gens qui vont et viennent — ou traînent — décidément « écologique », uniforme, avec un soupçon d'austérité ostentatoire plutôt rustre.

Ils se côtoient tous comme dans une grande communauté.

Mais qui sont-ils ?

N'importe qui. Ils viennent de toutes les époques de la contestation; les plus âgés sont les soixante-huitards, les baba-cool, ici baptisés « APO-OPA » (les grands-pères, *opa*, de l'APO, opposition extra-parlementaire, celle des années de la « grande coalition » chrétienne-démocrate et socialiste de 1966 à 1969). Ils approchent aujourd'hui de la quarantaine.

Les plus jeunes viennent de tous les horizons, mais vraisemblablement n'auraient pas, en majorité, accédé très facilement à l'Establishment bourgeois. Un tiers seulement d'entre eux environ ont leur Abitur (bac). Parmi ces *Aussteiger*, il y a des *drop out* qui en montant une

1. *Kaufhaus des Westerns* : Grand Magasin de l'Ouest, ou KdW.

petite meunerie dans un vieux moulin désaffecté ont pu redonner un « sens » à leur vie. Mais d'autres ont opté pour ce style de vie en toute connaissance de cause, comme ces ingénieurs diplômés de Berlin qui ont créé Wuseltronick. Ils produisent des appareils de mesure, font des expertises, ont mis au point un prototype de moulin à vent. Ils apprécient de pouvoir décider eux-mêmes de l'application de leur recherche; ils pourraient continuer à gagner très bien leur vie dans une université ou une grande entreprise, mais leur but est seulement d'assurer le niveau de vie qu'ils maintenaient lorsqu'ils étaient étudiants, avec des jobs subsidiaires. Ils préfèrent préserver leur indépendance et consommer intelligemment.

Wuseltronick est un cas modèle : des collectivistes de compétence égale, fournissant des services qui trouvent facilement preneurs. Les autres sont aux prises avec tous les problèmes que causent l'inégalité d'ardeur au travail des divers participants, le manque de véritable compétence, le relâchement de l'enthousiasme initial, la prépondérance qu'acquiert l'un ou l'autre des membres.

Parmi les alternatifs, on trouve aussi beaucoup d'universitaires au chômage : surtout des enseignants, des diplômés des sciences sociales pour qui la situation de l'emploi est catastrophique et qui, malgré l'espèce de sublimation que subit le travail manuel dans la Scène, se tournent surtout vers des activités intellectuelles : pédagogiques, politiques, journalistiques. Ils animent les projets regroupant les « initiatives de citoyens » (comités de quartier, comités contre les interdictions professionnelles, comités de locataires, comités d'étrangers[1], comités d'action de détenus ou ex-détenus, etc.) et toutes les activités d'édition.

L'édition est un des secteurs où l'Alternative fonctionne le mieux. On peut la voir se déployer régulière-

1. Il s'agit en fait d'immigrés.

ment aux « foires de la mini-presse » qui se tiennent tous les deux ans à Mayence, et où exposent les éditions « La souris », « Le hibou », « Le hérisson », « Oreille d'âne » ou les maisons « Abracadabra », « Éditions ad absurdum » ou encore « Centre d'apprentissage et de jeux de la Maison de la Paix », « Communauté d'action pour le Service de la Paix ». Très souvent l'auteur, l'imprimeur et l'éditeur sont une seule et même personne. La teneur des écrits varie : satires politiques, appels à fuir la réalité pour se réfugier dans la méditation ou le régime végétarien, propositions de vie « sans perdant ni gagnant », « jeux sans pleurs, jeux sans vainqueurs ». Le ton est à l'insolence, l'insouciance, la critique et une certaine nonchalance. Ce sont eux qui ont abordé en premier les thèmes récupérés ensuite par les grandes maisons d'édition : femmes, homosexuels, écologie, paix.

Le journal de Berlin *TAZ* (*die Tageszeitung, le quotidien*) est un autre grand succès de l'édition alternative. Il a pris rang maintenant parmi les grands quotidiens berlinois et dépasse même les limites de la ville; avec un tirage de plus de 40 000, il devient l'organe officiel de la Scène et est à peu près rentable. Il y a aujourd'hui en Allemagne environ 200 journaux et revues alternatifs tirant à 15 millions d'exemplaires.

L'Alternative est donc une « seconde culture » qui permet de vivre complètement coupé des circuits traditionnels. On peut habiter une communauté qui fait partie d'une coopérative d'achats, qui elle-même se ravitaille dans une communauté rurale. On travaille dans un collectif, on s'habille, se soigne, se distrait « alternatif » : tout le domaine de la vie est couvert. C'est en 1978 que l'Alternative a été au faîte de sa gloire et de son élan créateur, avec le congrès des « Tunix » (de *tue nichts*, « ne fais rien ») qui rassembla toutes les lignes déviantes par rapport au modèle dominant en Europe. Dans un énorme festival, des dizaines de milliers d'« Indiens des villes », de « spontis », de squatters, d'anarchistes donnèrent leur bénédiction au modèle alternatif.

Aujourd'hui, le mouvement alternatif se trouve volontiers accusé d'être un ghetto parasite où des êtres trop sensibles se réfugieraient pour se protéger de la dureté de la réalité. Pour ce qui est du ghetto, il est vaste : on compte environ 90 000 projets occupant 500 000 personnes. Et on évalue à six millions le nombre de sympathisants, qui cotisent régulièrement, soutiennent l'Alternative en se fournissant auprès de la Scène, ou usent de leur influence en sa faveur. Quant à l'accusation de parasitisme, elle est peu justifiée puisque ces jeunes créent des mini-entreprises — mais la question est de savoir si ce contre-modèle survivrait financièrement sans l'existence du modèle...

De toute façon, les alternatifs évoluent. En proie à des difficultés chroniques, ils ont tendance à assouplir leur doctrine; pourquoi le profit serait-il condamné s'il n'a pas de but individuel ? Ne faut-il pas avant tout réussir ? Pourquoi persister dans le misérabilisme et le goût du sacrifice ? Certains parlent d'une société duale. Pour son cinquième anniversaire, Netzwerk a publié une plaquette qui laisse la porte ouverte à de nouveaux courants, à l'autocritique, à la création de nouveaux modèles. Du coup, certains crient bien fort à la récupération. Mais est-ce la Scène qui se fait récupérer ou le reste de la société qui se laisse pénétrer ? On rencontre maintenant des alternatifs partout, jusque chez les joueurs de tennis professionnels.

On peut aussi, en tant que Français, se demander pourquoi cette Scène, qui est la mise en pratique des idées de 1968, a réussi à s'implanter en Allemagne, alors qu'elle n'a jamais pu prendre racine en France. Est-ce simplement parce que la vie collective demande une acceptation de la contrainte, un goût du travail en commun qui font défaut aux Français ? La vie en communauté et le travail en collectif suppriment peut-être l'anonymat et amoindrissent sans doute l'aliénation du travail, mais ces avantages sont chèrement payés. Soutenir un contre-modèle demande des efforts de tous les instants, et la continuité voulue entre communauté et collectif de travail peut très vite devenir étouffante à force d'intimité.

Ces difficultés qui avaient rebuté d'emblée en France, finirent par se faire sentir aussi outre-Rhin, et l'Alternative n'a proliféré en Allemagne qu'en muant perpétuellement et, en particulier, en devenant moins contraignante. Car le paradoxe est là : cette Scène, qui impose des contraintes de tous les instants (dans les communautés liées au collectif où il n'y a pas de salaire mais où chacun prend l'argent dont il estime avoir besoin, il faut justifier chacun de ces besoins...), cette scène prétend en même temps être une libération.

Elle prétend inventer : et si elle a autant de succès, c'est bien qu'elle offre les moyens d'échapper au conformisme ambiant, aux idées toutes faites, aux tabous de la société bourgeoise. Tabous du travail et du rendement d'abord, bien sûr, mais tous les autres tabous, sexuels ou moraux, également. La Scène se flatte d'offrir des espaces de liberté à toutes sortes de minorités opprimées, aux femmes, en premier lieu, qui se considèrent toujours comme un groupe opprimé même s'il n'est pas numériquement minoritaire[1], mais aussi aux homosexuels des deux sexes, aux pédophiles, aux fumeurs d'« herbe », à tous les groupes rejetés par la société.

La Scène est volontiers provocante. Elle fait profession de choquer. Les spectacles alternatifs à Berlin, par exemple au Tempodrom, sont d'une crudité assez grossière. Nina Hagen, la star du rock allemand, n'est guère connue pour son goût de la nuance. La manière

1. Le féminisme est plus virulent dans ces milieux qu'il ne l'est en France, alors que dans les milieux « bourgeois » les femmes travaillent beaucoup plus rarement qu'en France.

dont les jeunes contestataires affichent leurs opinions n'est pas très fine : toute personne qui s'intéresse un peu à l'Allemagne a vu passer dans la presse ces photos où des punks font devant de bons bourgeois médusés — avec guère plus de sophistication que les exhibitionnistes classiques — le coup de l'imperméable ouvert dans les couloirs de métro. Les photos de manifestants nus comme des vers mais masqués et bien chaussés sont aussi connues, comme sont connus les divers dessins ou slogans que l'on trouve imprimés à même les fesses ou les visages : *no future* ou la rune pacifiste, cette espèce de Y renversé.

Lorsque les manifestants sont vêtus, ils versent volontiers dans le déguisement : et ces déguisements ne pèchent pas davantage par leur discrétion. Frapper l'imagination est le premier but. Devant les excès de certains déguisements, visages peints jusqu'à en être méconnaissables, blanchis pour exprimer la terreur, on pense à la tradition du Carnaval. Ces nouvelles formes de vie sont d'ailleurs une manière de renouer avec les anciennes. Le Berlin des années 80 rappelle en partie celui des années 20 : même goût de l'exagération, même tradition expressionniste des couleurs violentes, dessins brutaux, slogans hurlants. Cette image de la culture allemande nous est familière. Bien sûr, ce n'est pas le bon goût qui prime — mais personne se s'attend au bon goût de l'Allemagne, sauf peut-être de la Prusse.

En revanche, on s'attend à de la créativité. Et c'est cette créativité qui fascine dans la Scène. L'irrévérence et le goût du scandale produisent un effet tout à fait sympathique : ils libèrent l'imagination. Malheureusement, il est très difficile de faire sentir ce genre d'esprit d'une langue à l'autre. L'imprimerie Graph Druckula (*Druck* = impression) évoque peut-être tout de même le comte Dracula (*Graf Dracula*); les occupeurs de maisons d'après le nom qu'ils se donnent eux-mêmes font de l'« entretien de maisons » (*Instandbesetzer* au lieu de

Besetzer); les graffiti dans les lieux « branchés » sont souvent drôles — dans les *Kneipen,* cafés à la mode, de la Scène, on trouve par exemple : *Geld ist die Hure der All-Gemeinheit* : « L'argent est la prostituée de la communauté (ou de la méchanceté) »; ou encore : *Wir lassen uns nicht BRD-igen* : « Nous ne nous laisserons pas enterrer (*beerdigen*) », mais aussi BRD = RFA.

Durant les manifestations, les participants organisent les happenings les plus étonnants à base de saynètes, vers composés avec soin, chansons, instruments de musique ou objets symboles en carton. On a l'impression que tout fourmille, demande à se faire entendre, que sous les pavés il y a vraiment la plage, qu'on vit sur un volcan d'idées. A côté, la vie bourgeoise semble bien plate, bien terne...

Mais on ne peut quitter la Scène sans évoquer un des problèmes qui l'ont le plus mobilisée toutes ces dernières années : les occupations de maisons.

LES SQUATS, OU COMMENT « ENTRETENIR » LES MAISONS

Les occupations de maisons, les squats sauvages, ont soulevé des passions à l'intérieur de la Scène, mais elles ont aussi été l'occasion de très vives controverses à l'extérieur; on peut dire qu'elles ont fait vibrer l'Allemagne entière. Car autant le modèle économique alternatif essaie de s'arranger avec l'État — et en vit même en partie, bien que la question de savoir si l'on doit ou non accepter la manne de l'État (*die Staatsknete*) soit toujours vivement débattue — autant les occupations entrent en conflit direct avec l'État.

Elles touchent au sacro-saint domaine du droit, et surtout elles ouvrent le grand débat de la résistance dans un État démocratique. A-t-on le droit moral de s'opposer à une décision juridique prise par l'État ? Ici, il s'agit de savoir si moralement on peut justifier d'habiter, sans titre légal d'occupant, dans une maison que son propriétaire laisse vide pour d'obscures raisons.

Comment l'État doit-il réagir ? La police est-elle obligée d'expulser les habitants illégaux, a-t-elle le droit de les tolérer dans la mesure où ils ne mettent en danger ni la vie ni les intérêts vitaux du propriétaire ? Quels sont ces « cas extrêmes » où la police se reconnaît le devoir absolu d'intervenir ? Tout un courant de droite reproche aux tribunaux, à la police, de capituler devant ces *Politrocker*, ces rockers fauteurs de troubles, « rockers de la politique », lorsque les instruments du droit n'interviennent pas avec assez de vigueur.

Les occupants, les squatters qui prétendent faire de la « remise en état » (*Instandbesetzung*) — et qui en font d'ailleurs souvent — s'estiment eux dans leur bon droit en face de l'injustice sociale dont ils souffrent. Car le droit ne peut justifier l'injustice. Or ils ne trouvent pas à se loger, alors que tant d'appartements ou de maisons, voire d'immeubles, sont vides depuis des années. On retrouve là exactement le même style de confrontation avec l'État qu'autour de l'aéroport de Francfort, des centrales nucléaires, ou même des fusées Pershing. Le droit de l'État contre le droit du citoyen.

Comment en est-on arrivé là, et d'abord pourquoi y a-t-il en Allemagne, pays progressiste et riche, un problème de logement ? Le fait est qu'il est extrêmement difficile de se loger, dans certaines villes de RFA, surtout si l'on est étudiant ou que l'on a un salaire modeste. « Des dizaines de milliers d'appartements vacants en RFA », titre le *Stuttgarder Zeitung* du 30 mai 1981; à la même époque, des dizaines de milliers de gens cherchent. Pourquoi ? Pour les raisons habituelles.

Une législation sociale qui protège tellement le locataire (blocage du loyer, difficulté à mettre un terme au bail) que les propriétaires hésitent à louer leurs appartements, d'une part, et que l'investissement dans le logement à but locatif est beaucoup moins tentant, d'autre part; d'où un ralentissement de la construction. En outre, les villes allemandes sont atteintes par le même phénomène que les villes françaises : la « rénovation » qui supprime les logements à bon marché dans le centre des villes pour y installer des appartements de luxe auxquels ne peuvent prétendre les anciens habitants.

Les sociétés de rénovation qui achètent d'anciens immeubles pour les « réhabiliter » ne sont pas particulièrement délicates quant à la manière d'en faire partir les occupants. Bris « accidentels » de canalisations, chiens hargneux qui « errent » dans les cours, minuterie « en panne », tout est organisé pour rendre la vie impossible aux quelques récalcitrants que les offres de relogement en banlieue n'auraient pas séduits. En Allemagne, ces sociétés de rénovation étaient très souvent publiques ou du moins reconnues d'utilité publique, ou appartenaient à des syndicats comme Neue Heimat, la société immobilière du DGB (la grande centrale syndicale allemande). Leurs méthodes n'en étaient pas moins agressives, ce qui augmentait l'indignation. A Berlin, par exemple, c'est l'État qui finance les opérations de rénovation et la société Neue Heimat touche un pourcentage sur le chiffre d'affaires : elle a donc intérêt à ce que la rénovation soit aussi ample que possible. Elle n'hésite donc pas à en provoquer elle-même les conditions. Quelques fenêtres judicieusement ouvertes en hiver permettent aux canalisations d'éclater commodément et les ouvriers cassent par inadvertance quelques poeles ou arrivées d'électricité. Ce qui — de plus — devrait enlever toute idée à des squatters de s'y installer.

Mais tout cela prend du temps. Même pour une société de rénovation pas plus méchante qu'une autre, obtenir les autorisations administratives nécessaires, faire partir les locataires, contacter les entreprises qui vont venir travailler à la réfection des lieux nécessite des mois, voire des années. Pendant ce temps les logements sont libres. Lorsque des intérêts autres s'en mêlent, lorsqu'on peut s'attendre à ce que les prix montent avec le temps, les appartements restent très longtemps vacants. C'est ce que découvrirent rapidement les jeunes contestataires. Ils avaient trouvé là un terrain d'élection — non seulement pour se loger à bas prix, mais aussi et surtout pour développer leur nouveau modèle de vie.

Pour mieux saisir la charge émotive de ces squats, voici un article du *Spiegel* datant du 21 mars 1981. Il est intitulé : « Le courage de rêver, la force de combattre. »

« Une fin d'après-midi froide et grise à Berlin-Kreuzberg. Au numéro 8 de la Kottbusser Strasse, des ouvriers travaillent. L'immeuble a été vendu, vidé de ses habitants, et la rénovation commence.

« Les ouvriers s'apprêtent à partir en fin de journée quand arrivent cinq femmes turques bien munies d'enfants en bas âge. Oh ! bien sûr, elles ne sont pas venues là par hasard. Illettrées, battues par leurs maris, sans possibilité d'emplois, leur seul refuge c'est l'association "lieu d'information et de rencontres pour femmes turques" : une toute petite boutique louée pour l'occasion par les présidentes de l'association, deux sociologues diplômées de l'université de Berlin : Cornelia, 27 ans, une Allemande, et Deniz, 26 ans, une Turque. Toutes deux font de la recherche, sont payées par l'État et considèrent qu'elles ont besoin du 8 de la rue de Kottbus "pour des familles étrangères et allemandes, comme exemple d'intégration pour le voisinage".

« Quand ces femmes arrivent, brandissant leur peur et leurs enfants, elles se font d'abord copieusement insulter par les ouvriers exaspérés. En 1981, on compte déjà à Berlin une centaine d'immeubles occupés, plusieurs centaines d'appartements. "Si ça continue, on ne pourra plus travailler." Ces femmes qui hurlent un allemand incompréhensible, se défendent avec leurs marmots. "C'est pas possible, Hitler a oublié de les gazer..."; dès qu'on les touche, elles crient comme si on allait les tuer..., elles ameutent le voisinage. Les ouvriers battent en retraite..., de toute façon, c'est l'heure.

« La première manche est gagnée. La vraie bataille commence. Le directeur de la société de rénovation arrive en Mercedes avec chauffeur. Sa première question, « Qui est le chef ici ? », se heurte à la réponse. « Nous toutes ! » Il a déjà alerté le sénateur de Berlin responsable pour ces questions. Il teste la détermination et s'en va.

« En bas, dans la rue, un attroupement s'est déjà formé. Des ouvriers du quartier, des badauds, des gens qui ont une tête à faire partie du "Comité central des voleurs d'œufs itinérants" commencent à approcher. Le panneau de la société de rénovation (la GSW) a été recouvert par un large calicot violet (la couleur des femmes) sur lequel s'étalent les lettres "NUR MUT !" : "Du courage, encore du courage !" C'est le signe de ralliement pour tous les sympathisants de la Scène : une éviction est devenue impossible sans affrontement; et déjà la logistique de la Scène s'est mise en branle.

« Il s'agit de passer la nuit. De la trousse du parfait occupeur de maison ont surgi une lampe de poche, des ampoules, du Nescafé, une casserole. Cela permet d'y voir plus clair pendant qu'arrivent les R4, les 2CV, les minibus VW qui apportent les matelas, les couvertures, les sacs de couchage, les jouets pour les enfants. La chaîne a fonctionné, les collectifs alertés ont mis au courant les personnes concernées. Tout roule.

« On se barricade pour la nuit. Au cas où la GSW tenterait un coup en traître, ou si la police venait, toute la Scène serait immédiatement alertée par des chaînes de téléphone parfaitement organisées et le chauffeur de taxi Armin donnerait l'alarme sur sa radio. Entre-temps, le reste des squatters est arrivé : pour une moitié, des Allemands, pour l'autre, des Turcs, comme prévu.

« A 6 heures du matin, la maison est sur le pied de guerre mais pas un seul ouvrier n'apparaît, au profit, en revanche d'un *Herr Direktor* jovial qui parle de négociations, d'entente, de solutions à trouver. Soulagée, une petite Turque pleure. Cornelia, Deniz et le chauffeur de taxi Armin discutent des modalités administratives. "Incroyable, comme Armin est cool", admire une étudiante. Cela n'a rien d'étonnant : avant d'être chauffeur de taxi, Armin était professeur de philosophie — après son agrégation, il a enseigné trois ans puis s'est décidé à devenir *Aussteiger.* »

L'article se termine sur un plan grandiose : d'un côté les camions de la GSW s'en vont la queue basse, de l'autre arrivent, triomphants, sur fond de soleil levant, les camionnettes brinquebalantes de la Scène, chargées d'échelles et de pots de peinture. Une nouvelle vie commence...

Des scènes de ce genre, il s'en est passé en Allemagne d'innombrables dans les années 80. A la fin de l'année 1981, il y avait cinq cents immeubles occupés en République fédérale, représentant donc des milliers d'appartements; et si ce nombre peut paraître minime, il faut le mesurer au retentissement qu'avait chaque affaire dans le quartier, dans la population et dans les médias.

Autant le mode de confrontation avec l'État qu'avaient choisi les terroristes les avait coupés de la population, autant les occupations de maisons sont populaires. Ces jeunes, qui retapent les maisons laissées vides pendant des années par des spéculateurs que l'État ne punit pas, gagnent les sympathies du voisinage. Meubles usagés, lits d'enfants, offres de service du maçon du coin : les voisins aident. C'est une espèce de croisade du bien. C'est tout particulièrement le cas dans l'article édifiant du *Spiegel,* puisqu'il s'agit d'intégrer des « concitoyens turcs », comme les appellent les bonnes âmes; mais c'est dans tous les cas une répétition de la lutte de David contre Goliath. C'est la lutte du citoyen qui proteste contre un État perverti, qui veut « conquérir » un espace pour une nouvelle forme de vie en commun « qu'il faudra ensuite défendre par une activité politique commune », avec en plus le goût délicieux de l'aventure et de la construction de cabane.

Et dans cette lutte inégale, c'est souvent David qui a gagné, comme dans l'article du *Spiegel*. Soutenus par la solidarité de la Scène (Netzwerk par exemple a un fonds particulier pour les squats), les occupants ont réussi souvent à s'imposer, chaque éviction entraînant de tels drames que les autorités hésitaient à agir. L'éviction dégénérait régulièrement en bataille de rues : des intellectuels connus, des journalistes, des députés même prenaient fait et cause pour les occupants et venaient voir opérer la police qui, nulle part, n'aime la publicité. Des deux côtés, les méthodes devenaient plus subtiles : la police agissait par surprise. Mais les personnalités s'étaient décidées à squatter elles aussi, et regardaient avec une désapprobation exaspérante les policiers en train de fouiller les maisons, d'en photographier chaque occupant ou, si c'était l'assaut final, de se livrer à quelque brutalité sur les choses ou sur les gens. La police avait des véhicules munis de « tunnels de sortie » qui permettaient aux « taureaux » d'entrer directement dans les maisons sans être atteints par les projectiles lancés de la rue ou des fenêtres du bâtiment. Les choses s'envenimèrent encore lorsque au cours de ces échauffourée, un jeune manifestant fuyant la police fut heurté par un bus et mourut.

Au plus fort de cette mêlée, la plupart des propriétaires — dont l'État — cherchèrent des solutions d'apaisement : baux de location en bonne et due forme ou périodes transitoires avant proposition de locaux appropriés situés dans un autre quartier.

Mais là aussi, le temps passe et les choses changent. Une certaine lassitude s'est répandue dans les rangs de ceux qui faisaient de la « remise en état ». A quoi bon occuper et rénover si c'est pour être évacué à plus ou moins long terme ? Comment vivre tranquillement sans être jamais sûr de retrouver le soir la chambre qu'on a laissée le matin ? Et puis, la vie en communauté fatigue. Peu à peu les repas se sont pris par plus petits groupes, les maisons se sont trouvées pourvues de nombreuses petites cuisines et de nombreuses petites salles de bains...

Netzwerk se lance maintenant dans l'achat de terrains et de maisons. Ce mode-là de protestation contre l'État semble avoir fait son temps. C'est probablement en toute légalité que la Scène trouvera ses « nouveaux espaces » désormais.

IX

LES VERTS

Octobre 1982 : Helmut Schmidt s'en va; Helmut Kohl lui succède. Mars 1983, le Bundestag est dissous, puis réélu...

ILS ARRIVENT !

Devant leurs collègues médusés, hésitant entre l'ironie, l'exaspération et le doute, vingt-sept députés d'un genre nouveau arrivent. Ils ont franchi la barrière des 5 % prévue par la Constitution au-dessous de laquelle aucun parti n'est représenté au Parlement fédéral : ils ont obtenu 5,6 % des voix des électeurs. Des hommes et des femmes, qui détonnent dans cette assemblée de messieurs (et quelques dames) très corrects. Eux, ils ont le look « naturel » : ni costume trois pièces, ni tailleur strict. Les hommes sont presque tous barbus; ils portent des jeans, des pantalons en velours côtelé pochés au genou, des salopettes sur des chandails tricotés à la maison et des sandales en cuir naturel sur des chaussettes de même provenance que les chandails. Les femmes n'enrichissent certainement pas les *Friseure* de la République fédérale, leurs cheveux tombent sur des chandails très semblables à ceux de leurs collègues masculins. Leurs pantalons et leurs chaussures relèvent de la même inspiration. Si elles portent des jupes, ce sont forcément des jupes larges de style indien.

En plein Bundestag d'acier, de verre, de béton, cœur de la respectabilité fédérale...

Dès les premiers jours surgissent les revendications : les nouveaux députés exigent que la cantine du Bundestag (Jacques Borel) serve des plats plus naturels, qu'on y trouve du müsli, et demandent également à pouvoir garer leurs bicyclettes à l'abri des intempéries : il faut installer des stands couverts. En ces beaux jours de mars 1983, le Bundestag commence à voir les résultats de la vague qui se forme depuis trois ans.

C'est au début de l'année 1980 qu'est né le parti des Verts. Qui ne porte d'ailleurs dans son titre officiel aucune idée de parti puisqu'il s'intitule « les Verts », tout simplement. Mais les Verts viennent de beaucoup plus loin : ils ont derrière eux toute l'histoire de la contestation : L'association des étudiants socialistes, l'opposition extra-parlementaire, les milieux terroristes, les milieux alternatifs, les initiatives de citoyens et la lutte écologiste.

C'est sur ce dernier terrain qu'ils ont enregistré leurs premiers succès : d'abord en Hesse, avec la lutte contre l'aéroport de Francfort; et à Hambourg, contre la centrale de Brokdorf; puis ils ont été représentés peu à peu dans presque chaque assemblée régionale, particulièrement à Berlin, bien sûr, avec la liste « GAL » (*Grünalternativ*). Ils étaient finalement quarante-huit, disséminés dans tout le pays dans les différents *Landtage*. De telle sorte qu'en mars 1983, personne n'a été étonné de les voir sauter haut la main la fameuse barrière des 5 % : on les attendait.

Pourtant, leur constitution en parti n'était pas allée sans mal. L'idée même de parti n'était-elle pas contraire au désir de libre expression, d'autonomie, de décision au niveau local ? Se constituer en parti entraînerait inéluctablement des risques de compromissions, d'alliances douteuses, de récupération par les partis « établis », surtout par le SPD, le parti socialiste passé maître dans l'art de la récupération des mouvements de gauche.

Que faire ? Perdre une chance de se faire entendre au Bundestag ou se contraindre à jouer le jeu parlementaire ? Finalement, c'est dans le sens des vœux de Rudi Dutschke, exprimés peu avant sa mort, que la décision a été prise. « Pour la première fois, la chance s'offre à nous de faire éclater de l'intérieur la structure sclérosée des partis de la République fédérale. Nous serions des idiots historiques, si nous ne saisissions pas cette chance. » En janvier 1980, c'est fait. Les Verts se sont doté des structures qui leur permettent de devenir le quatrième parti de la vie politique allemande, à côté du SPD, de la CDU chrétienne-démocrate et des libéraux de la FDP.

Il s'agit maintenant d'éviter de tomber dans les pièges qui se sont déjà, selon les Verts, refermés sur les autres partis, partis de mandarins, isolés de la base, corrompus par le pouvoir. Il faut être un parti « alternatif », c'est-à-dire ne pas avoir les attributs extérieurs d'un parti — d'où les vêtements, les bicyclettes, le müsli, la fleur de tournesol pour emblème (en allemand la fleur de soleil, *Somnenblume*). Mais surtout empêcher la formation d'une élite coupée de la base.

Les députés verts ne gardent de leurs émoluments que 2 000 marks, le reste allant à la caisse du parti. Ils mènent une vie simple, une « vie d'étudiant », sans dépenses ostentatoires et, souvent, sans dépenses individuelles non plus : la vie en communauté permet bien des économies.

Ils ont un deuxième grand principe : la rotation. Un mandat législatif dure quatre ans en République fédérale. Au plus tard après deux ans, le député vert cédera sa place à son collègue de liste, dont il deviendra l'assistant.

Enfin, l'atmosphère est bien différente de l'ambiance empesée et *businesslike* qui règne dans les autres partis. Leurs réunions, les Verts les tiennent en général dans un désordre indescriptible, sans horaires fixes, si possible dans des vieux châteaux un peu démolis (s'il peut se trouver encore quelque chose en République fédérale qui n'ait pas été rénové), et avec leurs enfants : un parti alternatif se doit de vaincre le patriarcat. De même que les femmes sont particulièrement nombreuses et éloquentes dans leurs rangs (le pourcentage est plus élevé que dans les partis traditionnels), les enfants et la vie de famille ne doivent pas être écartés des réflexions politiques. A tel point qu'en avril 1984, ce sont six femmes qui sont à la tête du groupe parlementaire des Verts. Mais elles n'en sont que la relève, la « deuxième garniture », comme diraient les Allemands.

Les plus connues, les stars des médias, sont Petra Kelly, l'égérie des débuts, et Manon Maren-Grisebach. Pour les hommes, le gourou est Rudolf Bahro. Dissident de l'Allemagne de l'Est, il en a connu les prisons; il est ensuite passé en Allemagne de l'Ouest où ses théories font grand bruit. Le best-seller qui l'a lancé s'intitule précisément *Die Alternative*. Un autre ténor des Verts, un certain temps porte-parole de leur groupe parlementaire, est Otto Schily, juriste, ancien avocat de Baader, à qui le monde politique reconnaît une tête particulièrement bien faite. Il sera question plus tard du fameux général Bastian, transfuge de la Bundeswehr — que des liens tendres, dit-on, unissent à Petra Kelly — mais on peut ici encore évoquer un autre personnage assez curieux, au passé houleux, Joschka Fischer. Secrétaire général (*Geschäftsführer*) du groupe parlementaire en 1983, il est réputé pour la vivacité de ses reparties, l'acidité de ses remarques, la critique acerbe dont il sait faire grand usage.

A les regarder tous, on se demande parfois où sont leurs points communs; les comptes rendus des réunions des Verts font état de divergences qui paraissent souvent irréconciliables. A première vue, la différence est grande entre un « monsieur » posé, comme Otto Schily, que l'on prendrait pour un député SPD banal, et une « Verte » qui n'hésite pas à haranguer le Parlement au sujet de problèmes sexuels jusqu'à présent jugés indignes de considération par la Chambre, comme lorsque Mme- Potthast déclare d'une voix aiguë : « Chaque année des milliers de femmes sont violées — la plupart des viols se font dans le cadre du mariage. »

En tout cas, depuis qu'ils sont là, et c'est ce qu'ils voulaient, le Parlement a subi un petit traitement de choc. Les Verts y ont amené de la « fraîcheur ». Ils travaillent au moyen de ce qu'on n'appelle plus « happening », mais « gag ». Ils font ce qui ne s'est jamais fait au Parlement : ils multiplient les jeux de mots surréalistes dans la meilleure tradition de la Scène, ils refusent d'adopter le décorum et le protocole en usage, ils font de l'iconoclastie une stratégie. Tout cela pour réveiller les « établis », les bourgeois qui siègent là depuis près de quarante ans sans même se rendre compte de l'échec total de leur action.

En effet, le ciment de l'unité des Verts, c'est la conviction que les trente-cinq années de la République fédérale ont conduit à un échec : le monde est en passe de succomber à une crise que la politique traditionnelle n'a pas su dominer. Pour les Verts, nous vivons dans un monde de plus en plus absurde. Ils citent volontiers Pestalozzi, ancien collaborateur de Gottlieb Duttweiler, fondateur de la Migros, l'empire suisse de l'alimentaire. Selon lui, la croissance pour la croissance, telle que nous la pratiquons, est totalement dépourvue de sens. Encore une fois, ce sont les idées de 68 qui refont surface, astiquées de neuf. Nous devrions cesser de penser que si l'économie va bien, tout va bien. Le PNB est un veau d'or qu'il faut cesser d'adorer, car plus de voitures signifie plus de pollution, plus d'accidents, plus de morts. Une croissance de 4 % signifie qu'en quinze ans nous aurons deux fois plus de tout : maisons, avions, embouteillages et excédents agricoles...

Quand allons-nous rompre le cercle infernal qui nous fait croire à l'identité du bien-être matériel et du bonheur ? Cette croyance nous a précipités dans un monde consternant : l'agriculture est entrée dans un cercle vicieux; la faune et la flore meurent; la situation du tiers monde se détériore chaque jour; les civilisations des pays industrialisés souffrent de manque d'âme et sombrent dans le désespoir.

Face à ces drames, la politique traditionnelle est impuissante et elle n'est plus légitimée : les courroies de transmission qui devraient assurer le relais entre le peuple et ses élus sont cassées. Elle a perdu de vue ses fins ultimes et ne possède plus aucun substrat théorique sur lequel se fonder. Sa pauvreté idéologique va de pair avec son désarroi moral.

ILS ONT TROUVÉ LA VOIE

Devant ce tableau affligeant, une seule lueur d'espoir : les Verts. Eux prétendent détenir des solutions, avoir des concepts qui permettent de renverser la vapeur, de redonner sens à la vie.

Leur programme se veut tout entier contenu dans les quatre mots qui figurent sur toutes les banderoles dans leurs manifestations, et dans les deux phrases qui y sont normalement accolées. A côté du tournesol, on lit : *ökologisch, sozial, basisdemokratisch, gewaltfrei.* Et ensuite : *Sinnvoll arbeiten — solidarisch leben* (soit : « écologique », « social », « démocratique de base », « non violent », et : « travailler à un travail qui ait du sens » — « vivre dans la solidarité »). Voilà pour les Verts la quintessence de la sagesse. Ils s'en expliquent dans le préambule de leurs statuts :

Article I. Les Verts sont l'alternative fondamentale aux partis traditionnels. Ils souhaitent établir une société qui oriente son développement d'après les conditions vitales des équilibres naturels, ainsi que d'après la nature individuelle et sociale de l'homme.

II. Les Verts ont compris qu'une transformation fondamentale de la politique appliquée jusqu'ici est nécessaire. Nous nous élevons contre le mépris des droits de l'homme, la faim et la pauvreté dans le tiers monde, l'augmentation du chômage, l'aggravation des crises de l'environnement et la confrontation militaire. Les Verts savent qu'un tel changement ne s'accomplira qu'avec la mobilisation de toutes les forces écologiques, démocratiques, parlementaires et extra-parlementaires.

III. L'Alternative verte a pour but de surmonter les structures sociales dans lesquelles l'idéologie de la croissance à court terme, qui ne bénéficie qu'à certaines catégories de la population, a la priorité devant les besoins vitaux, écologiques, sociaux et démocratiques de l'homme.

IV. Le chemin pour atteindre ce but passe par la modification de la vie économique, politico-étatique et culturelle de la société. Par là même, nous visons une nouvelle forme de la participation des citoyens et de leurs initiatives dans les processus de décision et de planification politiques et parlementaires.

V. L'orientation fondamentale de ce renouveau est écologique, sociale, démocratique de base, non violente et convaincue du droit de l'homme à l'autodétermination. Le travail des Verts s'accomplit dans le cadre de la Loi fondamentale de la République fédérale d'Allemagne. Lorsque cet ordre fondamental ou les dispositions des Constitutions des *Länder* n'offrent pas les conditions suffisantes à la réalisation de leurs objectifs, les Verts tâcheront d'obtenir un élargissement des bases constitutionnelles.

VI. La méthode du travail politique des Verts résulte

de l'esprit nouveau qui les soutient : notre tolérance active est caractérisée par la non-violence et l'ouverture au dialogue.

VII. A l'avenir, les guerres et les destructions ne pourront être évitées que par l'acceptation d'une évolution du genre ici décrit. L'Alternative verte est l'expression globale de cette disponibilité au changement. En combattant pour la protection de la vie et la liberté de l'homme, elle dirige ses efforts autant vers le bien de l'individu que de l'entité sociale.

Plus qu'un programme politique, ce préambule est d'abord un cri du cœur lancé contre le mal de notre époque. Par contraste, l'image idyllique qu'il fait se profiler à l'horizon est irrésistiblement attirante : les Verts promettent un monde réconcilié avec lui-même. Ils font miroiter un univers radieux, et, jouant sur la corde sensible de chacun, la nostalgie du bonheur, ils dépeignent un paradis à portée de la main pour tous les hommes de bonne volonté.

Mais les Verts prennent garde de ne pas verser dans l'utopie gratuite. On pourrait les imaginer négligeant l'ingrate réalité du présent au profit des merveilles des mondes futurs. Pas du tout, les Verts ne sont pas des « rêveurs ». Leur sens critique, en tout cas, est parfaitement éveillé et s'applique avec pertinence à leur environnement. Ils ne craignent ni fatigue ni labeur; ils vont chercher leurs renseignements droit aux sources, sont d'une précision éprouvante dans les citations et les renvois et ne se laissent rebuter par aucune note de bas de page : ce sont bien des universitaires allemands.

Leurs experts sont d'ailleurs assez brillants, et les députés sont en grande majorité diplômés de l'université. Un grand nombre vient de l'enseignement : vingt-quatre sur les quarante-huit membres des différents *Landtage* en 1983 (douze étaient fonctionnaires d'autres ministères; un pasteur protestant, un conseiller pédagogue, un étudiant et quelques « chômeurs » complétaient la liste). Peut-être n'ont-ils pas une vision précise des chemins à suivre pour parvenir à leurs buts, mais leur programme fédéral est assez élaboré.

La brochure verte, sur papier évidemment recyclé, présente en première page une vision de la Genèse : un paysage vierge où terre et eau sont étroitement mêlées; de lourds nuages féconds se reflètent dans l'eau. Sur les rives, pousse une végétation innocente, qui déjà timidement tente de percer le manteau de neige. Ce salut à une aube nouvelle donne le ton de la brochure : pour inaugurer des temps nouveaux, il faut d'abord être « écologique ».

ÉCOLOGIQUE

L'écologie allemande n'a rien à voir avec l'écologie telle qu'on la connaît en France, quelque peu folklorique, style « gardarem lou Larzac » et « vivre au pays », ces combats d'arrière-garde limités à des cercles très restreints. En Allemagne, la population entière est véritablement concernée. Toute la vie de la Cité est vue à travers le filtre de l'impératif écologique; et tous les partis politique, CDU en tête, ont repris ce cheval de bataille pour éviter de laisser aux Verts un volet si riche au plan électoral.

D'autant que l'état de la forêt allemande devient de plus en plus préoccupant : d'après les experts, elle est déjà atteinte à plus de 30 % : les promeneurs en Forêt-Noire peuvent voir sur des kilomètres les arbres en train de mourir. Et les *smogs* qui s'abattent sur la Ruhr contribuent à l'affolement. Le gouvernement chrétien-démocrate s'est décidé pour l'essence sans plomb et le pot catalytique, il a ordonné que les grandes installations de combustion réduisent la teneur en oxyde de soufre et d'azote de leurs émissions. Mais, pour les Verts, ces mesures ne sont que des aménagements.

A les écouter, il faudrait carrément supprimer les centrales qui utilisent de l'énergie fossile non renouvelable, au profit de l'utilisation d'une énergie décentralisée et renouvelable : éoliennes, capteurs solaires et énergie géothermique. Le pillage des ressources naturelles mène à la ruine et saccage la nature, pour qui les Verts ressentent un sentiment puissant. Les carrières à ciel ouvert, les lacs artificiels entourés d'une vilaine végétation, les font physiquement souffrir. Une affiche des Verts, particulièrement saisissante, traduit bien ce sentiment : une forêt illuminée par un rayon de lumière surnaturel qui, creusant des ombres dans le feuillage, y dessine un visage dont la bouche ouverte crie *Hilfe*, « au secours ».

C'est aussi pour éviter à la nature des déprédations de ce genre que les Verts s'élèvent contre les grands travaux. *Non* à l'aéroport de Francfort, où ils organisent toujours des manifestations qui perturbent le trafic, mais *Non* également à l'agrandissement de l'aéroport de Munich, et *Non* aux énormes travaux du canal Rhin-Main-Danube, qui éventrent et torturent la nature sur des milliers de kilomètres carrés et déplacent des millions de mètres cubes de terre. L'utilité même de ces travaux est d'ailleurs niée dans des études très approfondies. On considère que, comme dans ses prévisions en matière de consommation d'énergie, le gouvernement fait cas de besoins qui n'existent pas : le trafic sur le canal du Rhin au Danube ne justifiera jamais les investissements entrepris ni les dégradations causées.

La notion de protection de la nature, au premier sens du mot « protéger », est donc très forte. Et foin des « zones préservées », des « parcs naturels » qui seraient de pures oasis au sein de la dévastation générale : la nature doit être protégée là où les hommes vivent.

C'est dire si la mise en coupe réglée à laquelle

l'agriculture industrielle soumet l'écosphère inquiète les Verts. En bons techniciens, ils ont repris à leur compte toutes les revendications des experts de la protection qui, depuis des décennies, tirent la sonnette d'alarme. Ils attirent l'attention sur le dépérissement du capital génétique de notre flore. Le cas des Pays-Bas est un exemple instructif : à force de « nettoyer » et de « redresser » les cours d'eau, de supprimer les haies et les « mauvaises herbes », d'arroser d'insecticides et d'herbicides, les Pays-Bas ont vu leurs prairies s'appauvrir : seules les espèces végétales les plus fortes subsistèrent. Alors les insectes disparurent à leur tour, entraînant avec eux les petites espèces animales (oiseaux, rongeurs, etc.) Reconstituer la richesse d'antan est ensuite très difficile.

Les Verts plaident pour une agriculture écologique qui n'épuise pas la terre et qui n'empoisonne pas l'homme; bref, qui produise « bien », au lieu de produire « plus » pour le stockage. Les excédents agricoles sont pour les Verts le symbole même du gaspillage de notre civilisation. Civilisation de l'ordure, du déchet, suivant leur expression. Leur question, tant de fois répétée, « chaque génération a laissé un héritage aux générations suivantes : ne laisserons-nous, à celles qui viennent après nous, que des tas de déchets, des monceaux d'ordures ? », est à prendre tout à fait au sérieux. Les Verts ont peur d'étouffer sous l'avalanche des sous-produits de notre civilisation. Sans même évoquer ici la psychose des déchets nucléaires ou l'affliction devant la transformation des mers en poubelles géantes, les dépôts d'ordures et les montagnes de pneus usagés font partie chez les Verts des classiques visions d'horreur. En Hesse, en septembre 1984, ils décident avec les socialistes d'arrêter une usine d'incinération d'ordures parce que ses filtres émettent de la dioxine. Devant l'afflux subséquent des ordures, ils proposent simplement « d'en réduire la production ».

Le nombre de films qui en Allemagne mettent en scène un monde moderne déchu semble indiquer que ce souci est partagé : si toutes les revues, brochures et programmes verts sont imprimés sur papier recyclé, bien des gens en Allemagne écrivent leur courrier sur papier recyclé sans être pour autant des Verts déclarés.

Par cette approche de la nature, les Verts s'inscrivent en ligne droite dans la descendance des fameux mouvements de jeunesse allemands (la *Jugendbewegung*). Les *Wandervögel* (« les oiseaux migrateurs »), particulièrement, avaient su dès la fin du siècle dernier exalter la jeunesse et l'envoyer parcourir l'Allemagne sac au dos. Les chefs de la HJ (la jeunesse hitlérienne) surent ensuite tirer habilement parti de ce goût pour la communion avec la nature.

Aujourd'hui Manon Maren-Grisebach, dans son livre *Philosophie des Verts,* présente une nouvelle version de ce romantisme. Elle y parle d'une manière à la fois assez crue et assez confuse des « sentiments des Verts pour la vie ». En citant pêle-mêle Héraclite, Schopenhauer et Novalis, elle y expose la foi des Verts en une vie qui comprend et englobe la mort, où tout est symbiose avec la nature, où tout est cycles, transitions, éternel retour. Dans ce bel élan de panthéisme, les mots de « globalité », « devenir », « flux éternel » reviennent sans cesse sous sa plume. Tout est « mouvement », « métamorphose », tout participe du Grand Tout.

Ce genre de sensibilité est de nouveau à l'honneur dans certains milieux en Allemagne, comme en témoignait la lettre d'adieu au collaborateur de la *Zeit,* qui s'était noyé en sauvant son chien.

Les Verts s'intéressent particulièrement aux animaux. Ceux-ci ont droit à leur sollicitude en tant que faune, comme capital génétique irremplaçable, comme partie inhérente des équilibres écologiques; mais ce qui les intéresse surtout, c'est l'animal individuel. L'ampleur que prend en Allemagne la campagne pour la protection des animaux (*Tierschutz*), porterait à croire que tous les Allemands ont pour les animaux l'âme de saint François d'Assise...

La mobilisation contre les expériences de laboratoire pratiquées sur les animaux dépasse de loin en intensité tout ce que la France a connu d'apitoiement sur le sort des bébés phoques. Elle s'appuie moins sur la sensibilité et sur les photos de sang sur la neige : des considérations scientifiques sont avancées pour « prouver » que l'expérimentation sur les animaux n'est qu'une solution de facilité pour les chercheurs. Aux premiers rangs de ce combat, les Verts multiplient les recommandations : prescriptions pour le bien-être de l'animal dans le transport, dans les jardins zoologiques, remplacement des expériences sur animaux par des expériences sur cellules ou par simulation informatique et prise en compte du droit à l'existence de l'animal dans les réflexions coût-bénéfice. Inquiètes, les grandes entreprises chimiques et pharmaceutiques font blinder leurs animaleries.

A long terme, le but des Verts est d'obtenir un statut juridique spécial pour les animaux; qu'ils ne soient plus considérés légalement comme des « choses »; que l'on ne puisse plus disposer d'eux avec désinvolture. Car la frontière entre l'homme et l'animal n'est pas si claire. M. Maren-Grisebach donne en exemple dans son livre une lettre de Rosa Luxemburg envoyée pendant la guerre, en 1917, à Sonia Liebknecht :

« ...[Un buffle a été maltraité par un soldat.] Les animaux attendaient, épuisés, d'être déchargés et l'un d'eux, qui saignait, avait l'expression et les yeux d'un enfant qui a pleuré. Il avait exactement l'air d'un enfant sévèrement puni, qui ne sait ni pourquoi il a été puni ni comment il pourrait échapper à la souffrance et à la brutalité. J'étais là et l'animal me regardait; les larmes m'envahissaient — c'étaient ses larmes; on ne peut souffrir, pour le frère le plus aimé, plus que je ne souffrais dans mon impuissance à cause de ce malheur silencieux. Ô mon pauvre buffle, mon cher frère aimé, nous sommes là, impuissants, et ne faisons qu'un dans la souffrance et la nostalgie... »

SOCIAL

Si les Verts ressentent ces exigences de fraternité à l'égard des animaux, que ne feront-ils pas pour leurs frères humains ! La dimension « sociale » du programme des Verts est considérable et prend toujours une place prépondérante dans leurs publications.

De même que vis-à-vis de la nature, l'homme doit se comporter avec *Rücksicht* (considération) et non en prédateur avec son égoïsme habituel, de même l'altruisme doit-il le guider dans ses rapports avec la société humaine. Tous les groupes, tant soit peu défavorisés, trouvent chez les Verts une oreille attentive.

Les femmes d'abord : « Le but des Verts est une société humaine fondée sur l'égalité des sexes dans le cadre d'une politique écologique globale. Pour pouvoir pratiquer cette politique de survie, il est nécessaire que les femmes s'engagent au maximum dans le domaine politique pour assurer la vie des générations à venir. » Effectivement, pour les Verts, les vertus traditionnellement attribuées aux femmes (proximité de la nature, réceptivité, sensibilité) en font par nature des adeptes de leur parti. D'ailleurs, les Verts portent au pinacle les anciennes sociétés matriarcales, plus ou moins mythiques, dotées à leurs yeux de toutes les vertus. Ils mettent leurs préceptes en pratique : en lutte ouverte avec le patriarcat, les six femmes qui sont maintenant à la tête du groupe parlementaire avaient déclaré ne pas vouloir être individuellement considérées comme « femme-alibi ». C'était à prendre ou à laisser : les Verts se dotaient d'un directoire exclusivement féminin, ou bien ils affronteraient la honte de n'avoir aucune femme dans l'organe dirigeant. Ils ont choisi...

Un sujet les gêne énormément : l'avortement. Il leur est difficile de concilier leur culte de la vie, de la survie, avec leur respect du libre arbitre des individus. La solution est donc de plaider en faveur de conditions telles, dans la société, « qu'aucune femme ne sera plus obligée d'y recourir ». L'avortement comme la contraception doivent d'ailleurs être gratuits.

Les enfants sont également vus d'un œil nouveau. Ils sont dotés de droits qui les émancipent vis-à-vis de leurs parents d'une manière inédite : on rejoint le courant qui a déjà fait du bruit en Suède, et qui se résumait grossièrement en France à « l'interdiction de la fessée ».

Pour les personnes âgées, les Verts reviennent sur le fléau, si souvent dénoncé dans nos civilisations, de la mise à l'écart des citoyens du troisième âge. Mais ils attaquent le sujet avec une ardeur nouvelle. Ils semblent ressentir dans leur chair le malheur humain. Ce ne sont pas seulement les vieillards relégués qui causent leur apitoiement. Ils débordent de bonne volonté pour tous : faibles, malades, handicapés surtout.

Il fait bon vivre dans un pays comme l'Allemagne (ou les Pays-Bas) si l'on a la malchance de souffrir d'un handicap sérieux. Aux Pays-Bas, la plupart des villes ont adopté un système sonore discret qui indique aux non-voyants quand traverser la rue. Les billets de banque sont reconnaissables au toucher grâce à d'infimes excroissances dans le papier du billet. On commence seulement en France à généraliser les accès spéciaux pour handicapés dans les bâtiments publics; en Allemagne, les problèmes posés par cette catégorie de citoyens et leur insertion sociale ont de tout temps été mieux étudiés. Des clubs existent qui proposent des promenades en tandem. Les non-voyants à l'arrière ont une description, en braille, de la route suivie; de même qu'à la halte au restaurant, les menus leur seront présentés en braille. Les Verts ne font que cristalliser noir sur blanc, dans leur programme, un sentiment très répandu.

A côté des femmes, des enfants, des vieillards, des handicapés, les Verts s'engagent aussi pour les minorités sexuelles; ils réclament la suppression des « listes roses » qui recenseraient les homosexuels. Depuis la répression nazie (les homosexuels étaient envoyés dans les camps de concentration où ils étaient marqués du « triangle rose »), la défense de l'homosexualité a pris en Allemagne une image de cause sacrée — et non plus seulement d'une défense normale de la différence.

Les déviants, les marginaux de toutes sortes sont à l'aise sous l'égide verte, les malades mentaux également : les Verts sont en première ligne dans la lutte de l'antipsychiatrie.

La médecine moderne en général a d'ailleurs très mauvaise réputation chez les Verts. Une des causes des mauvais records allemands dans le domaine de la mortalité infantile est à chercher dans la propension des jeunes mères « écologiques » à ne pas faire suivre leur grossesse médicalement, à accoucher chez elles ou encore à quitter la clinique le lendemain de l'accouchement. Régulièrement, des articles de journaux attirent l'attention sur ce sujet, et un article cita même le cas d'une mère éplorée qui, nourrissant son enfant au sein sans prendre la peine de le peser, le laissa — aussi incroyable que cela puisse paraître — mourir de faim.

Peu importe, les Verts réclament une autre médecine, une vraie santé qui ne dépende pas des médicaments dont les sociétés pharmaceutiques inondent le marché par pur goût du lucre — médicaments inutilement variés, rendus coûteux par la publicité, et dont les effets secondaires sont nocifs. Il faut une médecine globale, alternative.

Ne serait-ce que pour combattre le cancer qui, en Allemagne, est considéré comme le symbole du mal qui dévore nos sociétés. Un homme sur quatre meurt du cancer, proclament les Verts, des suites de la pollution de l'environnement. Les campagnes contre l'amiante ou le formaldéhyde, accusés d'être cancérigènes, se déclenchent plus tôt qu'en France, sont plus violentes et plus détaillées.

Pour les Verts, au contraire de ce qu'affirment les statistiques, l'espérance de vie diminue dans nos sociétés occidentales. Les causes sont évidentes : technique hostile à l'homme, destruction des équilibres écologiques, radioactivité, dénaturation des produits alimentaires, affaiblissement des forces régénératrices causé par la thérapie qui ne s'attaque qu'aux symptômes, stress psychiquc, relations humaines dénuées de sens, surconsommation de médicaments et de drogues. Voilà les causes du cancer et les maux à abattre. Les Verts, eux, prônent la vie au grand air, le calme, la campagne, les relations de voisinage,... le riz non décortiqué et le pain complet.

Ils prennent encore fait et cause pour deux groupes : les « étrangers », comme on appelle pudiquement les immigrés en Allemagne, et les chômeurs.

Les « étrangers », ce sont non seulement les Turcs, mais les Pakistanais, Indiens, Sri-Lankais, etc. attirés par les rumeurs sur la libéralité allemande en matière de droit d'asile. Leur arrivée est « encouragée » par la RDA qui offre des tarifs particulièrement concurrentiels sur sa compagnie d'aviation. Une fois à Berlin-Est, ces clients ne rencontrent aucune difficulté pour franchir la frontière vers Berlin-Ouest. Passer ensuite en Allemagne fédérale est un jeu d'enfant (et la frontière vers la France et Paris ne présente pas d'obstacle insurmontable...).

Les Verts s'insurgent contre les expulsions et récusent toute coopération des autorités fédérales avec les services de police secrète étrangers quels qu'ils soient. Il suffit de regarder, sur les photos que publient les Verts, la détresse sur les visages d'un groupe de Pakistanais refoulés ou expulsés : la confrontation avec eux, c'est le face-à-face avec ce qui fait la honte de nos sociétés : tolérer la misère absolue dans d'autres parties du monde. Pour eux, donc, rien n'est trop beau : égalité juridique totale avec le citoyen allemand; mêmes droits de vote, immédiat au niveau local, après cinq ans au niveau fédéral[1]; aide spéciale aux enfants pour les aider à surmonter leur handicap de départ; et encouragements de toutes sortes à l'organisation d'une certaine autonomie.

Enfin, les chômeurs. Voilà encore un groupe qui a besoin d'aide, morale et pratique. Pour eux, les Verts prônent l'autonomie, l'organisation de groupes d'entraide, de collectifs d'activité alternatifs..., mais, surtout, ils s'attaquent à l'économie.

DÉMOCRATE DE BASE

Évidemment on peut se demander ce que les Verts entendent par une économie « écologique » et « sociale ». Il faut, disent-ils, que ce soit une « économie cyclique et dynamique ». Mais encore ?

Les Verts ne sont pas pusillanimes. Autant ils étaient sensibles au malheur d'autrui, prêts à tous les sacrifices pour le soulager, autant ils sont radicaux et sans pitié dans leur traitement de la réalité économique actuelle. Ils ne s'embarrassent pas de demi-mesures : « Une économie sociale et écologique exige le démantèlement partiel et la transformation de notre système industriel », déclare tout uniment leur programme.

La vision qui flotte devant les yeux des Verts est celle d'un monde d'où les grandes multinationales auraient

1. Deux années de présence au Bundestag ont néanmoins convaincu les députés Verts d'accepter des délais légèrement plus longs, mais leur propos de base n'a pas changé.

disparu; où il n'y aurait plus de division du travail; où chaque région aurait son autonomie agricole et industrielle dans de petites unités « à taille humaine », où il serait possible de savoir qui a fabriqué quoi. L'ensemble est très vague mais porté par un sentiment très fort. L'homme ne serait plus l'esclave du travail, soumis à des horaires, à un stress nuisibles à sa santé (les images de Chaplin dans *Les Temps modernes,* surtout celles où Charlot est pris dans l'engrenage de la machine, ornent toutes les brochures des Verts). Ce serait un monde sans chômeurs, « où le travail socialement nécessaire serait réparti d'une manière équitable ». Et sans différences choquantes de revenus. A long terme d'ailleurs, il faut envisager la manière d'assurer un revenu indépendant du travail.

Les Verts soutiennent la réduction de la semaine de travail à trente-cinq heures sans diminution de salaire. Dans un monde où l'on ne fabriquera plus que des choses « socialement nécessaires », les heures de loisir devraient se multiplier ou peut-être se combiner à la réapparition du travail à domicile — du travail en petits ateliers de voisinage.

La production se ferait par petites unités, il serait donc possible d'appliquer l'autogestion. Ce serait la fin du pouvoir exercé par ceux qui dominent l'économie; la fin de l'exploitation de l'homme et de la nature. « Le sol, les ressources naturelles, les moyens de production et les banques devraient faire l'objet de nouvelles formes de propriété sociale. » Bien entendu, il ne peut en aucun cas s'agir de nationalisation : la propriété dans les mains de l'État est entachée des mêmes péchés que la propriété privée : elle permet l'exercice du pouvoir sur les hommes, la destruction de la nature et le contrôle de l'économie, de la société et de la politique. Il faut donc inventer de nouvelles formes sociales autogérées de propriété, qui permettent un contrôle par la base. Bref, chacun aurait son mot à dire sur tout. L'objectif est que

« les personnes concernées décident elles-mêmes de ce qui est fabriqué, où et comment ».

Une telle perspective peut laisser rêveur mais c'est justement le rêve avoué des Verts : la « démocratie de base ». Cette démocratie de base n'a rien à voir avec la démocratie parlementaire, pervertie. Les Verts sont les premiers à demander que les sources de financement des partis soient taries et ils ont déposé une plainte devant le tribunal constitutionnel de Karlsruhe pour que soient supprimées les « fondations » par l'intermédiaire desquelles les partis politiques reçoivent des dons.

Leur idéal politique est tout autre. Avec les nouveaux moyens de communication : câble, informatique, n'est-il pas possible d'envisager de nouvelles formes de participation du citoyen à la décision politique ? Elles permettraient de court-circuiter les médias corrompus et de décentraliser la prise de décision. Elles supprimeraient l'imbrication entre politique et économie, et la corruption qui en résulte : plus de contrats de consultants ni de sièges aux conseils d'administration distribués aux hommes politiques qui "pensent bien". Le peuple lui-même prend ses décisions. D'ailleurs les Verts plaident en faveur de l'utilisation des référendums, des plébiscites. C'est un moyen pour eux de renforcer la démocratie directe. Ils demandent des référendums sur les sujets les plus controversés en Allemagne — à commencer par l'installation des fusées Pershing. Ils voudraient retourner au concept de la démocratie inventé par les Grecs — avec, en plus, les moyens techniques modernes qui permettent de l'étendre à un plus grand nombre de citoyens.

Dans un tel cadre, la clause des 5 % n'a évidemment plus de sens : les minorités doivent pouvoir s'exprimer et avoir accès aux parlements. Au Bundestag, les Verts rechignent à commencer leurs allocutions par « chers collègues », comme le veut la coutume parlementaire. Par-dessus leurs têtes, c'est aux « concitoyennes et concitoyens » qu'ils s'adressent directement — que les débats soient ou non retransmis par la télévision.

NON VIOLENT

On ne peut comprendre la tranquillité avec laquelle les Verts avancent toutes leurs assertions, véritables brûlots, déclarations de guerre à tout ce qui existe, que si l'on passe dans le même souffle au quatrième adjectif du programme : *geuwaltfrei,* non violent. Il semble répandre un apaisement sur tout ce qui précède.

Toutes ces transformations, les Verts ne veulent les accomplir que dans l'assentiment général. Le préambule de leurs statuts l'affirme, et rejoint ainsi une discussion qui agite les intellectuels depuis de nombreuses années : la *Gewaltdiskussion* ou discussion à propos de l'usage de la violence.

D'entrée de jeu, il faut souligner que le mot *Gewalt* est ambigu. Il est le « pouvoir » dans l'expression *Gewaltenteilung,* séparation des pouvoirs (exécutif et législatif). Il est la « souveraineté » : *Alle Gewalt geht vom Volk aus,* « la souveraineté émane du peuple ». Il est la « force » du *Gewaltverzichtvertrag,* le traité de non-recours à la force. Il est aussi la « violence ». Mais que comprendre lorsqu'il s'agit du *Gewaltmonopol* que s'arroge l'État : le monopole du pouvoir ou celui d'exercer la contrainte, si c'est nécessaire, de manière violente ? Et que veut dire Ulrike Meinhof lorsqu'elle réclame une *Alternativgewalt...* et qu'elle la met en pratique ?

Lorsque les grandes manifestations de protestation commencèrent à dégénérer en batailles rangées à Francfort, à Brokdorf et jusque dans la paisible petite ville de Forêt-Noire, Fribourg-en-Brisgau, les Verts optèrent pour la non-violence. Pourtant, ils se considèrent — surtout dans les drames des évictions de squats — en « légitime défense » devant un État inique. Quelle abnégation que la leur ! Ils se flattent de cette non-violence et en font état comme d'une parure particulièrement précieuse. A tel point qu'ils donnent à la solution de la violence, dont ils se sont détournés avec tant de mérite, une certaine légitimité.

Chaque peuple a un rapport particulier avec la violence. Et celui des Allemands n'est certainement pas parmi les plus simples. Y compris pendant ces deux dernières guerres, les jeux de bascule des Allemands entre brutalité et extrême sensibilité sont connus (les Allemands, qui ont toujours été très doués pour dire du mal d'eux-mêmes, rappellent volontiers que de Gaulle les traitait de « chevaliers de la fleur bleue qui vomissent leur bière »). L'enseignement SS, loin d'être un appel au sadisme, faisait, de la violence et de la dureté impitoyables, une vertu, une noblesse (certains discours d'Himmler aux promotions SS pourraient être adressés à des saint-cyriens tellement il est question de « servir », d'abnégation, de dépassement de soi). Aujourd'hui les Verts subliment la non-violence.

Mais la non-violence n'est pas confinée aux échauffourées avec les sbires de l'État; elle s'étend aussi aux rapports économiques et politiques, aux rapports des peuples entre eux. On touche ici au problème central du tiers monde.

Le tiers monde, pour les Verts, c'est le portrait de Dorian Gray, c'est le miroir qui nous renvoie l'image de nos vices et de nos péchés. C'est le scandale permanent et l'injustice incarnée, c'est le regard qui vous hante de l'enfant en train de mourir de faim.

Le drame du tiers monde s'est installé au cœur de la conscience verte. Pas un sujet qui ne soit abordé sans que d'une manière plus ou moins détournée, le problème du tiers monde ne surgisse. Cité à tout propos et hors de propos, le tiers monde ne laisse aucun repos. Pas une brochure où ne figurent les photos hallucinées des pauvres absolus, au regard difficilement supportable.

Pour les Verts, un monde qui tolère un tel scandale ne peut qu'être mauvais. Les rapports d'exploiteurs à exploités, qu'ils décèlent dans les relations entre pays industrialisés et pays en voie de développement, sont le résultat d'une logique dévergondée. Le monde industrialisé ne peut mener son « train de vie » de gaspillage productiviste qu'aux dépens du tiers monde. C'est en pillant les matières premières et en revendant les produits manufacturés à des prix exorbitants que le Nord maintient les pays pauvres dans leur dépendance. Forcés à produire ce qui est nécessaire à la bonne marche de l'économie de leurs maîtres, les pays sous-développés sont incapables de sortir de leur misère et de leur ignorance. Même l'aide au développement est une manière détournée d'enfoncer les pays du tiers monde dans le cercle vicieux du sous-développement. Comment, sinon, comprendre que les pays pauvres s'endettent de plus en plus, soient obligés d'emprunter pour rembourser leurs dettes, et laissent le Fonds monétaire international faire la loi chez eux, suivant une logique capitaliste qui est la pire médecine pour les maux qu'il prétend soulager. L'influence des pays riches sur le Sud est absolument négative. C'est une relation de maître à esclave.

La culpabilité des pays industrialisés est flagrante. Quand Hannelore Saibold, député « verte », demande du müsli à la cantine du Bundestag, elle le justifie par des raisons diététiques mais aussi parce que c'est un symbole de solidarité avec les masses souffrantes du tiers monde, « devant l'indescriptible famine et les milliers de morts d'inanition chaque jour dans de nombreuses parties du monde »; prendre conscience de cette culpabilité, c'est commencer à la combattre.

Le programme vert est très complet sur les questions de solidarité avec le tiers monde : comment cesser d'exporter notre pollution et nos vices, comment amener les pays à l'autosuffisance alimentaire en les libérant des

Multis et des élites locales que celles-ci ont achetées. Les Verts n'hésitent pas à accuser « le grand monopole américain du blé » de se servir des céréales pour l'asservissement des peuples, et recommandent le soutien « à tous les mouvements de libération, à tous les peuples en lutte contre des gouvernements qui ont recours à la violence, qu'elle soit ouverte ou structurelle ».

Aux innombrables documents qui circulent chez les Verts sur le tiers monde (cartes montrant les rapports iniques entre population et PNB, dessins cruels de Konk et Plantu, photos, rapports sur le développement du désert et de la famine au Sahel) répondent en écho ces graffiti sur les murs : « Nicaragua, un pays crie à l'aide », « Salvador, un pays torturé ». Les initiatives en faveur de ces deux pays symboles du malheur du tiers monde soumis à la dictature du capitalisme sont innombrables. Des charters d'aides bénévoles aux groupes de médecins, les visites allemandes, parfois de longue durée, se multiplient au Nicaragua. Et pour commencer, on ne boit du café qu'en provenance du Nicaragua.

L'idéal des Verts serait un nouveau genre de rapport entre les peuples : un rapport non violent, mieux, un rapport de paix et d'amour.

Paix et Amour. *Frieden und Liebe*. Deux beaux mots qui se prononcent avec une syllabe longue, un *i* long dont on peut se délecter comme d'une musique. Les avoir à la bouche est déjà un plaisir, une promesse, l'évocation d'un monde meilleur. Les Verts les ont sortis de leur contexte religieux ou sentimental un peu poussiéreux et les ont amalgamés à leur programme, à leurs revendications concrètes. Chez les Verts, on ne parle plus de politique étrangère mais de politique de paix, *Friedenspolitik*.

« Une politique étrangère écologique est une politique non violente. La politique de paix s'élève contre toutes les formes d'agression et de militarisme intérieur comme extérieur, elle s'élève contre la course aux armements et la folie des armements; elle s'oriente vers une cohabitation pacifique et solidaire de tous les êtres humains. (...) La continuation de la vie sur notre planète ne pourra être assurée que s'il se crée une communauté de survie de tous les êtres humains et de tous les peuples du monde; c'est le principe suprême de notre politique étrangère. »

On comprend que dans cette optique le programme des Verts en matière de politique de défense soit draconien :

— Sortie de l'OTAN; dissolution à terme de la Bundeswehr (quelquefois exigée immédiatement); en attendant, possibilité pour chacun sur simple demande de faire un service civil de remplacement au lieu du service militaire traditionnel.

— Désarmement unilatéral : « ... Le désarmement doit commencer dans notre propre pays, et devrait entraîner d'autres pays à désarmer de la même manière. Le désarmement unilatéral devrait avoir pour but de renforcer le Mouvement de Paix pour aider à la réussite d'un désarmement mondial, à commencer par les USA et l'URSS. »

— Négociations de désarmements, interdiction de stocker et de produire des armes atomiques, chimiques et biologiques dans le monde entier (évidemment, pas de Pershing). « Démantèlement de l'industrie de l'armement allemande et conversion à une production pacifique : par exemple, nouveaux systèmes énergétiques et produits pour la protection de l'environnement. »

Si, malgré tout, un conflit éclatait et que le territoire allemand soit menacé, les Verts recommandent alors, en l'absence d'une industrie d'armement et d'armes atomiques à moyenne portée, de recourir à ce qu'ils appellent la « résistance passive » ou « résistance sociale ». Ce qu'ils entendent par là, un député Vert l'a expliqué devant un auditoire de germanistes sidérés, dans un congrès à Strasbourg en 1984 :

« Si j'ai une voiture, pour éviter qu'on ne la vole, je la ferme à clé. Cela peut ne pas être suffisant, je fais alors installer un antivol sur le volant. Mais cela aussi peut ne pas suffire, je recours alors à une troisième solution : j'enlève temporairement un des éléments du moteur indispensable à sa bonne marche. Nous, les Verts, trouvons plus sage ce moyen de défense que d'installer une fusée et de faire sauter ensemble voleurs et voiture à défendre. »

La logique est admirable, et l'on touche là à des réflexions qui seront étudiées avec le Mouvement de Paix. Car les Verts sont, bien évidemment, très proches de ce mouvement. C'est, en effet, à la jonction du Mouvement de Paix et de la philosophie verte que s'établit vraiment l'idéologie « écopacifiste » — ce que les Allemands appellent souvent du terme global *Ökopax*.

L'ÉCOPACIFISME

Qui a lu le programme des Verts, en refermant la brochure, se pose une seule question : sont-ils sérieux ?

« Démanteler le système industriel », savent-ils ce que cela implique ? Savent-ils avec quel feu ils jouent lorsqu'ils rejettent la démocratie parlementaire au profit de la « vraie démocratie » ? Pas une seule fois, le mot révolution ne leur vient sous la plume; mais il est sans cesse question de *Wende,* changement radical de direction, et de *grundlegende Veränderung,* transformation fondamentale. Les objectifs à atteindre paraissent tellement hors des normes, tellement peu « politiques », tellement « autres » qu'ils semblent relever de l'utopie pure.

On se rassure alors en pensant que cette fraction du peuple allemand qui vote pour eux (près de 10 % au milieu des années 80), les soutient par sympathie vague pour une liste de vœux pieux dont la mise en œuvre ne sera jamais véritablement envisagée ni réalisée. Personne ne pense que les multinationales prendront poliment leur chapeau ou que les Supergrands retireront aimablement leurs fusées. Personne ne croit que tous les citoyens, dans un bel élan unanime, accepteront un abaissement important de leur niveau de vie pour épargner la nature, ou qu'ils participeront activement, dans une démocratie directe, à toutes les décisions les concernant.

Personne ne croit sérieusement que soudain l'homme deviendrait un mouton pour l'homme.

Eh bien, si ! Les Verts le croient.

Le scintillement merveilleux de leur programme repose sur la foi — du moins chez les plus ardents — que la nature humaine peut changer de manière totale. Ce sont des théoriciens de la possibilité concrète d'un monde nouveau, d'un monde sans armes, sans guerres, d'où aurait disparu tout ce qui a fait le tissu de l'histoire de l'humanité depuis ses origines : guerres et rivalités.

Ils avancent des théories dites scientifiques, pour étayer leurs dires. Un de leurs grands inspirateurs est l'Américain Thompson, avec sa théorie de l'« exterminisme ». D'après lui, Nagasaki et Hiroshima ont été des coups de semonce à prendre au sérieux. Jusqu'ici, seules les conditions de la production industrielle avaient fait l'objet de critiques : le marxisme se préoccupait de la propriété des moyens de production, des rapports entre travailleurs et capitalistes. Il s'agit maintenant d'aller chercher le mal à sa racine : l'« industrialisme ». Il contient les germes de la mort de l'humanité : armement et destruction de l'environnement. Il recèle la pulsion de mort collective qui imprègne toutes les structures économiques, scientifiques, techniques et politiques de notre civilisation industrielle fondée sur l'agressivité et l'expansion.

Cette vision scientifique est parfaitement exposée dans un article de Rudolf Bahro paru dans une brochure des

Verts intitulée : *Wir wollen leben !* (Nous voulons vivre). Au-dessus du tournesol de la page de couverture se trouve une apostrophe dans la meilleure tradition de la Scène : *Entrüstet euch !* (*rüsten* : armer; *abrüsten* : désarmer; mais *entrüsten* : indigner). Bahro nous convie donc à nous indigner.

Le système industriel, cette « mégamachine », est si gros de contradictions qu'il va de dysfonctionnement en dysfonctionnement, la gravité des perturbations augmentant chaque fois. Bahro décrit soigneusement tous les foyers de crise qui, inévitablement, déclencheront l'holocauste. La division de l'humanité en blocs, l'oppression du tiers monde, la course aux armements sous prétexte d'équilibre développent une logique fatale qui conduit à la fin du monde.

L'équilibre de la terreur n'existe plus; les systèmes d'alliances, dans le passé, ont toujours conduit à l'affrontement; cette fois, avec les moyens dont disposent les hommes, ce sera le dernier. La certitude est donc absolue. A ceux qui doutent encore, on fait remarquer qu'après « la der des der » de 1914-1918, personne n'aurait cru à la possibilité d'une Seconde Guerre mondiale. Parler de 50 millions de morts eût semblé une folie. Alors, pourquoi pas une troisième guerre mondiale et des milliards de morts ?

Pour sauver l'humanité, Bahro lance un appel vibrant : « Seule l'union des courants écologiste et pacifiste en un grand "mouvement de vie" (*Lebensbewegung*) peut apporter le salut. »

C'est, au sens propre, « l'écopacifisme ».

Et là, Bahro parle, lui, de révolution. Il invoque la « nécessaire révolution salvatrice », la « révolution la plus radicale que l'humanité ait jamais vécue »; le passage du monde « à un autre modèle fondamental de civilisation, puisque celui qui existe a rendu incertain le développement du genre humain ». Il lui faut une révolution « planétaire », car seule une révolution « à l'échelle de l'humanité » peut stopper la course folle vers l'abîme, vers « la *Totalkatastrophe* ».

Arrêter la mégamachine avant qu'elle ne parvienne au bout de sa logique constitue un impératif absolu. Il n'est pas question pourtant d'user de violence. Sur ce point, Bahro est aux antipodes du terrorisme. Mais il n'exclut pas que « malheureusement peut-être, la mégamachine se révélera tellement imperméable aux influences de l'extérieur, qu'il sera impossible d'éviter la fin globale de l'humanité autrement que par la guerre civile totale ». Cette guerre civile totale serait alors « l'avant-dernière catastrophe », mais elle n'en est pas moins envisagée calmement, en toute logique.

Cette conviction écopacifiste, tous les Verts la partagent, peu ou prou : seule l'union de l'écologie et du pacifisme peut sauver le monde. Les Verts ne divergent que dans la manière de mettre en œuvre leurs principes. Leur dernier congrès, à la fin de l'année 1984, a montré une accentuation de la division entre le courant qui se nomme lui-même « fondamentaliste » par rapport au courant qui compose avec la réalité. Ceux qui ont gardé un sens vif des réalités (Petra Kelly, le général Bastian, Otto Schily ou d'autres) sont prêts à saisir les occasions concrètes qui leur permettront de faire avancer leurs théories. Ceux-là se frottent au monde imparfait d'aujourd'hui. On les a vus se rendre chez Honecker, ou s'allier en Hesse avec le SPD pour former une coalition d'un modèle parfaitement traditionnel.

Les fondamentalistes[1], eux, refusent tout compromis. Ils sonnent le tocsin et ne veulent devoir leurs succès qu'à leurs propres forces. S'ils sont donc méfiants, particulièrement vis-à-vis des sirènes du SPD, il y a un domaine où il ne peuvent refuser de collaborer avec d'autres forces : le Mouvement de Paix.

1. Au dernier congrès Vert de 1984, Rudolf Bahro s'est laissé aller à traiter de « nazies » les méthodes des fondamentalistes.

X

LE MOUVEMENT DE PAIX

LE PACIFISME EN ALLEMAGNE

Le Mouvement de Paix existe en Allemagne depuis les années 80; mais il n'est que la nouvelle version d'un pacifisme qui y a toujours eu droit de cité et toujours eu des difficultés. Quelques grands noms sont restés dans les mémoires.

Celui de Bertha von Suttner par exemple. Célèbre par son roman *Bas les armes,* elle reçut le prix Nobel de la Paix pour avoir largement contribué à la création de la Société allemande pour la Paix et eut la chance de mourir quelques semaines avant que n'éclate la Première Guerre mondiale; la Société allemande pour la Paix, elle, survécut.

Après la Première Guerre mondiale apparaît un mouvement né de l'horreur de la guerre, comparable à des mouvements similaires dans tout le reste de l'Europe et qui se baptise *Nie Wieder Krieg* (« Plus jamais la guerre »). Il est passé à la postérité grâce à l'affiche du peintre expressionniste Käthe Kollwitz. Cette vigueur, ce bras lancé vers l'avenir rappellent *la Liberté* de Delacroix mais, curieusement, ébauchent déjà le salut hitlérien. Quelques grands noms de la culture allemande sont liés à cette période : Erich Maria Remarque, Bertolt Brecht, les peintres Otto Dix ou George Grosz, d'une amertume décapante... A l'époque, les journaux de gauche publient d'innombrables articles pacifistes dont celui, toujours fameux, de Tucholsky : « Les soldats sont des assassins », ou les essais de Carl von Ossietzsky. En 1921, le Cartel allemand pour la Paix réunit tous les courants pour mieux lutter contre le « militarisme renaissant ».

Avec l'avènement du Troisième Reich, les pacifistes, qui pendant la république de Weimar avaient déjà eu des difficultés (Carl von Ossietzsky eut maille à partir avec la justice), passent définitivement dans le camp des victimes. Le pacifisme est donc nimbé d'une auréole : celle de la résistance au fascisme, à Hitler.

Après la Seconde Guerre mondiale, c'est cette fois la politique de rééducation des Alliés qui encourage un renouveau du pacifisme allemand. La nouvelle République allemande se pose d'après la Loi fondamentale de 1949 comme un pays « pacifiste » — ou du moins complètement guéri de la tentation militariste. Et il ne faut pas moins de sept années de polémiques intenses pour arriver à la décision de modifier la Loi fondamentale et permettre la création de la Bundeswehr.

Toute une fraction du peuple allemand se désolidarise de cette transformation de la République fédérale; dès 1950, naît le mouvement des « sans moi », les *ohne mich*, qui, afin d'empêcher le réarmement de la République fédérale et son entrée dans l'OTAN, tente d'organiser un plébiscite, qu'Adenauer interdit sous le prétexte qu'il « met en danger la substance de la République fédérale ».

En 1958 pourtant, le mouvement pacifiste prend des proportions susceptibles de mettre en danger le chancelier, alors même qu'il vient de remporter la majorité absolue aux élections de 1957. Il s'agit cette fois de l'introduction, dans la toute nouvelle Bundeswehr, des armes nucléaires tactiques sous tutelle américaine. Les affiches évoquant l'ombre de nouvelles catastrophes couvrent le pays. « Pourquoi recommencer ? » demandent-elles au-dessus du visage émacié d'un soldat qui ressemble à la mort, environné de canons, d'armes et de fumées de champignons atomiques. C'est le mouvement de « lutte contre la mort atomique ».

Il lance sur les routes des centaines de milliers de personnes : le 16 avril 1958, 120 000 personnes manifestent à Hambourg, dans les fameuses « marches de Pâques ». Les sondages sont univoques : plus de la moitié des personnes interrogées se déclarent prêtes à faire grève pour protester contre l'armement nucléaire. Les savants atomistes allemands accentuent la vague en publiant « l'appel de Göttingen » contre l'armement nucléaire. Parmi les signataires figurent Max von Laue et Carl-Friedrich von Weizsäcker (frère aîné du futur maire de Berlin et président de la République).

Pourtant, dès 1960, tout est calmé, la Bundeswehr a ses fusées et les Américains installent les charges nucléaires qui les complètent sur le sol allemand. Que s'est-il passé ? C'est qu'entre-temps le SPD, parti socialiste, s'est détourné de la campagne antinucléaire. Il a commencé sa longue marche vers le pouvoir, peu compatible avec l'organisation de manifestations contre l'État. Surtout, il ne veut en aucun cas de front commun avec les communistes, très actifs dans le mouvement : le spectre du communisme est assez fort encore en RFA, à l'époque, pour faire fuir les voix[1]. C'est la fin du mouvement de « lutte contre la mort atomique ».

Dans les années 60, la lutte reprendra avec le mouvement antinucléaire. Il faut garder ce passé à l'esprit pour bien comprendre le mouvement actuel.

1. Pendant la campagne électorale, les chrétiens-démocrates d'Adenauer demandent tout simplement, sur des milliers d'affiches : « Adenauer ou Ulbricht ? », lequel est alors à la tête de la RDA.

Mais ce qui est proprement fascinant dans le Mouvement de Paix des années 80, ce qui fait son originalité par rapport aux formes précédentes du pacifisme, c'est sa fonction unificatrice. Il joue le rôle de bassin de recueil de toutes les tendances, de toutes les pulsions qui agitent le corps social allemand. Tout ce qui bouge en Allemagne s'y retrouve, mais encastré, orchestré dans le grand thème écopacifiste. S'y expriment en effet : la peur de la guerre, de la détérioration de la planète, la peur doublée de méfiance devant l'État capitaliste ainsi que le nouveau nationalisme, l'insupportable problème de la culpabilité allemande et ce grand renouveau moral en faveur du tiers monde, des immigrés, des déshérités de toutes sortes, qui, soutenu par les Églises, apporte un souffle neuf. Cet amalgame est très disparate et bien des manifestants du Mouvement de Paix n'en sont pas conscients. Pourtant, qui lit les publications, observe les manifestations, écoute les discours est frappé par l'extrême cohérence du mouvement. On ne peut tirer un fil de l'écheveau sans voir immédiatement surgir les autres.

Les débuts du Mouvement de Paix coïncident avec l'aube de la décennie 80. L'« appel de Krefeld » de novembre 1980 en a été le coup d'envoi, sur le thème : « La mort atomique nous menace tous, pas de fusées nucléaires en Europe ! »

On lui a beaucoup reproché d'être un appel au désarmement unilatéral, dans la mesure où il s'élève contre l'installation des nouvelles fusées à moyenne portée américaines, alors que les SS-20 soviétiques étaient déjà là. Mais, surtout, on lui a reproché d'avoir été totalement téléguidé par les communistes.

Les personnalités à l'origine de l'appel de Krefeld sont le général Bastian et un ancien colonel de la Wehrmacht, J. Weber... On sait que le général Gert Bastian claqua la porte de la Bundeswehr avec éclat après « la double décision » de l'OTAN de décembre 1979 qui prévoyait l'installation de fusées à moyenne portée américaines en Europe et, simultanément, l'engagement de négociations avec les Soviétiques. Il rejoignit alors le camp des Verts. J. Weber, lui, est à la tête de la Deutsche Friedensunion (DFU), qui passe pour être d'inspiration communiste. De fait, c'est la DFU qui entreprit d'organiser le forum de Krefeld où se retrouvèrent des marxistes, des sociaux-démocrates, des groupes chrétiens et des écologistes. Tous réunis, ils décidèrent de lancer cette pétition (elle a recueilli au milieu des années 80 deux millions de signatures). Quel fut exactement le rôle des communistes ouest-allemands dans l'affaire ? Y eut-il des manigances en provenance directe de Moscou et de Pankow ?

Un certain nombre d'organisations pacifistes sont connues pour tolérer la présence de communistes en leur sein : le « Comité pour la Paix, le Désarmement et la Coopération », la « Société allemande pour la Paix », l'« Union des objecteurs de conscience » (DFG/VK), ou encore l'« Association des victimes du nazisme ». Mais le Mouvement de Paix est devenu trop important pour être ramené aux seules forces communistes (le parti communiste en RFA ne réunit jamais plus de 0,5 % des voix). Le Mouvement de Paix est évidemment encouragé, soutenu et pénétré par des suppôts de l'Est. Jamais pourtant ils n'obtiendraient un tel impact si, comme en publicité, le produit ne correspondait pas à l'attente du public et ne le satisfaisait pas.

LA STRATÉGIE, LA DÉFENSE

D'ailleurs le domaine où l'on craint le plus l'influence communiste, celui des décisions stratégiques, n'est finalement qu'un des aspects du Mouvement et peut-être parmi les moins importants. Il est au premier plan — mais comme l'arbre qui cache la forêt. Le problème, en fait, sert de dénominateur commun aux diverses sensibilités. Avec leur application habituelle, les citoyens allemands ont d'ailleurs parfaitement assimilé les réflexions d'experts : les portées des fusées, leur rapidité, les différentes étapes des réflexions stratégiques américaines, sont aujourd'hui des données couramment maîtrisées.

En fait, les Allemands se sont réveillés avec l'invasion de l'Afghanistan. Jusque-là, la détente, le progrès lent mais réel des négociations de désarmement les avaient bercés dans un sentiment de sécurité quiète. A Vienne, les MBFR (*Mutual Balanced Forces Reduction*) sur les réductions de troupes et d'armement en Europe ronronnaient et, en 1972, SALT 1 (*Strategic Arms Limitation Talks*) avait été un succès. En 1975, Brejnev et Ford se serraient la main en souriant devant les photographes : ils venaient de se mettre d'accord sur les directives de base pour un deuxième accord SALT. Quatre ans plus tard, Brejnev et, cette fois, Carter signaient SALT 2, qui envisageait même une réduction, et non plus seulement une limitation, de l'armement stratégique. Mais SALT 2 ne sera pas ratifié par le Congrès américain.

Tout à coup, les Allemands sentent un grand vent balayer leurs certitudes : les Américains sont loin. Le traité sur l'interdiction des essais nucléaires (signé à Moscou en 1963) et le traité sur la non-prolifération (signé en 1969) ne suffisent plus à bannir les craintes nucléaires.

Le danger atomique est à nouveau présent.

L'« équilibre de la terreur » n'est plus une formule magique qui permet de dormir tranquille. La dissuasion a perdu son charme. Une réflexion prévaut alors dans les milieux pacifistes : il est illusoire de se défendre en menaçant l'adversaire de son propre suicide. C'est pourtant l'attitude des pays européens, qui envisagent de répliquer à une invasion conventionnelle par l'envoi de têtes nucléaires. La riposte immédiate de l'Est serait la destruction totale. Il s'agit donc d'un bluff transparent.

Bien plus, les nouvelles fusées sont dangereuses car elles menacent directement l'URSS. Que diraient les États-Unis si l'on installait des fusées à moyenne portée en Amérique centrale ? On a bien vu leur réaction à Cuba en 1962; pourquoi les Russes devraient-ils accepter ce que les Américains n'acceptent pas ? Les missiles de croisière échappent aux radars; et les Pershing introduisent un nouvel élément : leur rapidité leur permet d'atteindre leur but en cinq ou six minutes — trop peu de temps pour que les Russes puissent réagir... Autant de raisons pour pousser les Russes à la frappe préventive. Donc les fusées, au lieu d'être des paratonnerres contre le danger nucléaire, attirent la foudre[1] : *Raketen sind Magneten*, « les fusées sont des aimants ».

Les Américains affirment que ces nouvelles fusées sont nécessaires pour répondre aux SS-20 déjà installées; c'est Helmut Schmidt lui-même qui a attiré l'attention des alliés de l'OTAN sur ces nouvelles armes soviétiques et qui a poussé à l'adoption de la double décision. Mais, disent les pacifistes, les SS-20 ne représentent pas un véritable changement de nature : ce ne sont qu'une version plus moderne de vieilles fusées démodées, elles ne remettent pas en question l'équilibre.

Cet « équilibre », tant compté et recompté ! Les experts se battent en combinant précision et portée, rapidité, nombre de fusées et de têtes nucléaires, « mirvées » (c'est-à-dire à têtes multiples) ou pas. Le chiffre de 7 000 est cité *ad nauseam* par les Verts : il y aurait déjà 7 000 charges nucléaires sur le sol allemand[2] — une densité plus élevée qu'en aucun autre pays du

1. Tous arguments qui ont été obligeamment soufflés aux Verts, à la télévision allemande... par les deux propagandistes en chef du Kremlin, Léonid Zamiatine et Vadim Zagladine, lors d'une émission restée dans les mémoires.

2. En fait, elles ne sont plus « que » 4 000, depuis ces dernières années.

monde; de quoi, selon les pacifistes, faire sauter la planète, à commencer par la République fédérale. Et ce sont des armes dont les Allemands n'ont pas la libre disposition, seuls les Américains pouvant décider de leur usage.

Les Américains prétendent que ces nouvelles forces intermédiaires, Cruise et Pershing, sont indispensables pour garantir l'impossibilité d'un « découplage » — pour éviter que les intérêts américains ne se dissocient des intérêts européens. Or, n'est-ce pas le contraire qui risque de se produire ? Les Européens, et surtout les Allemands, ne vont-ils pas se retrouver particulièrement exposés, du fait que leur territoire recèle cette menace ? Les États-Unis risqueront-ils New York pour défendre Bonn ? Car ce ne sont pas les quelques centaines de milliers de soldats américains basés en RFA qui formeront un contre poids suffisant, quoiqu'affirment les États-Unis.

Pourquoi, suggèrent les experts du Mouvement de Paix, ne pas stationner les armes nucléaires américaines en mer, sur bâtiment de surface ou sous-marin, en respectant toutes les finesses diplomatico-stratégiques[1], mais en évitant leur présence dans des régions fortement peuplées ? A partir de là, les exigences s'élargissent : dans les grandes manifestations de Bonn, en automne 1983, on réclame une Europe débarrassée des armes atomiques, du Portugal à la Pologne.

Pour un Français, ce pacifisme « bêlant », cette crainte de provoquer l'ennemi, d'attirer ses foudres et d'augmenter le danger de guerre en s'armant paraissent très incongrus et surtout contreproductifs. La piètre figure que firent Daladier et Chamberlain à Munich en 1938 est restée dans nos mémoires comme une confirma-

1. Sous-marin diesel ou sous-marin à propulsion atomique, éventuellement cantonné dans certaines mers, pour qu'il soit plus ou moins repérable, plus ou moins apte à être distingué des forces américaines stratégiques proprement dites, etc.

tion du vieil adage *Si vis pacem para bellum.* Les Allemands, eux, ont fait l'expérience contraire. Chez eux, c'est le militarisme qui a conduit à la guerre.

Sans nul doute, toutes ces réflexions préoccupent énormément les organisateurs du Mouvement de Paix; pourtant... ils sont par ailleurs convaincus que les questions stratégiques n'ont plus grand-chose à voir avec la guerre. Selon eux, la guerre est un genre disparu. Elle n'existe plus, puisque « faire la guerre » ne signifie plus se battre, mais trouver la mort dans une explosion nucléaire. « Là où guerre veut dire mort, paix doit devenir un autre mot pour vie », disent-ils. Et ils accusent les stratèges américains d'échafauder des théories et de développer des armements pour « sauver la guerre », la rendre de nouveau possible et du même coup rendre à toute la caste militaire sa raison d'être.

En abandonnant le havre de la croyance en la protection absolue américaine, en jetant aux orties la croyance en l'efficacité de la dissuasion, en se penchant sur l'éventualité de la destruction totale, les Allemands ont contracté un vertige métaphysique. Car c'est bien de métaphysique qu'il s'agit, lorsque se pose la question du sens du suicide : plutôt rouge que mort, ou plutôt mort que rouge ? *Tot oder rot ?* « La liberté ou la mort ? » Ou : la vie avant tout ? Survivre à tout prix, *Wir vollen leben* « Nous voulons vivre », disent les Verts...

Les Allemands se sont heurtés aux questions métaphysiques qui les hantent depuis toujours. Cette fois ils ont dressé un épouvantail stratégique et, à cet épouvantail, ils ont accroché leurs cauchemars et leurs rêves.

LE DANGER AMÉRICAIN

Pour un psychanalyste ou un psychiatre allemand, une manifestation du Mouvement de Paix est un spectacle irremplaçable. Toutes les névroses, toutes les pulsions collectives du peuple allemand y sont matérialisées sous forme palpable : dessins, chants, pantins. De fait, le Mouvement de Paix aussi, c'est la Scène. Il participe de la même ébullition d'idées, du même débordement d'enthousiasme, du même jeu surréaliste.

Comme il est commode, dans ce genre de manifestation, d'avoir un baudet à qui reprocher d'avoir tondu du pré la largeur de sa langue, quelqu'un qui puisse symboliser le mal, servir de bouc émissaire, on bute en première ligne, à côté des Pershing, sur la personne de Ronald Reagan. Le désamour entre les États-Unis et l'Allemagne prend là des formes qui semblent parfaitement hystériques à un Français.

Au lieu de considérer que les États-Unis sont une grande puissance et donc une puissance impérialiste et que, toutes choses égales par ailleurs, ils font finalement de leur force un usage relativement modéré, le Mouvement de Paix les dépeint comme la menace principale qui pèse sur la paix. C'est sur Reagan que se cristallise cette inquiétude.

Il est dangereux. Son effigie est promenée dans les rues, dotée des attributs traditionnels du capitalisme (chapeau melon et cigare). Un slogan avertit : « Cet homme marche sur des cadavres »; ou bien des manifestants tirent un énorme hamburger monté sur un chariot; mais le hamburger s'appelle McRonald et déborde, en guise de viande hachée, de fusées, de canons et de drapeaux américains. Les anciens films de série B dans lesquels s'illustra l'acteur Ronald Reagan sont des sources inépuisables : affiches et photos permettent de présenter Ronald Reagan l'acteur pistolet au poing en pleine scène de bagarre et de l'assimiler à Reagan président. De même, les photos de Reagan en compagnie de ses ministres des Affaires étrangères et de la Défense (surtout à l'époque de Haig) sont toujours intitulées : « Le trio infernal » (*das Gruseltrio*).

Les États-Unis sont dangereux parce qu'ils représentent une étape très avancée de l'« exterminisme »; parce que la logique du capitalisme est de détruire pour pouvoir reconstruire du neuf — et implique donc la guerre. Mais ils sont dangereux aussi parce que Reagan a trop de pouvoir personnel. Depuis les articles du *Washington Post* révélant l'influence qu'a sur lui le révérend Fallwell, de la majorité silencieuse, les inquiétudes se font plus vives encore. D'après ces articles, Fallwell aurait fait remarquer au président des similitudes troublantes entre les prophéties de l'Apocalypse et les temps présents. La bataille de l'Armageddon après laquelle le bien régnerait sur terre pendant mille ans ressemblerait terriblement — d'après sa description biblique — à une explosion atomique. Gog et Magog, les deux géants qui s'affrontent, représentent l'un le Bien, l'autre le Mal. Inutile de dire où se situe Reagan...

N'est-il pas dangereux d'être gouverné par un homme qui croit qu'une guerre nucléaire est écrite dans les astres et assurera le triomphe du Bien ? Si l'on ose arguer que l'URSS, avec sa névrose de l'encerclement, est autrement dangereuse, on s'entend répliquer que la direction de l'URSS, elle, au moins est collective. Les vieux messieurs du Kremlin, eux, sont des gens rassis et raisonnables qui, à la différence des Américains, savent ce qu'est la guerre. Ils en connaissent les horreurs, l'ont souffert sur leur sol, tandis qu'elle n'a jamais été pour les Américains qu'une version de l'aventure, de la conquête exotique.

Les Américains essaient d'entraîner les Russes dans une course aux armements dont ceux-ci n'ont pas les moyens, pour les épuiser économiquement et rester ainsi les seuls maîtres du champ. A défaut, on ne peut exclure qu'ils préparent une première frappe (des livres paraissent régulièrement pour le démontrer). N'est-il pas exact qu'ils n'ont jamais signé de déclaration renonçant à l'utilisation en premier de la force nucléaire ?

Dans ce cadre, on ne s'étonnera pas que certaines

déclarations belliqueuses de la part de Washington reçoivent immédiatement un écho adéquat. Quelques « habiles » remarques américaines sont ainsi restées gravées dans la conscience collective allemande : « Une guerre atomique circonscrite à l'Europe est envisageable (...). Une guerre atomique est gagnable... » Ou bien, dans un discours de Haig : « Il y a des choses plus importantes que la paix... »; ou encore de Brejzinski : « Si je n'étais pas prêt à tout moment à appuyer sur le bouton atomique, je ne serais pas habilité à être le conseiller pour la sécurité du président des États-Unis... » La même chose vaut pour les interviews que donne Kissinger au *Spiegel,* où il se laisse aller à reconnaître que les États-Unis « n'ont pas vraiment de concept stratégique clair » depuis l'abandon de la riposte graduée.

L'ALLEMAGNE D'ABORD

Dans cette grande partie d'échecs à l'échelle de deux continents, les Allemands se sentent réduits à l'état d'enjeu; ces milliers de têtes nucléaires dont ils ne disposent pas leur font l'effet d'une charge de dynamite qu'un voisin aurait déposée devant leur porte, en en gardant le détonateur. Leur intérêt national s'insurge contre la désinvolture dont ils sont victimes. Et les Américains parlent de plus en plus d'armes lasers, d'armes anti-fusées, grâce auxquelles ils deviendront invulnérables. L'Allemagne serait alors une colonie lointaine, une sorte de Taiwan ou de Corée du Sud plus ou moins bien entretenue en matériel militaire.

La joute entre superpuissances paraît d'autant plus absurde qu'elle se reproduit, identique, dans les deux parties de l'Allemagne. Passer de Berlin-Ouest à Berlin-Est équivaut en effet à traverser un miroir : on retrouve les mêmes arguments inversés. En automne

1983, lors des grandes manifestations qui mirent près de trois millions de personnes sur les routes, un pasteur protestant se fit applaudir à tout rompre lorsqu'il déclara qu'il fallait « s'opposer à ce qu'on monte les deux parties de l'Allemagne l'une contre l'autre ». Non, les intérêts de la RFA, et à vrai dire de l'Allemagne tout entière, ne sont pas ceux des deux grandes puissances, ni de l'une ni de l'autre. L'Allemagne refuse de se voir comme la pointe extrême, le « glacis » du système occidental.

Dans ce grand recentrage qu'opère le Mouvement de Paix, la balance penche même parfois en faveur de l'URSS. La fameuse note de 1952 de Staline n'est pas la moindre des raisons. Au milieu du débat sur le réarmement de la République fédérale, Staline, en 1952, proposa la signature d'un traité de paix. Les conditions exactes de cette proposition sont toujours sujettes à discussion entre historiens, mais il semble que Staline ait proposé une sorte d'échange entre neutralité et réunification. L'Allemagne ne réarmait pas, en échange elle retrouvait l'unité perdue. Malgré l'intérêt dont fit preuve le SPD pour la proposition, son examen fut immédiatement refusé par Adenauer, soutenu par les États-Unis. De là à considérer que l'URSS verrait d'un œil plus favorable que les États-Unis la réunification de l'Allemagne, il y a un — large — pas que le Mouvement de Paix franchit allégrement.

LE RENOUVEAU MORAL ET LE TIERS-MONDISME

Mais on pourrait espérer que dans un autre domaine, très présent dans le Mouvement de Paix, celui de la dimension morale, la balance penche en faveur de l'Amérique : après tout, les États-Unis sont un pays démocratique, au contraire de l'URSS; le droit des gens y est respecté et on n'y parle pas de Goulag.

C'est tout justement le contraire qui se passe. L'analyse marxiste prévaut sur ce plan-là : les vraies libertés sont les libertés collectives, beaucoup mieux respectées en URSS. Et le capitalisme américain a bien plus de morts sur la conscience en Amérique latine et ailleurs que n'en eut jamais Staline.

C'est sous ce biais moral que réapparaît également la question tiers-mondiste. On a vu quelle blessure toujours ouverte elle représente pour la conscience des écopacifistes : ici, elle va de pair avec l'anti-américanisme. Dans les manifestations du Mouvement de Paix, on boit démonstrativement du café du Nicaragua, on clame surtout très fort qu'il est aberrant de dépenser tant d'argent pour l'armement, alors que tant de gens meurent de faim. D'énormes fusées en carton promenées dans les rues proclament : « Je suis une fusée nucléaire; avec ce que je coûte, on pourrait nourrir tant d'enfants du tiers monde... »

Le Mouvement de Paix est formé d'environ deux mille associations. Parmi les plus importants, le « Centre d'information Amérique latine », le « Centre d'information du tiers monde », la « Maison du tiers monde », le « Buko » (Réunion des groupes d'action pour l'aide au développement), le « Groupe de travail armement et sous-développement ». Pour les écopacifistes, « les affamés ont besoin de pain, pas de bombes : arrêtez le commerce des armes »; l'équation est simple; c'est celle des vases communicants : il suffirait de consacrer à l'aide au tiers monde l'argent investi dans l'industrie d'armement. Le postulat est avancé avec force sans entrer dans des détails de théorie économique. Il paraît logique...

Une des autres manifestations de ce nouveau moralisme est le retour à une tradition luthérienne : faire, en quelque sorte, son examen de conscience. C'est l'activité à laquelle se livre la profusion des associations regroupées dans le Mouvement de Paix sous le titre général *Friedensforschung und Friedenserziehung*[1] (Recherche sur la paix et éducation à la paix). La paix au niveau international n'est pas différente de celle que nous avons dans le cœur; il faut essayer de comprendre et résoudre les conflits de la même manière... Le livre de Richter, *Psychologie de la paix,* qui applique aux rapports entre grandes puissances une grille qui vaut pour l'individu, a remporté un succès notable en Allemagne. Dans un autre ouvrage du même style, intitulé *Psychanalyse et politique,* les auteurs, Decker et Nedelmann, exposent en termes freudiens les raisons de l'aveuglement qui frappe les hommes politiques partisans de la course aux armements. On serait tenté d'en conclure que seul un homme politique analysé est inoffensif.

Les « chercheurs de paix » (*Friedensforscher*) sont pléthore et proviennent de tous les horizons politiques : Mechtersheimer, Ahfeldt, Jo Leinen, Erich Knapp, Roland Vogt, Robert Jungk... On leur doit les différents plans de « défense alternative » : projets de désarmement unilatéral, progressif, pour provoquer une réaction similaire de l'autre côté; et tous les plans de « défense passive » et « défense sociale ». Ce sont eux qui ont mis à la mode Gandhi et Martin Luther King, dont ils s'inspirent pour démontrer que la non-violence peut être une forme efficace de résistance à l'agresseur. Ce sont leurs réflexions qui fournissent aux députés Verts les paraboles de voitures volées avec lesquelles ils édifient colloques et congrès. Et ils donnent sans cesse en exemple la résistance polonaise : postes de télévision démonstrativement tournés vers la fenêtre à l'heure des informations, bougies allumées à heure fixe en signe de ralliement, grèves, passivité générale, etc.

Car les écopacifistes sont convaincus que la confrontation entre les blocs peut disparaître pourvu que

1. « Association pour la recherche sur les conflits et la paix, « Association pour une pédagogie de la paix », « Institut pour la recherche sur la paix et la politique de sécurité », « Groupe de travail sur l'éducation à la paix », etc.

disparaisse le *Feindbild,* l'image d'ennemi que chacun s'est forgé de l'autre. C'est à la base qu'il faut agir : chaque individu doit penser différemment, modeler ses structures psychologiques pour ne pas voir en l'autre l'ennemi : en clair, pour cesser d'assimiler les Russes aux agresseurs potentiels.

Et là, les Églises qui sont entrées dans le concert avec enthousiasme jouent un rôle fondamental.

LES ÉGLISES

Les Églises ont toujours soutenu le Mouvement de Paix : ce nouvel avatar du pacifisme allemand a immédiatement trouvé leur approbation. Depuis 1945, les Églises en Allemagne n'ont cessé d'être préoccupées par le problème de la guerre, de l'armement, des conflits entre nations et, pour l'Église évangélique, la longue tradition d'alliance avec l'État a fait place à une plus grande distanciation et à une dérive vers la gauche.

Ses premières prises de position datent de 1959 à Heidelberg. A l'époque, elle avait tenté de garder sous son égide appelés, militaires et objecteurs de conscience, en déclarant « qu'il était possible qu'une personne ne puisse suivre son chemin que parce qu'une autre personne était là pour en suivre un autre ». En 1967, la formule avait déjà évolué; on en était à « servir la paix, avec ou sans armes ».

Depuis, de plus en plus d'ecclésiastiques se demandent si renoncer aux armes n'est pas la meilleure solution pour un chrétien — celle qui le rend le plus crédible. Le militantisme pacifiste de l'appel de Nairobi lancé par le Conseil œcuménique des Églises en 1975 a définitivement conforté cette tendance.

Aujourd'hui, trois grandes associations animées par l'Église évangélique soutiennent le Mouvement de Paix : « Chrétiens pour le désarmement », *Frieden schaffen ohne*

Waffen « Créer la paix sans armes » qui est un regroupement de deux associations : « Action signe d'expiation-services de paix » et « Communauté d'action-service pour la paix ». La semaine de Paix qu'ils ont organisée en novembre 1981 eut un énorme retentissement. Qui adhère à ce courant doit s'engager à travailler pour la paix dans son environnement quotidien : en famille, auprès de ses amis, à l'école, au bureau, à l'université, dans les communes, les partis. Le troisième courant s'intitule « Vivre sans armement ». Il s'agit là d'un appel (dit appel de Stuttgart) adressé à tous, chrétiens et non-chrétiens, à accepter le défi de vivre sans la protection des armes. L'appel se termine par : « Si vous ne croyez pas, vous ne survivrez pas » (Isaïe 7,9).

L'Église catholique, elle, et surtout sa hiérarchie, est certainement moins engagée dans ce combat pour la paix. Les évêques sont assez réticents, comparativement à leurs collègues protestants. Néanmoins, toute l'Allemagne a enregistré avec grand intérêt que le pape Jean-Paul II s'était écrié devant le monument aux morts d'Hiroshima : « Jamais plus il ne doit y avoir de guerre. » Le mouvement catholique Pax Christi, fondé en 1948 dans le sillage de la réconciliation franco-allemande, reproche à l'Église son manque d'empressement dans la lutte pour la paix. Il est, lui, depuis 1981, très actif dans le mouvement. Il prêche grosso modo le même credo que les organisations protestantes : l'autolimitation de la consommation comme moyen de contribuer à la paix, et le désarmement unilatéral comme signe de bonne volonté (avec installation de « systèmes de sécurité alternatifs pour une période transitoire »).

Tous ces groupements ne lésinent pas avec l'aide logistique qu'ils apportent aux écopacifistes. Les églises sont des lieux de réunion fort pratiques; elles abritent les veilles et les jeûnes pour la paix, devenus formes courantes de protestation. Partout dans les manifestations, les prières et les cantiques luthériens résonnent; c'est en recréant la forme d'une croix géante que s'asseyent les participants. Les textes bibliques imprègnent toute la pensée du mouvement. Celui auquel il est le plus fait référence est le Sermon sur la montagne.

Le Sermon sur la montagne[1] contient un grand nombre des passages restés les plus célèbres dans la tradition chrétienne. Son message est un appel à sortir de la pauvre logique humaine; à dépasser la loi de l'Ancien Testament, à atteindre la sainteté en faisant une confiance absolue à Dieu. On y trouve tout ce qui a été le plus controversé, à commencer par les fameuses béatitudes :

> Heureux ceux qui sont pauvres d'esprit, car le royaume des cieux leur appartient.
>
> Heureux ceux qui souffrent, car ils seront consolés.
>
> Heureux ceux qui sont doux et humbles de cœur, car ils seront les héritiers du royaume.
>
> Heureux ceux qui ont faim et soif de justice, car leur faim et leur soif seront apaisées.
>
> Heureux ceux qui sont pitoyables, car ils trouveront la pitié.
>
> Heureux ceux qui sont justes de cœur, car ils verront Dieu.
>
> Heureux ceux qui apportent la paix, car ils seront appelés enfants de Dieu.
>
> Heureux ceux qui sont persécutés pour aimer la justice, car le royaume des cieux leur appartient.

Évidemment, les manifestants pour la paix rapportent directement ce texte à eux. Ce sont eux qui hériteront du

1. Voir Matthieu chap 5, 6 et 7. Traduction d'une bible allemande. Nous avons préféré « rendre » le texte allemand en français, plutôt que de livrer la version française bien connue.

royaume des cieux puisqu'ils exercent les vertus citées, et c'est donc à eux que s'applique la suite du discours : « Vous êtes le sel de la terre. Si le sel vient à perdre sa saveur, avec quoi salera-t-on ? (...) Vous êtes la lumière du monde(...). Je vous le dis : si votre justice ne dépasse pas celle des scribes et des pharisiens, vous n'entrerez pas dans le royaume des cieux. »

Quel encouragement plus superbe chercher ? Le texte continue : « Vous avez entendu dire qu'il a été dit à vos Anciens : *Tu ne tueras point;* mais moi je vous dis :(...) qui dit à son frère : fou, païen, celui-là chutera déjà dans l'enfer et le feu. Donc, avant d'apporter tes dons à l'autel,(...) va et réconcilie-toi avec ton frère(...).

« (...) Que votre oui soit oui, que votre non soit non(...).

« Vous avez entendu dire qu'il a été dit : *Œil pour œil, dent pour dent.* Mais moi je vous dis : n'opposez au mal aucune résistance. Si quelqu'un te frappe sur la joue droite, tends-lui l'autre joue. Si quelqu'un veut t'amener devant le tribunal pour te prendre ta chemise, laisse-lui prendre ton manteau aussi. Si quelqu'un veut te forcer à faire mille pas avec lui, fais-en deux mille(...).

« Vous avez entendu dire qu'il a été dit : *Tu dois aimer ton ami,* haïr ton ennemi; mais moi je vous dis : aimez vos ennemis et priez pour tous ceux qui vous persécutent : c'est ainsi que vous deviendrez les enfants de votre père dans les cieux(...)

« Là où est votre trésor, là est aussi votre cœur(...)

« On ne peut servir deux maîtres(...) Dieu et Mammon(...).

« Regardez les oiseaux du ciel : ils ne sèment ni ne récoltent et pourtant notre père du ciel les nourrit(...). Regardez les lis des champs(...), ils ne tissent ni ne filent, mais je vous le dis : jamais Salomon dans toute sa gloire ne fut aussi beau qu'un seul d'entre eux(...). Ne pensez pas à demain, demain s'occupera de soi-même, à chaque jour suffit sa peine. »

Et encore : « Ne jugez pas et vous ne serez pas jugés(...). Pourquoi regardes-tu la paille dans l'œil de ton voisin et ne vois-tu pas la poutre dans le tien ?(...) Enlève d'abord la poutre de ton œil, et alors tu verras si tu peux enlever la paille de l'œil de ton voisin. »

Pour terminer sur une exhortation et un avertissement sévère : « Entrez par la porte étroite ! La porte qui conduit au péché est large et le chemin est aisé : beaucoup y passent; mais la porte qui conduit à la vie est étroite, et le chemin est difficile. Peu le trouvent.

« (...) Celui qui écoute mes paroles et les suit ressemble à un homme avisé qui a construit sa maison sur le roc(...). Mais celui qui écoute mes paroles et ne les suit pas, ressemble à un insensé qui a construit sa maison sur le sable. La pluie survient, les inondations l'assaillent, les vents soufflent et frappent contre la maison. Elle s'écroule et s'effondre en ruine. »

Ce Sermon a toujours mis dans l'embarras Églises et exégètes. Sa morale semble être tellement peu de ce monde; l'exhortation à ne pas se défendre, à tendre la joue gauche est tellement en contradiction avec la sagesse des nations, qu'on a pu y voir la description d'un état idéal auquel doivent tendre les chrétiens. Or il y a maintenant tout un courant en Allemagne qui prétend le prendre au pied de la lettre.

A la tête de ce courant fondamentaliste, qui voudrait voir la Bible régir véritablement l'existence temporelle des chrétiens, se trouve un ancien journaliste de télévision, très connu en Allemagne, Franz Alt. Dans son livre d'à peine une centaine de pages, mais vendu à huit cent mille exemplaires, *La Paix est possible,* il s'attache à démontrer que la politique du Sermon sur la montagne peut être appliquée à la vie au xxe siècle. Cet intégrisme occidental évoque indubitablement l'intégrisme chiite qui veut faire du Coran la seule loi de la société civile. Ainsi, pour Alt, « la schizophrénie de l'Occident, qui l'a conduit à sa perte, a été causée par la séparation entre religion et politique ».

Dans ce contexte, on comprend autrement le Sermon sur la montagne. S'il nous faut aimer nos ennemis, voyons d'abord la poutre dans notre œil avant de voir la paille dans celui des Russes. Enlevons nos Pershing, avant de vouloir enlever leurs SS-20. Cessons de nous croire moralement supérieurs à l'Union soviétique. Reagan est un fou qui traite les communistes de « païens, d'hommes sans Dieu », qui diabolise l'URSS (le fameux « Empire du Mal ») au lieu d'appliquer la morale chrétienne d'amour de l'ennemi. Bien sûr, le chemin est difficile, les manifestants de la paix sont fiers d'être les élus qui ont choisi « la porte étroite ». Et la fin du sermon, la parabole de la maison qui s'écroule, n'est-elle pas, dans la meilleure tradition écopacifiste, une vision des drames inéluctables si l'on n'opère pas une réforme radicale ?

Dans les manifestations, les jeunes gens arborent de grandes pancartes : *Liebe ist stärker als die Bombe*, « L'amour est plus fort que la bombe »...

Franz Alt est une des figures extrêmes de ce mouvement, mais tous les « pasteurs de paix » lui emboîtent le pas, et bien d'autres livres sortis sur le sujet s'appuient sur cette obligation d'amour du prochain.

L'ancien ministre SPD de l'Aide au développement, Eppler, lui-même fils de pasteur, dans son ouvrage *L'utopie mortelle de la sécurité absolue*, mêle étroitement considérations stratégiques et religieuses. Son affirmation que seule une vulnérabilité mutuelle des deux Supergrands peut éviter le conflit est étayée par des considérations sur « la certitude et la sécurité des chrétiens », selon l'intitulé d'un des chapitres, qui étudie le rôle de l'amour dans la politique.

Les Églises et la réflexion religieuse se sont donc installées au cœur du Mouvement. Elles ont sans aucun doute contribué à le légitimer, à lui donner ses lettres de noblesse — mais il est certain également que le champ des réflexions religieuses recoupe très souvent celui des Verts.

LES VERTS

Les Verts ont beaucoup en commun avec les Églises, et en premier lieu le goût de l'ascèse. Les Verts ne consomment pas pour ne pas encourager une économie qui opprime le tiers monde et mène droit à la troisième guerre mondiale; mais ils sont mus aussi par leur fameuse recherche de l'« intégralité » panthéiste, de l'harmonie, du consensus.

Pour s'exercer (car une manifestation non violente ne s'improvise pas : elle se répète soigneusement à l'avance), ils se tiennent la main en silence pendant des heures, assis en rond par terre. De temps en temps, un chant rompt le silence : « Nous sommes l'eau, l'eau tendre qui use la pierre »... Dans les manifestations, ensuite, les policiers ne sont plus des « taureaux », des sales flics, mais des « chers policiers » à qui on distribue du café, des fleurs et des ballons de couleurs. Les associations membres du Mouvement (« Groupe de training non violent », « Association de rencontre et d'apprentissage à la non-violence de Gorleben ») ont bien fait leur travail.

Car si la non-violence est le mot d'ordre pour l'ennemi extérieur, ce l'est aussi pour l'ennemi intérieur : l'État, l'État qui installe les armes est plus que jamais l'ennemi à abattre. Contre lui, tout est permis : bloquer pendant trois jours des casernes américaines où doivent arriver des Pershing, photographier les rampes de lancement pour que leur vue soit familière à tous, distribuer des cartes où sont indiqués les dépôts nucléaires en demandant à chacun de noter ses observations personnelles et d'en faire profiter la centrale d'information, faire des collectes de sang pour ensuite en badigeonner spectaculairement les installations et véhicules militaires, etc. Le comité de coordination du Mouvement met régulièrement sur pied des initiatives pleines de fantaisie pour faire sentir à l'État sa présence : par exemple choisir une date à laquelle tous les détenteurs de comptes bancaires sont incités à retirer autant d'argent que possible. Ou bien écrire et faire écrire sur tous les billets de banque des slogans pacifistes, ou encore refuser de payer le *Kriegssteuer*, « l'impôt de guerre », c'est-à-dire la part de l'impôt correspondant aux dépenses de Défense.

Voilà la désobéissance civile, la résistance à l'État « à la polonaise », les préceptes de Thoreau et des chercheurs de paix mis en œuvre.

Les Verts ont même, au début des années 80, déposé une plainte auprès du procureur fédéral, accusant l'État de préparer une guerre d'agression. L'opinion publique a été plutôt interloquée qu'enthousiaste.

Enfin, une méthode d'opposition latente à l'État a remporté un notable succès : certaines communes se déclarent « non nucléaires ». On voit alors sur le panneau officiel annonçant le nom de la localité la mention : *nuklearfreie Gemeinde* (commune non nucléaire).

LA FAUTE

Bref, il faut à tout prix mettre du sable dans la machine. D'autant que dans le cadre du Mouvement de Paix s'est accentué un curieux phénomène. Les théories qui affirment la légitimité de la résistance à l'État dans une démocratie ont trouvé un renfort inattendu dans le domaine, complexe, de la culpabilité allemande.

Que des centaines de milliers de jeunes Allemands, surtout les plus sensibles, aient été traumatisés par les films, les documents et photos qu'ils ont dû voir à l'école sur les méthodes du Troisième Reich, est évident.

Certains gardent un souvenir terrible de la découverte, vers leur treizième année, de *Nuit et Brouillard* (le film de Resnais, à base de documentaires), qui ne les abandonnera plus de toute leur vie. Comment se débarrasser de cette hantise, lorsqu'on n'est coupable que par héritage ?

D'abord en en parlant sans cesse, en évoquant le passé à tout propos, comme le prouve la répétition lancinante de certaines phrases : « Jamais plus une guerre ne devra surgir du sol allemand » est devenu un slogan universellement connu, que l'on trouve dans toutes les manifestations du Mouvement de Paix, sur des banderoles ou porté lettre par lettre par des manifestants hommes-sandwichs. Et puis aussi, se débarrasser du passé en s'en servant comme grille explicative pour le présent, feignant de le voir ressuscité, sous les traits de la RFA, afin de pouvoir a posteriori accomplir le geste salvateur de résistance.

Les Églises ne sont pas les dernières à encourager ce phénomène. L'Église évangélique a depuis toujours accordé une grande importance aux concepts de pénitence et d'expiation. Une des associations chrétiennes constituant le Mouvement s'appelle, on l'a vu, « Action signe d'expiation »; tout comme un des jours fériés en Allemagne, aux environs de la Toussaint, s'appelle *Buss-und Bettag* : jour de prière et d'expiation. L'expiation semble jouer un grand rôle dans l'esprit allemand : une manière d'exprimer le remords de n'avoir pas assez réagi quand il était temps.

Ainsi le Mouvement de Paix fait un amalgame constant entre Pershing et Hitler. La résistance à l'un devient aussi sacré qu'elle aurait dû l'être à l'autre, et « cette fois-ci, comme le répètent à l'unisson pancartes, livres et brochures, personne ne pourra dire qu'il ne savait pas ». Cette phrase reproche, adressée à la génération précédente qui ne « savait » pas ce qui se passait dans les camps, est devenue un leitmotiv du Mouvement... Les Pershing, comme Hitler, sont le mal absolu, le mal incarné sur terre contre lequel il faut se battre. Et qui se bat contre le mal sera sauvé. Un Günter Grass enfourche ce cheval de bataille sans la moindre hésitation, et s'appuie sur l'existence du fameux article 20 de la Constitution (qui donne au citoyen le droit de résister à l'État), pour faire l'apologie du refus des Pershing.

Mais les effets du sentiment de culpabilité allemand vont plus loin. Aujourd'hui, les crimes d'Hitler occultent ceux de Staline : les vingt millions de morts soviétiques de la dernière guerre sont une hantise toujours actuelle et ce poids sur la conscience des Allemands, autant que la réaction contre les Américains, vaut aux Russes l'étrange bienveillance dont ils font l'objet.

Certains milieux du Mouvement vont jusqu'à opérer un retournement total. A force de se projeter en victimes de la troisième guerre mondiale, de pleurer sur leur sort, les Allemands finissent par donner l'impression qu'ils veulent absolument, de bourreaux, devenir victimes, pour compenser le passé. Et ils finissent par se persuader qu'ils sont des victimes. On parle toujours du bombardement de Dresde, mais jamais de ceux de Coventry en Angleterre ou de Rotterdam, qui l'avaient pourtant précédé; on parle d'Hiroshima et de Nagasaki, « crimes contre l'humanité », en oubliant qu'Auschwitz existait déjà, et que les hostilités n'ont pas été déclenchées par les Alliés. Les Verts sont même allés jusqu'à organiser un tribunal de Nuremberg à l'envers pour juger de ces crimes-là.

Enfin, une nouvelle version du *Kriegschuldlüge* (cette récusation par les Allemands de leur culpabilité dans le déclenchement de la Première Guerre mondiale) fait son apparition dans l'opinion publique. Tout un courant[1]

1. Le fils de Rudolf Hess vient de publier un livre où il fait porter aux Anglais et non plus aux Russes la responsabilité de la prolongation inhumaine de la détention de son père.

reproche aujourd'hui aux Alliés, et particulièrement aux Anglais, de ne pas vouloir libérer Rudolf Hess parce qu'il détiendrait des documents prouvant la volonté expresse des Alliés de ne pas mettre fin à la guerre en 1941 (lorsque Hess vint le leur proposer) mais de la poursuivre délibérément jusqu'à l'écrasement total de l'Allemagne. En d'autres termes, les Alliés seraient les véritables responsables des proportions inouïes que prit la guerre après 1941...

De l'extérieur, l'observateur assiste à ce transfert psychanalytique avec un certain malaise. Pourtant le paysage politique allemand est marqué dans ce sens : les problèmes politiques sont devenus des problèmes de métaphysique, de sensibilité et de psychologie collective.

UNE NOUVELLE IDÉOLOGIE

Quel sera l'avenir du Mouvement de Paix ?

Formé de milliers d'associations hétéroclites, mené par des leaders en opposition les uns avec les autres, privé de bouc émissaire une fois les fusées Pershing installées, il aura beaucoup de peine à survivre en tant qu'entité propre. Mais il a déjà rempli son rôle : être un nouvel avatar de l'énorme potentiel de contestation contre l'État qui s'accumule outre-Rhin. Il est dans la lignée des protestations contre l'aéroport de Francfort et la centrale de Brokdorf, dans la lignée du terrorisme et des occupations de maisons : il véhicule les mêmes valeurs. Il disparaîtra de même pour faire place à une nouvelle protestation. Le terrorisme dur qui renaît en 1985, avec l'assassinat d'Audran et de Zimmerman, est peut-être la réaction de certains qui mettaient leurs espoirs dans le pacifisme pour faire échec aux Pershing. Mais il semble surtout que le Mouvement soit de plus en plus récupéré par les Verts.

Eux savent articuler toutes les pulsions qui sont

venues s'agglomérer, se greffer sur les réflexions stratégiques, pacifistes du Mouvement de Paix. C'est d'ailleurs l'intérêt principal du Mouvement de Paix que d'avoir pendant quelques mois permis à des millions de jeunes d'exprimer leur foi.

Car il s'agit bien d'une foi. Quand, à l'écopacifisme tel que le présente Bahro, viennent se joindre les besoins de justice et de bonheur des jeunes, leur nationalisme d'écorché vif et leurs rêves d'un monde parfait, on se trouve bien face à une véritable *Weltanschauung*, c'est-à-dire une idéologie cohérente qui propose un modèle global d'explication du monde.

Observez une jeune Allemande « verte » au pair dans un appartement parisien du VIIe arrondissement. Elle est très consciente de la spécificité de son cadre par rapport à d'autres quartiers moins favorisés de la capitale. Elle est végétarienne; elle fronce le nez si on lui propose un dessert sophistiqué : ces gâteaux sont certainement pleins de colorants et ridiculement chers lorsqu'on pense à la misère du tiers monde. Elle, pour sa part, ne s'adonne pas au luxe. Elle porte des pantalons vagues avec de grosses chaussures montantes, et d'informes chandails, au grand désespoir du maître de maison. Elle est remarquable avec les enfants : elle dessine, elle chante, elle les borde avec amour; et elle est d'une indifférence totale au reste de son environnement. Nourrie de lettres de son milieu familial et de quelques fréquentations qui ont les mêmes convictions qu'elle, elle passera dix mois en France, imperméable à tout ce qui fait la France, sans jamais avoir eu la curiosité d'essayer de comprendre la famille chez qui elle habite. Elle repartira avec les mêmes semelles crêpe, les mêmes chandails informes : son monde lui suffit, son idéologie la protège de toute influence d'un environnement qui ne serait pas le sien.

Sa conviction a toutes les caractéristiques d'une idéologie, en effet, puisqu'elle offre du monde une interprétation complète : côté face, l'écopacifisme au sens large promet un monde meilleur, un monde à démocratie de base, à petites unités de production, à tiers monde délivré et heureux, à relations humaines régénérées et à histoire exonérée de la faute originelle allemande. Côté pile, il désigne le fautif : l'industrialisme, les Pershing, le capitalisme à démocratie pervertie..., et il appelle au grand sursaut, à la réforme radicale pour trouver le salut. Réforme indispensable, urgente, vue l'imminence de la fin du monde.

On peut y identifier tous les ingrédients qui ont fait les grandes religions, les grandes idéologies transnationales, christianisme, marxisme et fascisme.

Mais si l'on considère plus avant cette nouvelle idéologie, on découvrira bien vite qu'elle est d'abord « allemande ». Elle a, en premier lieu, un aspect indéniablement romantique. La priorité actuelle donnée à l'effusion, à l'emportement des sens, au sentiment, par rapport au rationnel considéré comme desséchant et déshumanisant, rappelle terriblement l'époque où l'Allemagne, déçue des Lumières, se détournait des idées de révolution et de république adoptées avec enthousiasme quelques années plus tôt. D'ailleurs l'époque romantique joue, elle aussi, volontiers avec les idées de fin du monde. Au hasard de lectures, on est particulièrement amusé de retrouver, en 1802, sous la plume du peintre romantique P.O. Runge, les réflexions suivantes :

« Je pensais, puisque la guerre est devenue dans le monde entier une science et qu'elle n'existe donc plus véritablement(...), je pensais donc qu'il n'y aurait pas d'autre solution (pour réformer le monde) que le Jugement dernier où la terre s'ouvrirait et nous engloutirait tous, tout le genre humain... » Ce souci des temps derniers, ou cette conviction de les vivre, est depuis Luther une constante allemande.

Également, la lettre publiée dans le *Zeit*, à l'occasion de la mort d'un collaborateur de ce journal, montre à quel point on se retrouve dans le même contexte intellectuel que quelques décennies plus tôt, et à quel point même un vocabulaire, qu'on croyait aboli, ressuscite. Le titre de la lettre est déjà étonnant : « Merci pour la fidélité ». Depuis que la SS avait pris pour devise « Mon honneur s'appelle fidélité », le concept de fidélité avait été parcimonieusement utilisé. De même le *Volk,* le peuple allemand, si à la mode au début du siècle et qui avait disparu depuis, se retrouve maintenant abondamment utilisé sous la plume des Verts. Cela n'a rien pour surprendre, puisque c'est à nouveau au « peuple » allemand qu'il est fait appel, afin que, toutes classes confondues, il s'unisse derechef pour prévenir cette fois l'holocauste définitif.

Pour un Français, tout un aspect du credo des Verts contient simplement de forts éléments rousseauistes. On se rappelle : « Celui qui ose entreprendre d'instituer un peuple, doit se sentir en état de changer pour ainsi dire la nature humaine; de transformer chaque individu, qui par lui-même est un tout parfait et solitaire, en partie d'un plus grand tout, dont cet individu reçoit en quelque sorte sa vie et son être,(...) de substituer une existence partielle et morale à l'existence physique et indépendante que nous avons tous reçue de la nature. » Voilà bien les rêves des Verts et des écopacifistes. Voilà le « changement fondamental » de l'être humain, voilà l'exigence « morale » qu'ils prônent, voilà le « Grand Tout » dont nous devons faire partie, et l'« intégralité » à laquelle aspire Manon Maren-Grisebach.

Les deux philosophies sont très proches. Pour Rousseau déjà, il faut être le plus proche possible de la Nature car elle est source de tout Bien. C'est le seul penseur français (mais peut-être était-il déjà très suisse) qui ait subi la séduction du rêve de la pureté, de la bonté intégrale. Deux siècles plus tard, les Verts, à leur tour, veulent le bien absolu.

Mais à travers l'écopacifisme, l'Allemagne continue

aussi de payer l'aberration du nazisme. Ces jeunes, ces écopacifistes ne se lanceraient jamais avec une telle fougue dans cette nouvelle galère si elle ne promettait tant l'oubli du lourd fardeau d'être allemand. Le livre de J. François-Poncet, *Souvenirs d'une ambassade,* fournit à ce propos des réflexions fort intéressantes. Dans l'introduction écrite en 1946, l'auteur réfléchit à ce qu'a été le national-socialisme, « quelque chose d'exorbitant et d'extraordinaire : qui ne visait pas seulement à établir en Europe la domination militaire de l'Allemagne, mais qui avait l'ambition de bouleverser les assises morales et intellectuelles sur lesquelles avait reposé jusqu'ici le monde civilisé ». Et il se demande ce qu'il adviendra de cette Allemagne écroulée :

« Nous assisterons sans doute à l'éclosion de la légende d'Adolf Hitler. Les circonstances qui ont entouré sa mort, le mariage *in extremis* avec Eva Braun, le dernier dîner avec les derniers fidèles, les adieux échangés à la ronde, le double suicide, l'incinération à la porte du souterrain, dans le fracas des obus s'abattant sur la ville en flammes — autant de détails qui évoqueront le Walhalla, le Crépuscule des Dieux, et se graveront dans l'imagination populaire. Beaucoup d'Allemands diront de Hitler ce qu'on en disait déjà de son vivant : "Il n'a voulu que la grandeur de son pays. Il était patriote. Il était mal conseillé. Il a été trahi par les siens !" Oubliant les horreurs, les atrocités de son règne, on essaiera d'en faire un héros, un martyr. On retiendra que, de son temps, le travail abondait, les mesures sociales étaient hardies. On regrettera l'époque où les fêtes étaient magnifiques, où l'univers avait les yeux fixés sur l'Allemagne, où le Reich répandait la crainte au-dehors, où la victoire s'attachait à ses drapeaux, d'un bout de l'Europe à l'autre, et, comparant ces souvenirs à la misère actuelle, on aura la nostalgie d'un passé qui semblera prestigieux. »

Voilà effectivement à quoi on pouvait raisonnablement s'attendre en 1946. C'est tout le contraire qui a eu lieu.

Les tentatives pour réhabiliter Hitler, comme le film *Hitler, une carrière,* ont finalement été extrêmement timides. Hitler a plutôt été transformé en Grand Satan — mondialement comparé à l'Antéchrist. Les mots « nazi » ou « SS » sont devenus des injures internationales, la croix gammée est une malédiction reconnue dans le monde entier; dans tous les films, le méchant a un nom allemand. Toute une dimension sémantique allemande s'est trouvée assimilée au concept du mal; tout un folklore à consonance germanique s'est créé, qui symbolise la brutalité abjecte, perverse et cynique.

Cette veine-là offre des ressources inépuisables aux vidéo-cassettes, aux films « X » qui, quarante ans plus tard, continuent à présenter des images alléchantes de kapo dévêtue, bottée et le fouet à la main. Même lorsque Napoléon était l'ogre Boney dont les nannies menaçaient les petits enfants anglais, l'ego français devait moins souffrir.

Non, les Allemands n'ont aucunement pardonné à Hitler l'opprobre qui par son intermédiaire a rejailli sur l'Allemagne — mais peut-être aurait-il mieux valu qu'ils le fassent, ou que nous les y aidions, en débarrassant le mal nazi de sa dimension mythique. Car le biais par lequel les Allemands tentent maintenant de se débarrasser de leur faute, pour être plus complexe, n'en est pas moins dangereux. La résistance à un État démocratique assimilée à la résistance anti-hitlérienne, la projection de l'Allemagne en victime expiatoire d'une troisième guerre mondiale, tout cela peut paraître aberrant à un Français. Malheureusement, c'est une de ces ruses de l'histoire dont il faut bien prendre acte, faute de pouvoir les déjouer.

Les Allemands payent ainsi, de cette manière détournée, les dividendes de leur faute toujours présente. Nous payons, nous, Français, de n'avoir pas su pardonner, d'avoir cédé à la facilité de brandir un épouvantail commode, de nous complaire dans la bonne conscience.

Finalement, une évidence s'impose : les Allemands ont le plus grand mal à vivre sans idéologie. C'est pourquoi ils sont de si grands philosophes. Ils éprouvent le besoin intense de faire coïncider le monde avec un modèle explicatif qui puisse évacuer le doute. Luther déjà échafaudait ses théories en partie par besoin d'un système de pensée qui puisse apaiser son angoisse fondamentale, sa peur de ne pas être sauvé. Les Allemands produisent donc régulièrement des idéologies. Aujourd'hui, la manière dont l'Establishment, en Allemagne, fait de l'économie de marché un dogme trouve son pendant dans les idéologies de gauche qui donnent du monde une image tout aussi exclusive.

On retrouve dans l'écopacifisme les mêmes composantes que dans d'autres idéologies, l'idéologie nazie en particulier, mais qui conduisent cette fois à des conclusions opposées. L'État n'y est plus adulé mais abhorré. Le nationalisme joue un rôle important, mais au lieu de pousser à l'agressivité, il pousse à tendre la joue gauche. Au lieu de justifier la brutalité et le cynisme, la nouvelle idéologie veut régénérer le monde par la non-violence et la bonté.

Bref, voilà un nouveau « retournement des valeurs » bien dans la ligne de ce que peut faire l'Allemagne lorsque, tel le Phénix, elle renaît d'elle-même.

L'ALLEMAGNE RETROUVÉE

Bien sûr, dira-t-on, ce mouvement existe, il met beaucoup de monde sur les routes. Mais, en France, l'école libre mobilise presque autant. Et, surtout, ce mouvement ne propose finalement rien de neuf. Toutes ces idées sont usées. Elles ont fait long feu aux États-Unis, d'où elles proviennent, elles le feront aussi ici. C'est un combat d'arrière-garde qui ne doit pas inquiéter outre mesure, il mourra de sa belle mort.

Pourtant... c'est bien un combat d'avant-garde.

L'écologie est un mouvement « ancien » qui paraît terriblement démodé en France où il n'a pas pris racine. Mais en Allemagne il a réussi à s'implanter en raison justement de l'avance de la société allemande, moins effrayée par la « crise » (qu'elle a moins ressentie) et moins esclave du mythe productiviste (ses succès économiques lui permettent de prendre de la distance); et l'absence d'un parti communiste fort en RFA a évité la canalisation archaïque des forces de gauche.

En fait, il s'agit d'un mouvement post-industriel qui prône des valeurs post-industrielles : les Allemands s'adonnent simplement à la réflexion sur le style de vie futur des hommes avec plus de conséquence qu'en France. Et les Verts sont résolument en prise sur l'avenir... Peut-être même ont-ils raison en ce qui concerne nos frères animaux, et la manière dont nous les avons traités au XXe siècle étonnera autant les générations futures que le *servus res*[1] des Latins...

L'écopacifisme est également impensable hors de la mentalité luthérienne : elle renforce certainement le nihilisme, l'égocentrisme collectif dont font aujourd'hui peuve les Allemands si convaincus d'être les victimes expiatoires d'un prochain conflit mondial, le glacis sacrifié du « monde libre », ou encore de vivre dans la plus inhumaine des sociétés, la société occidentale.

Bien, accordera-t-on, ce phénomène est parfaitement en accord avec la société allemande de la fin du XXe siècle; mais cela ne signifie nullement qu'il puisse avoir une audience importante. Après tout, les Verts, au milieu des années 80, n'ont à aucune élection nationale conquis 10 % des électeurs.

Bien sûr, les Allemands sont bien trop raisonnables pour être Verts dans leur majorité. Le mouvement touche surtout les catégories moyennes, les classes petites-bourgeoises. Ce sont les « professions nouvelles » qui sont le mieux représentées : métiers de communication, de formation, d'éducation (elles ont d'ailleurs le vent en poupe dans un pays où la proportion d'ouvriers est tombée en quinze ans de 40 % à 28 %).

Mais le cœur du problème, dans tout phénomène de société, se trouve moins chez les quelques militants passionnés que chez les alliés objectifs qu'ils sont susceptibles de trouver. Or, les Verts sont capables d'attirer énormément de sympathie de la part des couches de la population les plus variées, y compris, politiquement, des moins « vertes » qui soient.

Pour des raisons diverses, chaque Allemand ou presque présente une fissure, un défaut dans la cuirasse par où peut s'infiltrer l'idéologie écopacifiste. Pour

1. Cette affirmation que l'esclave est une chose.

certains, ce sera la tentation de la bonté, la « pitié dangereuse »; en se penchant sur le malheur du monde jusqu'à en perdre le sens ou le bon sens, ils rejoindront les Verts. Pour d'autres, à l'âme moins sensible, le souci de l'environnement sera un motif puissant. Et tous ceux qui ont des origines poméraniennes ou silésiennes — ou qui ont encore de la famille en RDA — verront d'un œil favorable les efforts des Verts pour recentrer l'Allemagne vers l'Est.

De toute façon, les Verts passent pour des « idéalistes ». Cela seul en Allemagne suffit à attirer les sympathies. Une charmante dame d'un certain âge, de la meilleure aristocratie industrielle, ne déclarait-elle pas à un grand dîner donné à l'occasion d'un baptême, qu'elle appréciait énormément son député « Vert » parce que c'était un véritable idéaliste.

Les Verts, en fait, ont accaparé à leur profit tous les thèmes qui tiennent profondément au cœur des Allemands, mais qui étaient tabou — nationalisme, manière d'exorciser le passé — ou simplement négligés — environnement, solidarité humaine. Ils profitent en un sens du même phénomène que Le Pen en France; mais tandis que les Verts pétrissent, de ces « vieilles valeurs » vers lesquelles les deux partis se retournent, un bizarre amalgame en prise sur l'avenir, le Front national en tire un archaïsme culturel à base de repli sur soi. Le contraste est net.

Toujours est-il que les Verts, comme Le Pen en France, se retrouvent seuls sur un terrain déserté, pour des raisons de conformisme intellectuel, par les partis traditionnels. Et on mesure la force du mouvement à l'attitude qu'est obligée de prendre l'Allemagne majoritaire en face de ce nouveau courant. Elle essaie de lui enlever son monopole du cœur, mais cela la réduit à une attitude sans cesse défensive. Le ton de l'Establishment est devenu celui d'une éternelle justification. Les Verts ont réussi à obliger les forces traditionnelles à se situer par rapport à eux. Ainsi, après l'appel de Krefeld, toute une série d'autres[1] ont suivi qui tentaient de le contrer, sans jamais atteindre, de loin, sa popularité.

Les thèmes des Verts sont dominants également à la télévision. Dans le feuilleton du samedi soir, à 20 heures, en une demi-heure, le père gifle sa fille qui a fait une allusion impertinente au passé, tandis que le fils a des ennuis avec la Bundeswehr et que la mère évoque, nostalgique, l'environnement intact de la Poméranie de son enfance.

D'une manière générale, l'écopacifisme a réussi à capter à son profit le conformisme des médias; mais il envahit aussi les écoles : même si elle n'est aucunement attirée par les Verts, aucune élève de treizième année qui va passer son *Abitur* — elle a en général 19 ans — n'oserait arriver en classe avec des talons hauts ou porter des vêtements visiblement chers. Elle se sentirait vite l'objet de l'opprobre de la classe, accusée de s'adonner à la consommation. Et même les écoles privées les plus protégées (comme « Wald ») ne sont pas totalement à l'abri du phénomène.

Enfin, la publicité, ce papier-tournesol de nos sociétés, est elle aussi éloquente. Aucune grande société ne fait plus ouvertement de publicité pour ses produits. Il s'agit maintenant de prouver que l'on œuvre pour le bien de l'humanité avant de penser à son profit, et de convaincre que le progrès n'est pas uniquement « mauvais » : les fibres X... ou les produits de conservation Y... épargnent le labeur de l'homme, ou sauvegardent sa santé... Accusées, Bayer, Hoechst et BASF plaident non coupables d'un air gêné.

Certains qui, de par leurs fonctions, ont souvent

1. L'appel de Bielefeld du parti socialiste SPD; celui de la centrale syndicale DGB; celui de Datteln où se retrouvaient des hommes politiques de droite (CDU-CSU), du parti libéral (FDP) et du parti socialiste (SPD); et même l'appel de Starnberg de F.J. Strauss (CSU) qui plaidait, lui, pour l'installation des Pershing.

affaire avec l'Allemagne se récrieront. Ils ont récemment encore rencontré des grands banquiers allemands ou des responsables politiques et n'ont aucunement décelé cette empreinte écopacifiste. Ils oublient qu'ils ont selon toute vraisemblance parlé anglais, cette langue-écran qui permet à l'Establishment allemand de ne laisser transparaître des mouvements de la société allemande que ce qui lui sied. On ne sera pas étonné d'ailleurs que pour des raisons évidentes d'intérêt bien compris, l'Establishment soit moins prêt à se laisser emporter par cette exaltation « protestante » que d'autres milieux. Pourtant lui aussi, *nolens volens*, se retrouve dans le rôle d'allié objectif des Verts. Chez lui, bien entendu, le défaut de la cuirasse, c'est le nationalisme.

On rejoint là les questions qu'on voit se poser en France au sujet de l'Allemagne depuis quelque temps. Les observateurs politiques parlent de « national-neutralisme »; c'est l'aspect du mouvement le plus évident et qui semble nous concerner le plus directement.

Il est clair que les grands industriels, les grands banquiers sont las du rôle de second violon politique de l'Allemagne; ils sont las d'être « responsables de leurs propres malheurs ». Ils se souviennent qu'au XIXe siècle l'Allemagne étendait son bras séculier jusqu'à Saint-Pétersbourg, qu'elle fournissait le trône de Russie en tsarines, que le grand-père du comte Lambsdorff était ministre du tsar, que l'allemand, il y a à peine cinquante ans, était la langue véhiculaire du Rhin à la Moskova. Ils se souvenaient qu'au XIXe siècle, comme l'avaient ensuite repris les nazis, « l'Allemagne devait guérir le monde », faire le bonheur des peuples de l'Est, répandre la civilisation. Ils savent le poids toujours actuel de la puissance économique allemande. Eux aussi à leur manière en ont assez de tout ce qui tient l'Allemagne en tutelle. Comme tous les Allemands, ils sont taraudés par l'idée que l'Allemagne pourrait disparaître, annihilée par un conflit qui ne la concernerait en rien. Mourir par hasard, faire les faux frais d'une querelle entre super puissances, voilà ce que risque l'Allemagne à leurs yeux.

L'irritation sourde croît. Des théories qu'on croyait confinées à un petit noyau d'écopacifistes remontent par capillarité jusque dans la classe dirigeante et y deviennent présentables. Pendant quarante ans, les Allemands n'ont rien osé dire. Maintenant ils expriment leur frustration nationale.

Le parti socialiste, de crainte de se couper des nouvelles générations, ne peut plus laisser aux Verts le monopole de l'articulation de ces sentiments : il a refusé les Pershing. Des ténors du parti, comme Egon Bahr, repensent tout haut la situation de l'Allemagne entre Est et Ouest. Oskar Lafontaine, maire SPD de Sarrebruck, demande clairement la sortie de l'OTAN; Willy Brandt lui-même se laisse filmer par la télévision, en train d'encourager les Verts.

Mais la droite n'est pas en reste. Elle s'était opposée à l'« Ostpolitik » de Willy Brandt; c'est maintenant en son sein que l'on entend des voix remettre en question l'intégration de l'Allemagne à l'Ouest. Cette intégration ne porte-t-elle pas tort aux espoirs légitimes qu'elle peut encore avoir à l'Est ? Les *Landsmannschaften*[1] se font à nouveau entendre; et Zimmerman, le ministre de l'Intérieur CSU, leur tient des discours qui entraînent des protestations violentes de la part du gouvernement polonais.

Que penser de cette conjonction des courants de gauche et de droite pour rêver à l'Allemagne telle qu'elle fut et telle qu'elle devrait être, et de ces voix honorable-

1. Les associations d'exilés de l'Est, en particulier les Silésiens. Ceux-ci ont mis dans l'embarras le chancelier Kohl, invité à leur congrès de 1985, en prenant dans un premier temps pour slogan : « Qurante ans d'exil — la Silésie reste nôtre. »

ment connues s'élevant pour demander la sortie de l'OTAN, la dénucléarisation de l'Allemagne, la suppression de la « logique des blocs » ? Faut-il en déduire que les Allemands veulent la réunification ?

Nous voici parvenus à la question qui préoccupe avant tout les Français, rabâchant la plaisanterie éculée de François Mauriac : « J'aime tant l'Allemagne que je suis content qu'il y en ait deux. » Sauf que la question est mal posée. Les Allemands ne sont pas libres de vouloir ou non la réunification. Ils prétendent souvent qu'ils n'y pensent pas et, lorsqu'ils reconnaissent qu'ils y pensent, ils ajoutent immédiatement que « la question ne se pose pas pour notre génération ». Il n'existe pas d'association, pas de groupe de pression, pas de parti politique, pas d'initiative de citoyens qui demande la réunification. L'on vous fait d'ailleurs remarquer que ni les forces de droite ni les forces de gauche n'y ont intérêt : l'Establishment craindrait d'être submergé par une vague de gauche et les syndicats redouteraient un abaissement du niveau de vie. Jusqu'à présent, la morale de l'histoire a été : « Y penser toujours, n'en parler jamais. »

Pourtant, à quoi bon s'interdire de penser à l'Allemagne si ce qui existe par ailleurs ne vous satisfait plus ? Aux Allemands de l'Ouest d'après 1945, on avait offert l'identification aux grandes démocraties capitalistes occidentales et l'idée d'Europe. Ni l'une ni les autres n'ont véritablement tenu leurs promesses. Les grandes démocraties occidentales sont en crise et l'Europe s'étiole.

Les Allemands ont été les plus fougueux des Européens, et ils ont été déçus par la réponse médiocre à leur élan. Le voyage triomphal qui fit de Gaulle en Allemagne (en 1961) n'est plus qu'un souvenir. Aujourd'hui, s'ils veulent bien continuer à jouer le jeu, il ne doit plus leur coûter trop cher. Les dernières élections européennes ont eu lieu le 17 juin 1984. Il s'est trouvé beaucoup de gens en Allemagne pour s'en scandaliser.

Le 17 juin n'est-il pas un jour férié consacré à l'unité de l'Allemagne (le *Tag der deutschen Einheit* commémore le soulèvement des ouvriers de Berlin-Est, écrasés par les chars russes) ? Choisir ce jour, n'est-ce pas une façon de privilégier l'Europe aux dépens de l'unité allemande ? Faire l'Europe, n'est-ce pas abandonner l'Allemagne[1] ?

Quant aux démocraties occidentales, on a un peu l'impression que l'Allemagne se comporte avec elles comme elle s'est comportée envers Napoléon : après son engouement pour la Révolution, pour le rationalisme de l'*Aufklärung*, l'Allemagne, en moins de dix ans, rejeta ces idées de république et de démocratie venues de l'Ouest, pour chercher dans les guerres de libération contre Napoléon son « chemin particulier » et le début d'un sentiment national.

Mais alors, que faire ?

C'est bien la question que se posent les premiers les Allemands. En l'absence d'un traité de paix en bonne et due forme signé par les quatre Alliés de 1945, on essaie de sortir de l'impasse. Les propositions ne manquent pas.

Dans un sondage de 1982, la formule était la suivante : « La RDA sort de l'OTAN et la RFA du Pacte de Varsovie. Réunifiée, l'Allemagne neutre choisit dans des élections secrètes son système social. Approuvez-vous une réunification réalisée dans ces conditions ? » Oui, ont répondu 52 % des personnes interrogées.

Les Allemands pensent aussi à un État fédéral ou à une confédération qui engloberait les deux pays, chacun gardant son appartenance au système économique CEE ou COMECON, sortant — ou non — de leur camp militaire respectif et créant une zone de non-confrontation au milieu de l'Europe.

1. Les Allemands se posent aujourd'hui ouvertement cette question, puisque certaines associations d'étudiants ont appelé à un boycott des élections du 17 juin pour les raisons mentionnées ici. Cet appel a d'ailleurs créé une petite commotion dans la classe dirigeante allemande.

La « communauté de responsabilité » — le mot a été lancé par l'historien ouest-allemand von Thadden — dont parlent aujourd'hui Honecker et Kohl pour définir le lien qui existe entre les deux Allemagnes, reflète parfaitement l'état actuel des réflexions. Après tout, se disent les Allemands, ne serait-ce pas une bonne chose, pour l'Europe, que de réunifier les deux Allemagnes ? Nous gommerions ainsi la ligne qui la divise. Telles sont par exemple les réflexions d'un Peter Bender qui voit venue « la fin des idéologies » dans son livre du même titre. Pour lui, il n'y a plus de différences idéologiques entre Est et Ouest. La seule chose qui les sépare, c'est la rivalité entre les États-Unis et l'URSS qui maintiennent leurs satellites dans la servitude et veulent leur faire épouser leurs querelles privées. Les Européens de l'Est et de l'Ouest doivent s'unir. C'est « en s'européanisant » que l'Europe pourra échapper à la destruction. Aux Européens de prendre leur destin en main.

Évidemment, ce désir allemand d'acquérir — ou de retrouver — une vraie souveraineté renoue avec une vieille tradition allemande : déranger le monde. Quelque forme qu'il prenne, sous quelque aspect qu'il cherche à s'incarner, il rompt l'équilibre précaire sur lequel est bâtie la paix depuis quarante ans.

Les Français, de ce statu quo de quarante ans, n'ont jamais eu à supporter que le versant sans ombre : ce n'est pas la France qui est divisée. En paix avec son histoire, la France aurait bien voulu que l'Allemagne fasse la paix avec la sienne et accepte de considérer que la République fédérale était un pays neuf, distinct de la République démocratique, avec qui elle aurait entretenu des liens aussi lâches qu'avec l'Autriche par exemple. Il faut nous y résigner : le général de Gaulle avait raison en disant que si l'on divisait l'Allemagne en deux parties, il serait illusoire de croire qu'un autre sujet dominerait le reste de l'histoire du XXe siècle[1].

1. André Fontaine, *Histoire de la guerre froide*.

Le problème est maintenant de savoir si c'est dangereux, et si les écopacifistes, en eux-mêmes, sont dangereux.

Probablement oui. D'abord parce qu'ils crient au loup, qu'ils créent une atmosphère de catastrophe avant même qu'elle ne menace. Ensuite, parce qu'ils ont tous les défauts des idéologues convaincus. Ils sont une minorité qui se prend pour le « vrai peuple » et à qui, donc, tout est dû, tout est permis.

Les Verts croient à des solutions « radicales », à la possibilité d'un changement « total ». Depuis la Révolution de 1789, plus personne en France n'entend ce genre d'ambition sans frémir. Saint-Just nous a appris *a contrario* qu'un cynisme courtois fait moins de ravages qu'une bonne conscience virulente. Bien sûr, ils sont « non violents ». Mais, paradoxalement, cette affectation de non-violence met mal à l'aise : elle est trop bien organisée, trop maîtrisée, trop puissante. La chaîne humaine qui s'est formée entre Stuttgart et Ulm en octobre 1983 en a été une démonstration parfaite : la circulation a été à peine entravée alors que 200 000 personnes se donnaient la main à midi précis sur une centaine de kilomètres.

A la vue de ces grands garçons blonds au sourire de Reims, leurs éternelles salopettes jetées sur des chemises de lin, leurs paniers en osier et leurs sandales de cuir brut, quelquefois, au détour d'une manifestation, dans un rayon de soleil oblique, on est tenté de se souvenir qu'avant sa chute Lucifer fut le plus brillant des archanges.

Sont-ils dangereux politiquement ?

Alors que le parti libéral s'efface, peuvent-ils purement et simplement le remplacer, reprenant son rôle de fléau de la balance ? Si le SPD ne peut arriver au pouvoir qu'avec leur appui, quelles seront leurs exigences ? On entend souvent l'objection suivante : dans l'opposition les partis sont extrémistes, au pouvoir ils s'assagissent et gomment de leur programme ce qui leur a servi à se faire élire; ce sera le cas des Verts...

C'est compter sans la fermentation intellectuelle allemande, et sans la position inconfortable de la nation allemande. L'Allemagne n'est pas l'Angleterre, où le Labour, une fois au pouvoir, s'empresse de se ranger. D'ailleurs, s'il était nécessaire, ce qui se passe en Hesse suffirait à prouver qu'un député « vert » est bien un Vert député.

Le progrès lent mais continu enregistré élection après élection indique aussi que leurs théories choquent de moins en moins. Certes, tant que l'Allemagne sera relativement épargnée par les soucis économiques, leur impact restera politiquement assez limité. Mais que surviennent des désordres sérieux, qu'une chute brutale du dollar entraîne des troubles monétaires internationaux et les Verts pourraient profiter du même phénomène qu'Hitler. En 1928, aux élections législatives, le parti national-socialiste remporte 2,6 % des voix; en 1930 il conquiert 18,3 % des électeurs. Entre les deux dates, il y a eu le fameux jeudi noir de Wall Street : le krach de 1929.

Enfin, il y a un dernier facteur à prendre en compte et qui n'est pas le moindre. Les Verts, tout simplement, ont... raison.

Avec l'ardeur infaillible du prophète, avec la sûreté de l'halluciné, ils ont identifié les véritables problèmes du XXIe siècle. Nietzsche disait que les Allemands étaient des gens impossibles, car ils n'étaient pas du temps présent. Ils sont « d'avant-hier et d'après-demain ». C'est peut-être plus vrai aujourd'hui que jamais. Avec leur goût de la vérité, cette inlassable recherche de l'absolu, les Allemands ont su poser les questions brûlantes, qui nous brûleront à notre tour (en témoigne, sur les questions de dissuasion, la parution très remarquée d'un livre comme celui du général Copel). Leur analyse précède la nôtre, elle s'avérera juste. Hegel aurait dit que le *Zeitgeist,* l'esprit du temps, est avec eux.

Repenser le rôle des médias dans la démocratie, dépasser le capitalisme industriel, repenser la guerre et la paix, trouver une solution à l'inexorable pression qu'exercera le tiers monde sur les pays riches : voilà les défis du XXIe siècle que les Verts ne cessent d'énoncer.

Par ailleurs, ils ont aussi réinventé la gauche. Keynes, le syndicalisme, le poids de l'État dans l'économie : autant de grandes idées qui ont partout atteint leurs limites, comme le prouvent l'échec des partis travailliste et démocrate en Angleterre et aux États-Unis — ou les difficultés de la gauche en France. Les Verts, eux, ont bien identifié les vraies faiblesses de nos sociétés et sont mieux à même de les contester.

Mais si les Verts posent les bonnes questions, en revanche, les réponses qu'ils apportent sont, elles, atterrantes. Incapables d'intégrer la réalité, dépourvus de tout sens de compromis avec la vie, ils se précipitent dans une fuite en avant qui mènerait au chaos.

Il reste qu'ils nous concernent directement : ils sont l'expression de ce trouble qui a saisi l'Allemagne et qui nous met une fois de plus devant une question oubliée : notre destin se joue-t-il en Allemagne ? Depuis plus d'un siècle maintenant, le monde allemand forge les grandes idées qui ont bouleversé le monde : marxisme, psychanalyse, national-socialisme; et le refus de l'Allemagne de se satisfaire de son sort, d'accepter les faits accomplis, a provoqué les deux guerres qui ont donné son visage au monde moderne.

Cela peut-il recommencer ? L'Allemagne peut-elle à nouveau bouleverser les équilibres internationaux ? L'Allemagne des années 80 évoque irrésistiblement celle des années 20; mais l'histoire ne se répète pas. De nouvelles réalités ont été créées.

Qu'imaginer ? Que l'Allemagne se satisfasse de sa réalité schizophrène ? Après tout, l'Allemagne a été si peu une nation, qu'une coexistence de deux États allemands dans une quelconque fédération très lâche serait envisageable[1]. Ou faut-il s'attendre à une « proposition malhonnête » de la part des Russes, et craindre de voir se former au centre de l'Europe un énorme bloc neutre, inféodé à l'Union soviétique ? La fin de l'Atlantisme ? Fautu-il craindre que les Américains ne s'opposent fermement à cette réunification sous égide russe, et alors... « mourir pour Bonn » ?

Autant de scénarios pour l'instant prématurés. Nous n'avons pas encore perdu l'Allemagne.

L'Allemagne s'interroge, se pose des questions sur son destin, et a autant besoin de nous que nous avons besoin d'elle. Avec la montée de l'anti-américanisme, l'Allemagne, sans l'appui de la France pour la stabiliser, risque de basculer encore une fois dans l'aventurisme. Isolée, elle risque fort d'être reprise par ses démons et d'oublier à nouveau ce qui a fait l'honneur et l'excellence des sociétés occidentales : le rôle primordial de l'individu, dans des structures non totalitaires.

Mais pour pouvoir apporter notre soutien à l'Allemagne, il nous faut la comprendre. Il faut que, reconnaissant l'avance qu'elle a prise sur nous, nous appliquions notre esprit aux questions qu'elle se pose. Et puis, pour continuer d'exister au niveau mondial et donc pour « faire l'Europe » avec l'Allemagne, encore faut-il en avoir, tant soit peu, envie. Une chose est sûre, les sondages le prouvent : les Français sont conscients de la communauté de destin qui les lie à l'Allemagne. Ils sont prêts au mariage de raison, mais sans enthousiasme. Les Allemands, eux, ont des sentiments plus chaleureux à l'égard de la France. Paris sert de capitale à toute l'élite allemande. En revanche, les industriels allemands sont peu convaincus de trouver en France leur intérêt

1. Comme ont déjà coexisté dans l'histoire des ensembles de langue allemande politiquement distincts : principautés, Prusse, Autriche, etc.

économique, plus tournés vers les grands marchés mondiaux.

Pour des raisons différentes, ni les Français ni les Allemands ne veulent vraiment l'Europe; les peuples ne suivent pas leurs gouvernements, quelqu'effort que ceux-ci prodiguent. Et cela durera tant que de l'évidence du voisinage ne sera pas né un sentiment de cousinage. Pourquoi nos télévisions sont-elles muettes le matin au lieu de diffuser des cours de langue ? Pourquoi n'avons-nous pas chaque jour une demi-heure de nouvelles européennes ? Quand le cycle d'études secondaires et universitaires englobera-t-il une année obligatoire en Europe ? Qui ne voit jamais sa famille ne peut s'y attacher...

Ou bien, voulons-nous connaître le drame des cultures périphériques ? Devenir les obséquieux imitateurs des Américains ? Craindre en parlant anglais de laisser transparaître le moindre soupçon d'accent français ?

Tant que nous ne saurons pas « qui chevauche si tard dans la nuit[1] », ni « d'où vient cette étrange tristesse[2] », tant que nous ne connaîtrons pas le scintillement de la forêt allemande à Noël, tant que nous n'aurons pas retenu notre souffle pour prononcer à notre tour ces merveilleuses et longues syllabes qui nous enchantent si fort dans la bouche de Lohengrin, tant que nous n'aurons pas entendu résonner ces cantiques venus tout droit du Moyen Age avec leur rythme entrecoupé de pauses brutales, tant que les sanglots de *J'avais un camarade* ne nous déchireront pas autant que notre propre sonnerie *Aux morts,* l'Europe n'existera pas.

Et nous ne serons pas sûrs de survivre, tels qu'elle nous fit, dans un monde qui ne respecte pas ce qu'avec elle nous respectons.

Dans les pays démocratiques, seules les opinions

1. V. Goethe, *Le Roi des Aulnes.*
2. H. Heine, *La Lorelei.*

publiques sont assez fortes pour créer l'élan nécessaire à un changement profond...

Or, nous sommes en train de retrouver l'Allemagne. Après des années d'effacement, de disette affective, nous voyons enfin se dresser devant nous un pays de chair et de sang, qui parle à notre esprit et peut parler à notre cœur.

Nous sommes en train de retrouver l'Allemagne.

Est-ce pour la perdre à nouveau ?

TABLE

Deuxième partie
LE PRINTEMPS ALLEMAND

Troisième partie
LES HABITS DU NOUVEL HOMME

Cet ouvrage a été composé par Eurocomposition (Sèvres)
et imprimé par la Société nouvelle Firmin-Didot (Mesnil-sur-l'estrée)
pour le compte des Éditions Olivier Orban
14, rue Duphot, 75001 Paris

Achevé d'imprimer le 16 avril 1986

Imprimé en France
N° d'édition : 324 – N° d'impression : 2430
Dépôt légal : avril 1985